Ballets Russes

Rosita Steenbeek

Ballets Russes

2002 Prometheus Amsterdam

© 2002 Rosita Steenbeek
Omslagontwerp Marten Jongema
Omslagillustratie ABC Press
Foto auteur Jerry Bauer
www.pbo.nl
ISBN 90 446 0085 0

't gezicht verborgen en pronkend met zijn rug,
rijst de Tijd op uit de golven, keert terug,
slechts wijzers op torens veranderend.

JOSEPH BRODSKY

Vrijdag

Het trapje naar de voordeur is bijna onder water verdwenen. Salvo stapt op de bovenste tree. De stuurman van de water-taxi reikt hem zijn tas aan.

Geen post met haar handschrift, geen bericht op het ant-woordapparaat. Hij kijkt naar haar foto op zijn werktafel. Pakt hem, draait hem om en schuift hem onder een stapel boeken.

Er is geen tijd om de luiken open te doen, geen tijd voor een douche, dat komt daar wel. Snel doet hij zijn schoenen uit, trekt laarzen aan en gaat weer naar buiten. Met een klap slaat hij de deur achter zich dicht. Trut. Hij controleert of hij zijn mobiele telefoon bij zich heeft, haar laatste cadeau-tje, 'om nog meer verbonden te zijn', had ze gezegd.

Het is al bijna licht, maar stralend zal deze dag niet worden. Hij waadt over de ondergelopen kade naar de halte van de *vaporetto*, de busboot, waar een drom oude mensen staat te wachten, allemaal met bloemen in hun armen. Velen van hen gaan elke dag.

Langzaam glijdt de boot naar de overkant, over het grijze water onder de grijze lucht. Het is of de lagune dampt, er hangt een lichte nevel boven die ook een sluier legt over het eiland waar ze op af varen. De cipressen staan sereen achter de muren die het eiland omringen. Ook de aartsengel Michael houdt roerloos de wacht boven op de elegante witte kerk, alleen de weegschaal die hij vasthoudt beweegt zachtjes in de wind.

Vanochtend had Salvo, tegen beter weten in, gekeken of haar boot er lag. Zo vaak had ze hem opgehaald bij het vliegveld aan de zoom van het vasteland en waren ze weggestoven, duizelend, het water spattend in hun gezicht, een spoor van schuim trekkend door het water.

Met een doffe bons legt de boot aan. De man in het blauw gooit een koord om een paal en schuift het hek open, waarna de passagiers meteen in een doelgerichte stoet op pad gaan, over het deinende vlot van de aanlegplek de loopplanken op naar de ingang van de kloosterhof en dan over de oude stenen van de zuilengalerij. De stappen krijgen bij elke wisseling van ondergrond een nieuwe klank en knerpen ten slotte over het grind. Daar waaieren de mannen en vrouwen uit met hun lelies en rozen, elk naar een eigen zerk. Sommigen hebben er meerdere. Er is een oud vrouwtje dat bijna dagelijks komt, maar zonder bloemen. Die verzamelt ze bij verschillende graven, van elk een, zodat je het niet merkt, en daar maakt ze dan een nieuwe bos van voor haar overleden dochter. Iedereen kent haar en laat haar begaan.

Door de ruit van de receptie zwaait Salvo naar Zorzi, de man die hier het langste werkt en daardoor op natuurlijke wijze in een leidersrol is gegroeid. Hij is vaderlijk, kalm en tegelijk indrukwekkend energiek want als hij hier klaar is, steekt hij over naar zijn atelier om marmer te bewerken. Dat is zijn hartstocht. Veel zerken en beelden hier zijn door hem gemaakt. Hij zit te telefoneren voor een wand met sleutels van kapellen en familiegraven. Salvo gaat niet naar binnen, want hij is iets te laat, maar loopt om het klooster heen naar de kleedruimte. De meeste mannen zijn al in werktenue, een paar zijn nog bezig zich te verkleden. Het ruikt naar verse koffie. 'Hé, Salvo, we waren al bang dat je niet meer terug kwam!'

'Konden ze jou bij hun kwaaie zaakjes niet langer gebruiken?'

Hij loopt naar zijn kast en maakt die open, trekt de groene broek aan en het bordeauxrode jasje. Het regenjack zal hij ook wel nodig hebben. Sommigen hebben hun witte wegwerpoveralls al aan. Zij gaan ruimen. Elke ochtend wordt verteld wie wat moet doen.

Salvo loopt naar de keuken waar Dino, een robuuste kerel van halverwege de vijftig, zoals gewoonlijk koffie heeft gezet. Hij was lader en losser bij de spoorwegen en toen hij daar twee jaar geleden ineens werd afgedankt was hij blij dat hij deze baan kon krijgen. Elke ochtend komt hij een kwartier eerder om voor de koffie te zorgen en vaak maakt hij na het werk of tussendoor iets te eten klaar. Hij is niet getrouwd en woont bij zijn moeder met wie hij iedere middag een wandelingetje maakt.

Om elf uur is er een begrafenis. Voor die tijd moeten er zoals elke dag, behalve in het weekend, tien graven worden geruimd en tien voorbereid voor de ruiming van de volgende dag. Salvo vraagt wat hij moet doen. Ze weten het niet, maar Zorzi komt al aanlopen.

'We zijn begonnen met het ruimen van Campo B, maar ga jij de paden maar een beetje schoonvegen, door de storm zijn er veel bladeren en takken gevallen. Je kunt beginnen in de buurt van Campo B en bij de buitenlanders.' Met de buitenlanders bedoelt hij het Campo Evangelico en het Campo Ortodosso, die beide een eigen ommuurde hof hebben. Het zijn Salvo's lievelingshoeken, niet alleen omdat er helden van hem begraven liggen, maar ook om de eigen sfeer die er hangt. Daar vind je niet dat kille grind, maar weelderige vegetatie die als een deken over de zerken ligt. 'Toen ik hier kwam werken,' zei Zorzi, 'was het daar een wildernis, er hingen zelfs lianen. Je had het gevoel dat Tarzan elk moment te voorschijn kon slingeren.' Het valt niet onder hun verantwoordelijkheid, maar toch houden ze de boel daar nu een beetje bij.

Salvo wandelt een stuk met de witte mannen mee die hij vervolgens als geesten ziet oplossen in de nevel. Aardig van Zorzi, hij kent zijn zwak voor die hoek van San Michele en ruimen is geen pretje. Zo kan hij weer langzaam wennen na twee weken zonnig Sicilië. Het is altijd schokkend om een halfverteerd lichaam op te graven. Soms delven ze zelfs iemand op die volledig intact blijkt te zijn. Dat komt door de geneesmiddelen, zei Zorzi, en ook doordat er in de jaren zestig veel conserveringsmiddelen in het eten zaten.

Hij loopt door naar de schuur om tuingereedschap op te halen. Het is koud en overal staan plassen. Wat is het anders dan de eerste keer dat hij hier kwam, toen deze kale boom pronkte met bloemen blank en bol als vrouwenborsten, toen het geurde naar rozen, vogels hartstochtelijk floten en schamel geklede gelieven hier flaneerden om zich levender en verliefder te voelen dan ooit. Een fraai gebouwd nimfje, niet door kleren ontsierd, stond te poseren tussen de zerken. Het was tijdens het filmfestival: een aankomend sterretje misschien.

Flaminia had nooit mee gewild. Ze vond het ziek van hem. Wie gaat er nou voor zijn lol naar een kerkhof. 'Het komt door dat macabere eiland waar je bent opgegroeid,' zei ze.

Macaber? Deze stad is macaber, denkt hij. Deze stad is hol en leeg, met lege *palazzi*, winkels die geen melk en kaas meer verkopen, maar maskers en glazen prullaria. Fraaie boekbandjes die slechts wit papier omhullen. Buitenkant, net als zij. Op het eiland waar hij de meeste tijd van zijn leven had doorgebracht, zijn de mensen warm en hartelijk, niet berekenend en koel als hier. Als je daar geen geld hebt blijf je erbij horen, hier niet. Toen zijn vader erachter kwam dat hij een verhouding had met een getrouwde vrouw en niet naar zijn laatste examens was gegaan, had hij van het ene op het andere moment de geldtoevoer gestopt. Flaminia had met haar handje gewuifd en gezegd dat hij zich niet druk moest maken, dat geld de laatste van hun zorgen was. Maar toen ze zo vreemd ging doen, zich niet aan afspraken hield, niet meer belde, had hij besloten een baantje te zoeken. Op het arbeidsbureau kon hij kiezen tussen ober, sjouwer, schoonmaker, receptionist, kinderoppas, doodgraver. En dat laatste leek hem wel wat: het tastbare contact met de dood. Misschien kwam zijn levenslust dan weer terug.

Als klein jongetje ging hij al naar de mummies kijken op het kerkhof in Palermo, waar de overledenen in meer of minder vergane staat aangekleed langs de muren zaten. Hij had menige schietpartij meegemaakt op straat, heel wat doorzeefde lichamen zien liggen. Berichten over moord en in zoutzuur opgeloste lijken waren vertrouwde kost in de dagbladen van zijn eiland. Nee, de dood was geen taboe, hij had er altijd mee geleefd.

Zorzi had hem aangenomen na te hebben gewaarschuwd dat het niet alleen geestelijk, maar ook lichamelijk een zware baan was en dat hij eigenlijk liever oudere mannen aannam, want die wisten nog wat werken was.

Toch was Zorzi wel tevreden over hem; Salvo zelf was ook tevreden. Hij drong een geheime wereld binnen waar hij dingen zag die voor de meeste mensen duister zouden blijven. Op een wonderlijke manier was het te vergelijken met de wereld van de erotiek, ook omgeven door taboes en geheimen, aantrekkingskracht en angst. Hij wilde erover praten met vrienden en kennissen, maar merkte dat ze daar onrustig van werden en hem een zonderling vonden.

Misschien had het bij Flaminia ook averechts gewerkt. Ze vond hem al een beetje raar met zijn boekjes, en dat Russisch, maar nu was hij in haar ogen helemaal gek geworden. Zij wilde niet aan deze dingen denken, ze wilde dansend door het leven, met een huppelpasje over elk obstakel, een scheut spumante om een voorgevoel van sombere gedachten weg te spoelen.

Al was ze soms wel degelijk droef. Een heel enkele keer kwam er een scheurtje in haar glanzende, pikante korsetje, dan kon ze ontroostbaar huilen: bestond er in deze wereld niets wat klopte en was iedereen een eenzaam eiland.

Hij maakt het pad schoon dat naar het protestantse en oosters-orthodoxe kerkhof voert, raapt takken op, veegt bladeren bij elkaar en gooit die in de kruiwagen. Iets verderop in de berm is een vrouw in elegante beige lange broek bezig met het schoonmaken van een grote, zeer duur ogende marmeren steen. Salvo weet dat er de naam van een man op staat en dat hij zevenentwintig is geworden, een jaar jonger dan hij nu. In de aan het marmer vastgemetselde vaas staat altijd een boeket verse bloemen. Waarschijnlijk is die dame zijn moeder.

Naast het graf van de rijke jongeling heeft Dino met een graafmachine een grote kuil gemaakt, de eerste aanzet tot een grafkamer voor een echtpaar dat in Rome woont, bejaarde mensen die oorspronkelijk uit Venetië komen en weldra naar huis terugkeren om bij hun familie in de moederschoot van hun geboortestad de eeuwige rust te genieten.

Nu hij toch in de buurt is, loopt Salvo even het Campo Evangelico op.

Hoge cipressen zorgen voor een schemersfeer. De graven staan schots en scheef. Ze zijn vaak heel oud, want hier wordt niet geruimd.

Engelsen, Fransen, Scandinaviërs.

Een eenzame Amerikaan als Ezra Pound.

Op veilige afstand van diens graf valt het licht op de witte rechtopstaande steen, van boven rond als een romaanse boog.

JOSEPH BRODSKY. De naam net zo dubbel als de man: in Latijns en in Russisch schrift.

De jaartallen. 1940-1996.

Een paar jaar geleden zag hij het voor het eerst. Het was 23 mei en op de steen las hij dat Brodsky op 24 mei geboren was. Toen Salvo er een tijdje later weer kwam, was het hele perk vol gezet met blauwe viooltjes.

De viooltjes zijn al lang verdord, latere planten ook en de bloemen in de vazen, maar de klimop breidt zich steeds meer uit tot een glanzende deken.

Het ontroert hem altijd het graf van Brodsky te zien.

Brodsky had hem geraakt met zijn taal. En met zijn blik die hij kent van foto's en van een televisie-interview. Die flonkering van levenslust en spot achter een wolk van sigarettenrook, die hem fataal werd. Stom dat hij niet beter waakte over zijn zwakke hart, maar het imponeert hem ook. Hij nam zijn talent serieus en zichzelf niet.

Salvo had een werkstuk geschreven over Brodsky's Venetië-gedichten en over *Kade der ongeneeslijken*, zijn prozahommage aan de stad. Op die manier kon hij zijn bewondering voor Brodsky en zijn liefde voor Venetië, waar hij sinds hij hier op zijn achtste vertrok heimwee naar gehouden had, combineren. Toen wist hij nog niet dat hij een halfjaar later zelf in Venetië zou wonen, dat hij zelf over die kade zou wandelen, het water en het licht zou zien.

Er zijn weer nieuwe pennen in de grond geprikt, simpele ballpoints maar ook dure vulpennen, en overal liggen munten, Italiaanse, Russische, ook een snoepje met Hebreeuwse letters op het papiertje. Op de steen zijn gele briefjes geplakt, die je van een blok afscheurt, met Russische boodschapjes. 'Ik las hier je kerstgedichten. Sonja 25 december.'

Hij schrikt op van voetstappen. Een oudere dame kijkt zoekend om zich heen. Als ze hem ziet, komt ze zijn richting op. Hij loopt haar tegemoet.

'Kunt u mij zeggen waar het graf van Strawinsky is?' Haar te blonde kapsel misstaat haar niet.

'Op het orthodoxe kerkhof hiernaast. Aan het eind van de hof vlak voor de achtermuur. Een grote platte steen.'

Ze draagt een zwarte bontjas, donkerrode laarzen met dito tas en om haar zorgvuldig opgemaakte gezicht zijn de lokken keurig gerangschikt. Maar haar manier van doen en praten hebben iets volks. Wat moet zij met Strawinsky?

'Zal ik even meelopen?' Hij vraagt het voorzichtig want misschien wil ze liever alleen zijn. 'Ik moet er tóch even naartoe.'

Zonder aarzeling accepteert ze zijn aanbod.

Ze gaan de poort door waar RECINTO GRECO boven staat.

'Liggen hier alleen Grieken?'

'Ook Russen.' Dat had ze zelf kunnen vaststellen.

Veel bomen zijn kaal, de struiken dor en de paden drassig. Overal lees je exotische namen op -ski, -ow, -poulos, en verre geboorteplaatsen: Odessa, Sint-Petersburg, Pskov, Athene, Constantinopel.

'Wel een beetje rommelig.'

Bij haar zit elke knoop en elke krul op zijn plek.

Hij wijst op de Griekse tempel waarin een hele familie rust. Een paar jaar geleden was hij hier voor het eerst geweest, nadat hij kort daarvoor in het Griekse theater van Syracuse het ballet had gezien dat Balanchine maakte op Strawinsky's vioolconcert. Het werd gevolgd door de *Sacre du printemps* van een andere choreograaf die niet tegen de opzwepende oerkracht van de muziek op kon, zodat Salvo voortdurend wegkeek naar de orkestbak, die uitpuilde van de slagwerkers. Hij was daar met Maria, die toch al knorrig was omdat Strawinsky politiek aan de foute kant stond. Dat konden al die slagwerkers niet goedmaken.

Ze lopen over het modderige pad. Toen Strawinsky werd begraven was de hele weg naar zijn graf overdekt met een driedubbeldikke laag bloemen, hadden zijn collega's hem verteld. Hij ziet voor zich hoe de stoet de bloemen plet, de stelen knakt en de bladeren vertrapt. Een wreed ballet, een *Sacre du printemps*. Hun voeten lopen over hetzelfde pad.

Dan staan ze stil voor twee simpele liggende stenen van witmarmer met een roodmarmeren rand eromheen. Alleen de namen in strakke gouden letters en een gouden kruisje: IGOR STRAWINSKY, VERA STRAWINSKY. Geen jaartallen. Ze kijken naar het koele marmer. Er ligt een notenbalk op, die er de vorige keer niet lag, gemaakt van horizontaal gelegde takjes. Verticale takjes en eikeltjes vormen de noten.

Tegen de voorkant van de steen staat een kaart met een reproductie van een schilderij van Kandinsky. Hij pakt de kaart, draait hem om: een tekst in het Russisch, waarin dankbaarheid geuit wordt voor wat Strawinsky de wereld geschonken heeft. Natasja uit Moskou. Het enige Russisch dat hij nog leest is post voor de doden. Hij vindt hier, net als bij het graf van Brodsky, veel brieven en kaarten. Enkele weken geleden zelfs een hele partituur. Helaas vallen ze altijd ten prooi aan souvenirjagers. Eerbiedig zet hij de kaart terug en ontdekt tegen de zijkant van de steen een flesje aquavit.

De vrouw is een paar stappen doorgelopen en kijkt naar het lege lapje grond naast de stenen van de Strawinsky's.

'Heeft u een speciale band met Strawinsky?'

'Ik ken hem niet, maar de dame voor wie ik werk heeft hem gekend. Ze was ballerina, prima ballerina.'

'Ze woont hier?'

'Ja, en ze heeft deze plek gekocht.' Ze wijst naar het kale stukje land.

'Dus ze is orthodox?'

'Ja, ze is een Russische prinses.'

'Hoe heet ze?'

'Irina Kratkoroeki.'

Hij knikt peinzend en laat niet merken dat hij die naam heel goed kent. De Kratkoroeki's kwam hij vaak tegen in boeken over de Russische geschiedenis. Ook bij Dostojewsky komt een prins Kratkoroeki voor.

Salvo is nieuwsgierig, maar wil niet indiscreet zijn.

'Bij wie heeft ze dat gekocht?'

'Van de kerk geloof ik, de orthodoxe kerk, maar de begrafenisondernemer heeft alles geregeld. Meneer Soffiato.'

Salvo kent hem. De meeste doden komen hier via zijn Onoranze Funebri en hij begeleidt hen vaak zelf.

'Ik hoop dat ze nog lang bij ons blijft, lichamelijk is ze wel zwak, maar haar geest is heel sterk. Ze hoort, ziet en onthoudt alles. Ze kan prachtige verhalen vertellen en heeft iedereen gekend. Een echte diva, maar toch heel aardig.'

'En u werkt voor haar?'

'Ik ben haar kapster. Ze heeft hemel en aarde bewogen om deze plek te krijgen. Nu ze het voor elkaar heeft is ze tevreden en zegt ze: "Ik ben er klaar voor." Ik moest hier zijn voor een begrafenis en dacht, laat ik eens even gaan kijken.'

Erg enthousiast lijkt ze niet over de entourage, ze is meer een grindtype. Haar blik blijft hangen aan de gehavende steen die tegen de muur staat. ASPASIA, WEDUWE VAN Z.M. ALEXANDER I, KONING DER HELLENEN.

'Wat een schande, een koningin, zo respectloos.'

'Ze ligt er niet meer in,' stelt Salvo haar gerust. Ook hij had zich erover verbaasd, tot Zorzi hem vertelde dat hij het graf enige jaren geleden had moeten ruimen. Het lichaam was vergaan, hij had alleen wat beenderen gevonden en veel gouden tanden. Die stoffelijke resten zijn in een verzegeld kistje naar Griekenland overgebracht en daar herbegraven, maar de familie wilde dat de steen hier bleef staan, en niet, zoals gebruikelijk bij graven die geruimd zijn, werd vermalen.

'In de lente is het heel mooi hier, vol bloemen.'

Ze kijkt sceptisch.

Muziek. Moessorgsky klinkt uit zijn jasje. Hij grijpt de telefoon. Flaminia?

Nee, het is Dino. Of hij hem even kan helpen met het leeghalen van een beendernis en een kistje kan meenemen. Hij verontschuldigt zich bij de kapster en neemt vriendelijk afscheid. 'Als ik u ergens mee van dienst kan zijn, mijn naam is Salvo.' Hij had veel meer willen weten over de prinses.

Zijn telefoon biedt de keus uit vijfentwintig melodietjes. Sinds hij hier werkte en Flaminia niet meer belde had hij Chopin vervangen door De schilderijententoonstelling. Dat stuk is door Moessorgsky gecomponeerd naar aanleiding van de dood van een bevriende schilder.

Hij legt zijn bezem in de kruiwagen, zet die aan de kant en gaat naar het magazijn waar de zinken kistjes staan. Hij neemt er een van de stapel en loopt daarmee naar een andere hoek van het kerkhof waar hij na enig zoeken in de doolhof van wit gesteente Dino vindt, gehurkt bij een muur met doden. Hij is bezig de steen die vastgemetseld zit los te maken.

'Het heeft een beetje haast.'

Salvo kijkt naar de jaartallen. 1908-1979. Een man.

'Straks wordt de dochter begraven, om elf uur, en de familie wil hem erbij.'

Dino heeft de stenen plaat losgewrikt. Voorzichtig neemt hij hem weg en zet hem tegen de muur. Salvo kijkt naar het medaillon met de zwartwitfoto van een knappe man met ernstige ogen boven een vlinderstrik en dan naar wat er van hem over is. Het lijkt een bergje aarde, modder, maar het is vermolmd hout gemengd met gebeente. Met zijn grote in donkere handschoenen gestoken handen zoekt Dino de botten eruit en legt die in het zinken kistje. De schedel, een stukje ellepijp. Soms is het moeilijk bot van hout te onderscheiden. Dino doet het zeer zorgvuldig en met een verbijsterende vanzelfsprekendheid. Salvo zal hier nooit aan wennen, en dat wil hij ook niet.

'Kun je die krant er even onder schuiven?' vraagt Dino en dan veegt hij de laatste inhoud van de nis erop, vist er nog wat botjes uit en gooit die in het zinken kistje. Hij vraagt Salvo een vuilniszak open te houden en daar verdwijnt de krant in met het vermolmde hout en misschien nog een enkele beendersnipper. De vuilniszak neemt Salvo mee, terwijl Dino zich ontfermt over het zinken kistje dat straks plechtig begraven wordt samen met het stoffelijk omhulsel van de vrouw die ooit door deze man is verwekt. Hoe zou dat moment zijn geweest? Vol passie, hadden ze elkaar eeuwige liefde gezworen en was dat bezegeld met een kind, hier in deze stad, terwijl de Russische prinses danste op muziek van Strawinsky in theater La Fenice? Flaminia bestond nog niet.

Nu wel, eventjes, net als hij. Ze loopt rond, haar vlees is warm.

Hij gaat haar bellen. Niet nu. Straks, als hij thuis is.

Er is geen tijd voor spelletjes en wachten. Nog even en zij zijn ook zo, modder in een vuilniszak.

Hij zet hem bij een stapel andere grijze zakken die straks worden meegenomen door de vuilnisboot. De mannen en vrouwen van de vuilnisdienst dragen net zo'n groene broek en bordeauxrood jasje als hij. Padre Angelo, de abt van het klooster, was daar boos en verdrietig over geweest: 'De doodgravers mogen slechter, lelijker gekleed zijn wat mij betreft, dat doet er niet toe, als het maar anders is. Kleren maken de man.' Hij streek over de bruine stof. 'Zo'n pij dragen we al bijna acht eeuwen. De heilige Franciscus droeg hem al. Het helpt ons bij het monnik zijn.'

Met Zorzi en Dino vaart hij tegen enen weer naar de wereld van de levenden. Zorzi gaat naar zijn atelier en Dino moet koken voor 'het oudje'.

De zon kijkt schuchter tussen de wolken door, het water heeft zich teruggetrokken van de kade.

Een klein meisje, verkleed als konijntje, met een tasje in de vorm van een wortel, loopt aan de hand van haar moeder die rebbelt in een mobiele telefoon. Hij haalt de zijne ook te voorschijn maar stopt hem weer terug. Eerst wil hij boodschappen doen en bovendien is het rustiger om thuis met de vaste telefoon te bellen. Tot voor kort belde hij haar vanaf de gekste plekken.

Voordat hij bij zijn huis is, het laatste huis van de kade, aan alle kanten door water omringd, gaat hij linksaf een *calle* in. De smalle steeg ruikt naar het wasgoed dat boven zijn hoofd hangt te drogen. Op de balkons zijn de planten ingepakt tegen de winterkou. Een duif koert en in de grachtjes waar hij langsloopt, liggen werkeloze boten stil te somberen.

Hij doet boodschappen op de *strada nuova*, de enige brede winkelstraat van de stad. Eigenlijk houdt hij meer van de calles en de grachtjes, maar in deze straat heb je alle soorten winkels bij elkaar en zelfs een supermarkt, waardoor het gewinkel tot een minimum beperkt kan worden. Het is ongewoon druk, alsof de mensen kuddegewijs de deur uit zijn gegaan bij de eerste zonnestralen. Krioelend, kakelend.

Voordat hij boodschappen gaat doen bestelt hij op een terras een glas rode wijn en wat borrelhapjes. Dat is plezierig van deze stad, al die bars met hapjes die je bij je glas kunt krijgen en die een maaltijd vervangen. Schelpdieren, net uit de lagune opgedoken, legaal of stiekem, stukken brood met stokvismousse, inktvisjes, sardientjes in het zuur. Wel wat anders dan de lunches bij Danieli, Gritti, Cipriani, wereldberoemde plekken die met haar de dagelijkse omgeving waren. Ach, daar hield hij ook van, van die verfijnde schotels, dat decor, al zat hij net zo lief met haar in een visserscafé. Zal hij bellen, alsof er niks aan de hand is? Grietje, waar ben je nou, watissernou, kom nou toch. Kon dat maar.

Hij kijkt naar de mensen die aan hem voorbij trekken over het met confetti bezaaide plaveisel. Een kindje in een giraffepakje, een klein indiaantje, een rococomeisje met een blonde krulletjespruik boven haar verbaasde zwarte ogen. Op de scholen is het feest kennelijk vanochtend ingeluid. Stom feest. Er lopen ook volwassenen met carnavalshoeden, die toeristische dingen die je overal in de stad kunt kopen en waar je geen enkele Venetiaan ooit mee zult zien. De dikke jongeman naast hem praat luid en druk gesticulerend tegen zijn onzichtbare tante. Met dramatische gebaren vertelt hij dat *la mamma* in het ziekenhuis ligt. Salvo zoekt de tante, ziet haar niet, denkt met een gek te doen te hebben tot hij ontdekt dat de jongen een ding in zijn oor heeft dat bij het telefoontje hoort dat in zijn broekzak zit. Even verderop geeft een vrouw via haar mobieltje instructies voor het koken van een of andere pasta.

Een zwart meisje is verkleed als bijtje. Zorro en Tarzan strooien vanaf de schouders van hun vader confetti over de passanten. Kleurige snippers dwarrelen door de lucht. Hij denkt aan de snippers van de lampionnen die in brand waren gevlogen door het vuurwerk, het vuurwerk bij het feest van de Redentore toen alles begon, toen haar ogen fonkelden als ze in de zijne keek.

Er stapt een klein meisje voorbij, vrijwel volledig verborgen onder een enorme zwarte puntmuts, een piepklein clowntje, een aardbei. Een vader gebruikt de drietand van zijn zoontje Neptunus als wandelstok. Een riddertje met cape en hoed likt aan een ijsje. Op Sicilië zie je in februari niemand met een ijsje.

Hij wordt treurig van dit feestgewoel. Vorig jaar was hij er deel van. Er zijn momenten, periodes dat je erbij hoort, en er zijn tijden dat je toeschouwer bent en dan soms ook nog vanaf het schellinkje. Hij staat op, betaalt, haalt het strikt noodzakelijke bij de supermarkt en loopt met de plastic tas door de lege steeg naar huis. In de verte klinken voetstappen die dichterbij komen. Vrouwenvoetstappen. Geklik van hakjes. Nergens klonk dat zo mooi als hier. Het was opwindend als hij haar in de verte aan hoorde komen. Ze was ook wel eens met haar elegante pumps pardoes in het water gestapt, toen de Piazza San Marco weer een meer geworden was, andere keren was hij haar te vlug af geweest, had hij haar opgetild en gezorgd dat ze met droge voeten aan de overkant kwam.

Hij gaat naar huis. Er liggen een paar boten te wachten om te tanken bij de benzinepomp voor de deur. De pompbediende groet hem. 'Tijd niet gezien.'

Hij doet het licht aan, loopt naar de luiken, haalt de metalen staven weg.

Er gaat rust uit van de watervlakte, het is goed gezelschap: de Sacca della misericordia, de Inham van het medelijden, het enige stukje Venetië dat niet is ingevuld. Dit is nog steeds hetzelfde uitzicht als eeuwen terug. Aan de overkant van het grote vierkante stuk water ligt de Casa degli spiriti, het huis met de geesten. Vroeger werd het druk bezocht door kunstenaars als Aretino, Bellini, nu is het een bejaardentehuis, en op de gekste tijdstippen brandt er licht. Daarachter staat de toren van de Madonna dell'orto.

Ook in de slaapkamer duwt hij het luik open en heeft hetzelfde uitzicht. Hij opent het raam, buigt zich voorover en kijkt in het water. De lagune klotst tegen het huis, tegen zijn slaapkamer, soms lijkt het of de golven tegen zijn bed slaan.

Dan gaat hij terug naar de kamer en bergt de boodschappen op in de keukenhoek. Hij pakt ook de tas uit die zijn moeder hem vlak voor zijn vertrek in de hand drukte. Bij zijn aankomst op het vliegveld had hij hem open moeten maken, Sicilianen krijgen nu eenmaal speciale aandacht. Hij had zich behoorlijk opgelaten gevoeld bij die tomaten, aubergines, olijfolie van eigen grond.

'Tja, mijn moeder dacht dat je dat hier niet kon krijgen.'

'Zit er geen flesje Marsala bij?' had een van de geünifor-meerde jongens gevraagd.

Zijn moeder had gelijk: je kunt het hier niet krijgen. Groente en fruit hebben hier niet de kleur en geur en sap-pigheid die de Siciliaanse van zon doorgloeide aarde mee-geeft. Ach, zijn lieve moedertje, ze vond het zo erg dat zijn vader zo star was, maar ze had er nooit iets tegen gedaan. Hij had haar gerustgesteld, verteld dat hij aardig verdiende met het geven van bijles en intussen studeerde. Les geven, hij moest er niet aan denken, nee, dan dolf hij liever een graf.

In een impuls pakt hij de telefoon en belt Flaminia terwijl hij uitstaart over het water zonder het te zien. Hij ziet haar salon, haar gestalte die, weerkaatst door renaissancespie-gels, door de ruimte beweegt, tussen antieke meubels, on-der kroonluchters van Muraans glas.

'*Pronto.*'

Haar stem, zo vertrouwd, zo dichtbij.

'*Sono Salvo.*'

'O liefje. Waar ben je?'

'Thuis.'

'Bij de Misericordia? Ik dacht dat je op Sicilië was. Hoe is het met je?'

'Heel goed,' zegt hij zo vrolijk en luchtig mogelijk. Ze is aardig, maar het is niet die trilling, die vibratie van vroeger, dat hoort hij meteen.

'We moeten elkaar gauw weer zien.'

'Dat lijkt me ook, ja.'

'O *scusa amore*, ik moet even opendoen, ik bel je later.'

Hij wil vragen wie dat is, maar houdt zich in. Dit is idioot. Misschien belt ze zo terug als ze open heeft gedaan. Ongelooflijk ongemanierd. Verwend wijfje, gewend dat ieder naar haar pijpen danst.

Na vijf minuten belt hij zelf terug met het smoesje dat hij de deur uit gaat en dat zijn mobiele telefoon stuk is.

'Goed *tesoro*, dan spreken we elkaar morgen.'

Hij hoort aan haar stem dat er iemand bij haar is en vraagt achteloos: 'Heb je bezoek?'

'Moreno is hier even. Hij moet gasten van me begeleiden.'

'Ik snap het, tot later.'

Die gondelier weer. Wat moet ze met die taxichauffeur? Ze wist dat hij het was die aanbelde, waarom zei ze dat niet gewoon? Zou ze nog steeds? Vroeger had ze iets met hem gehad, toen hij haar het cadeautje van haar man had leren behandelen, een eigen gondel. Vreselijke vrouw, ordinaire snollebol. Hij moest haar vergeten, doorstrepen, ze moest niet meer bestaan.

Hij ziet weer hoe ze samen met de gondel door het nachtelijke Venetië dreven. Zij stond met haar blote voeten op de achterplecht, in een lange zwarte jurk. Haar rode schoentjes lagen op het zwarte kleed op de rode bodem van de boot. Het waren die details waarmee ze hem bespeelde. Vol geraffineerde streekjes zat ze. Maar nu hadden die geen vat meer op hem.

De stad lag stil te slapen, alleen geluid van water klonk er, veroorzaakt door die lange dunne stok die zo geheimzinnig vaart gaf aan hun zwarte boot. Bij elke hoek slaakte ze een kreetje voor een ongeziene tegenligger.

PICCOLO NIDO NEL VASTO MARE. Klein nestje op de wijde zee, stond met gouden letters aan de binnenkant tegenover de met fluweel beklede stoelen. Dat had hij toen wel lief gevonden, maar eigenlijk was het knap zemelig. Daaronder prijkte de fijnbesneden kop van Dante, glanzend goud zoals de letters. Dat vond ze heel mooi, maar iets van hem lezen, daar kwam het niet van. Ze hadden een fles wijn opengetrokken en die op een stil grachtje leeggedronken. Haar man was thuis.

'Ze besodemietert me,' bromt hij in zichzelf. 'Zeg het dan gewoon, dat het uit is, dat je een ander hebt.' Met driftige stappen loopt hij door het huis. Trut met je lieve lachjes, je lieve woordjes en gebaartjes, allemaal nep, je dure kleertjes en schoentjes. Buitenkant, net als deze stad. Mooi maar hol. Betoverend en deprimerend. 'Jij bent mijn alles, je moet mijn grote liefde zijn,' had ze gezegd. Teksten die ze gehoord had in een operette of in een komedie van Goldoni en uit het hoofd had geleerd.

Een sigaret. Wat heeft hij nu zin in een sigaret. Hij was gestopt. Ach, waarom eigenlijk, we gaan toch de pijp uit. Waarom zou hij niet gewoon op zijn dooie gemak met cremeren beginnen. Hij zoekt in zijn jasjes, in de laden van zijn bureau. Niks.

Hij ijsbeert door het huis, heeft zin om weer te bellen en het haar allemaal te zeggen.

Nee, hij zal kalm zijn, hij zal een Siciliaan zijn, een man. Hij zal niets laten merken. Hij zal zijn waardigheid bewaren. Maar het is wel uit en voorbij. Dit wil hij niet. Voor zo'n leugenachtige troela offert hij zijn studie niet op. Het echte leven, had hij gedacht, de liefde, daarbij verbleken de boeken. Misschien moest hij terug naar Sicilië, misschien moest hij eindelijk naar Petersburg. Alleen. Of met Maria.

Eén keer met Maria. O lieve, totale, bezeten, hartstochtelijke Maria. Niet overdrijven. Dat fanatieke gedoe heeft je ook vaak geërgerd, bovendien heeft ze een nieuwe vriend. Misschien had hij gewoon met haar moeten trouwen, een gezin moeten stichten. Ach nee, bij zijn zuster en haar gebroed werd hij na twee dagen horendol.

Hij kijkt naar buiten zonder iets te zien. Als ze belt zal hij antwoorden of er niks aan de hand is. Als ze gaan eten zal hij niet gereserveerd doen, dan gaat ze zeuren. Hij zal vrolijk zijn, charmant, gezellig. Maar innerlijk zal hij afstand nemen, haar koel observeren.

Natuurlijk, ze zou hem verleiden, met haar geur, haar gouden haar. Hij zou met haar vrijen, het zou spannend zijn en opwindend, maar de ziel zou er niet aan te pas komen. Des te beter.

Hij voelt zich ineens heel ellendig. Natuurlijk houdt hij nog van haar. Maar ze moet niet liegen. Dat is zo beledigend, alsof hij de waarheid niet aan zou kunnen.

Wat is er gebeurd? Zo innig lagen ze in elkaars armen, zijn hand op haar borst, op haar heup, op haar welvende buikje. Ze zei dat ze nooit met iemand zo gelegen had. Wie zegt dat het waar is.

Juist daarom, juist omdat het zo innig was is dit absurd en onverdraaglijk. Als hij naar de wc ging riep ze: 'Liefje, waar ben je, ik ben zo alleen, ik mis je.' Operette, carnaval.

Hij loopt naar de ijskast, rukt hem open en pakt er een aangebroken fles wijn uit, spoelt een vuil glas om, schenkt het vol en neemt een paar grote slokken. Hij is geen drinker. Met haar dronk hij wel eens iets te veel. Het zijn allemaal zuiplappen hier in deze stad. Maar ja, wat moet je anders, tussen deze triestmakende vergane glorie, deze rottenis. Laat het maar gauw allemaal verzuipen hier, naar de kelder gaan, water erover. Dat ze een geheim heeft met iemand anders is onuitstaanbaar: zij samen hadden de geheimen.

Hij wilde haar heus niet afpikken van haar echtgenoot. Of was het dat juist, was hij te vrijblijvend? Of vond ze hem gewoon een arme sloeber, een eenvoudige student uit een onderontwikkelde, maar vurige hoek van Italië. Een speeltje voor even.

Ze hadden afgesproken dat dit nooit zou gebeuren, dat ze nooit kinderachtig en wrokkig zouden doen, dat ze ook als het uit was één keer per week zouden eten en vrijen. 'D'accordo,' had ze lachend gezegd. Ze hadden veel gelachen. En nu? Ach liefde. Begoocheling.

Maria geloofde tenminste ergens in, joeg niet alleen haar eigen lustjes na.

Hij wil geen spel meer spelen, hij wil de relatie niet koste wat kost redden. Die mag kapot. En op de scherven kan dan weer iets nieuws beginnen. Hoe zou haar leven verder gaan? Ze had vaak zo genoeg van die feestjes, die diners, dat jetset-gedoe, maar ze kon ook niet zonder, ze was nu eenmaal een lichtzinnig, frivool vrouwtje. Die boeken die hij haar gaf, raakte ze toch nooit aan? Dan had ze weer een diner, een ontvangst, een vernissage, een presentatie, een belangrijke gast.

Maar haar huis was met grote smaak ingericht. Ja, met zo veel geld. Nee, ze had er kijk op, gevoel voor. Haar kamers waren creaties. Ook zijn huis was haar schepping, licht en strak, voor een Siciliaanse man. Nu had hij zin om alles zwart te schilderen.

'Ze speelt met je,' zei een vriend.

'Ze beseft niet met wie ze omgaat,' zei een ander.

Zijn ouders maakte hij ook niet gelukkig met deze vrouw.

'Ze kletst te veel, ze kan niet luisteren.'

Dat kon ze wel, soms.

Natuurlijk, ze konden het leuk hebben omdat er iets geknapt was, omdat hij niet meer met al die touwen aan haar vastzat. Omdat hij luchtig wat met haar kon dollen. Kan het nog wel luchtig zijn, of kan zelfs dat niet meer?

Zou er toch iets kapot zijn gegaan bij die laatste ruzie?

Er was een concert van Sjostakowitsj en hij had gevraagd of ze daar met hem heen wilde, het was een van de meest aangrijpende muziekstukken die hij ooit had gehoord. Hij had haar verteld over die viool die zich ineens losmaakt uit de kakofonie, of je ziel uit je lijf werd getrokken.

Het concert was in Padua, en dat vond ze te veel gedoe. Ze wilde liever rustig met hem eten. Hij vond het jammer, maar had niet aangedrongen, en hij kon haar moeilijk kwalijk nemen dat ze de voorkeur gaf aan samen tafelen. Thuis had hij de cd met Sjostakowitsj zelf aan de piano. Een radio-opname uit 1943 waar Anna Achmatowa nog naar geluisterd had. Die zou hij na het eten voor haar opzetten.

Ze hadden elkaar die avond ontmoet bij Café Florian en Bellini's gedronken, verliefd en vrolijk en hij had geen spijt meer. Straks zou hij haar in zijn armen houden terwijl ze luisterden naar die muziek. Toen zei ze dat ze met vrienden had afgesproken om te eten bij hotel Danieli. Zijn roezige vrolijkheid werd meteen gedempt. Waarom altijd die anderen erbij? Aan wat mondain gesnap had hij zijn muziek nooit opgeofferd. Dan was hij liever alleen naar Padua gegaan. Zijn humeur werd steeds somberder toen de conversatie tijdens het eten inderdaad niet uitsteeg boven het uitwisselen van de laatste nieuwtjes en roddels over de Venetiaanse jetset, afgetakelde prinsen, rijke industriëlen die weer een palazzo of eilandje hadden gekocht. Ze was in haar element en hij zat er maar een beetje bij. Alles wat was opgebouwd in Café Florian was weg, wat een avond had kunnen worden waar geen Sjostakowitsj tegenop kon, werd nu banaal en voorspelbaar. Bovendien had hij gedacht dat ze uiteindelijk naar die muziek zouden luisteren bij hem thuis, in elkaars armen.

'Waarom deed je zo koel, wat had je?' zei ze toen de vrienden weg waren en ze door een calle liepen. Hij hield niet zoals gewoonlijk zijn arm om haar middel.

'Niks.'

'Jawel, je keek heel koel naar me.'

Ze had gelijk, zo bot was ze niet. Tijdens haar vrolijke gebabbel had ze dat dus wel degelijk in de smiezen gehad.

'Toen ik je hand pakte maakte je die meteen weer los.'

Ook dat was waar.

'Als je niet meer van me houdt, zeg het dan!'

'Ik hou wél van je.'

'Waarom doe je dan zo?'

Hij ging ervan uit dat ze meeging naar zijn huis, maar ze wilde naar haar eigen huis. Ze was dus alweer vergeten dat ze naar die muziek zouden luisteren. Haar man kon bellen. Dat deed hij nooit midden in de nacht en na een bepaald tijdstip zette ze de telefoon uit.

Ze had een fles wijn te voorschijn gehaald en twee hemelsblauwe glazen tot de rand toe gevuld, zodat ze paars werden. Als gekneusd mensenvlees. Haar gezicht stond strak, de sfeer was nog gespannen.

'Het schokte me hoe je naar me keek, dat je mijn hand wegduwde.' Ze herhaalde steeds dezelfde dingen.

'In plaats van naar die muziek moest ik naar dat geleuter van die mensen luisteren. Een avond samen was een goed alternatief geweest.'

'We waren toch samen. We zijn nu toch samen! Ik zag haat in je ogen.' Ze stond op, liep rond met driftige stapjes, haar ademhaling gejaagd, haar ogen fel: 'Je haat me!'

Dat deed hij niet. Of had ze dat goed gezien: haat voorzover dat soms de keerzijde van hartstocht is?

Hij was gereserveerd geweest, kritisch. Het ergerde hem dat hij zich om zulk hol gebeuzel niet alleen een concert had laten ontglippen dat hem ten diepste geraakt zou hebben, maar dat hij zich ook van zijn studie liet houden. Hij was kwaad op zichzelf.

Ze praat luid en trappelt met haar hoge hakken. 'Als je van me zou houden, zou dit bijzaak zijn!'

'Ik richt mijn hele leven naar je in.'

'Daar dwing ik je toch niet toe. Zie je, zie je dat je er genoeg van hebt. Genoeg van mij hebt.'

Ze smeet haar glas op de grond, waar het aan duizend stukken sloeg. Hij greep haar beet. 'Hou op met dat hysterische gedoe. Hou op!' Ze rukte zich los en liet zich neervallen op een bank in de hoek van de kamer. Haar gesnik veelvoudig weerspiegeld.

Hij keek naar het aan gruzelementen geslagen glas waar een meester uit Murano zijn adem en tijd aan had gegeven. 'Nu ben ik je kwijt. Dat is misschien ook maar beter,' mompelde hij.

'Zie je wel dat je van me af wil!'

'Ik wil niet van je af! Jij!' Hij greep zijn jas, trok hem aan en liep naar de deur, maar toen stoof ze naar hem toe, sloeg haar armen om hem heen en smeekte hem niet weg te gaan.

'Goed,' had hij zo rustig mogelijk gezegd. 'Laten we dan maar even gaan slapen.' Tranen stroomden over haar wangen. 'Er is niks aan de hand,' zei hij vermoeid.

Ze hadden zich uitgekleed, niet elkaar, zoals gewoonlijk, en waren in bed gekropen. Hij had haar tegen zich aan getrokken, maar het was weer fout gegaan. Kleine opmerkinkjes groeiden uit tot grote verwijten en hij was in dolle drift uit bed gesprongen om voor altijd weg te gaan. Ze was hem aangevlogen. Hij had haar een klap gegeven. Razend was hij en hij wilde haar raken, maar toen hij haar raakte en haar zo wanhopig en ongelukkig zag vond hij het heel erg. 'O liefje, amore, tesoro, ik hou van je.' En hij streelde haar natte lokken, haar zeemerminnenhaar. Hij likte het zout van haar wangen. Ze klampten zich aan elkaar vast uit angst elkaar te verliezen, om elkaar te troosten om elkaars verlies. Maar weer vlamde de ruzie op en raakten ze zo buiten zinnen van razernij dat ze uit kwaadheid met elkaar begonnen te vrijen.

Af en toe huilde ze en dan kalmeerde ze weer een beetje.

'Ik wil dood, laat me maar, het is afgelopen, ik ben voorbij. Zoek een jong vriendinnetje.'

'Hou op! Je weet best dat het daar niet om gaat,' zei hij.

Hij vond het heel erg haar zo radeloos te zien, zo diep verdrietig. Elk moment dat we voor elkaar verknallen is een misdaad, dacht hij bij zichzelf.

Ja, en nu verknalt ze het voor hem. Al maanden. Zeg verdorie waar het op staat. Er was niets aan de hand, zei ze. Het was gewoon een drukke tijd.

Haalde die gondelier haar op met haar vrienden of liggen ze nu in dat bed van haar, waarin ze iedereen met iedereen bedriegt.

Ze belt niet.

Hij moet er een punt achter zetten. Dit getwijfel is het ergste, moordend. Je draait in steeds kleinere cirkels rond tot je jezelf verstikt. Zeg gewoon dat het uit is dan kan ik verder. Hij had zich wel vaker opgewonden, in spanning gezeten als hij niks hoorde, als ze in gesprek was laat in de avond, maar het was altijd loos alarm. Dat dacht hij tenminste.

Nee, hij wíst het. Ach, ze kon soms ineens zo weerloos zijn, ontredderd. Eenzaam en ongelukkig zat ze dan op de rand van haar bed. Was het zo erg als ze eens in vreemde armen lag? Als hij zo aan haar dacht, dan vond hij het niet erg. Maar leugens, daar kon hij niet tegen. Voordat hij haar ontmoette genoot hij van Venetië, hij ontdekte voortdurend nieuwe plekken, had plezier in de studie, zat avonden te lezen, muziek te luisteren, zwierf door de stad met een licht weemoedig geluksgevoel. Natuurlijk, met haar had hij de euforie gekend. Maar in de burgerlijke rol van het bedrogen vriendje wil hij niet gedrukt. Dan is hij liever alleen.

Hij springt op van de bank, in huis wordt hij gek. Hij zal even bij Soffiato binnenlopen om te vragen naar die Russische prinses. Dat een telg uit die legendarische familie hier gewoon in Venetië woont. Het zal een bijzondere vrouw zijn, ballerina, vriendin van Strawinsky. Hij zou haar willen ontmoeten. Ze zal spannender verhalen kunnen vertellen dan zijn docenten van de universiteit en misschien kan hij wat Russisch met haar praten.

Soffiato's kantoor ligt niet ver bij hem vandaan en daarna zal hij doorgaan naar La Cantina, zijn stamcafé aan de andere kant van de stad, vlak bij Flaminia. Misschien is haar butler Tom daar, en kan die hem meer vertellen. Hij had het tenslotte allemaal op zijn geweten.

Het eerste wat hij ziet als hij de deur uit gaat, is het dodeneiland, als een voortdurend memento mori. Daarachter ligt Murano, het eiland van de glasblazers, met de altijd brandende ovens. Hij wandelt langs het water, waar de schemer al uit opstijgt, over de Fondamenta dei mendicanti, de Kade van de bedelaars, langs het ziekenhuis dat zo veel doden aanlevert, over het plein met de kolossale kerk, de Santi Giovanni e Paolo, het pantheon van de stad.

En dan komt hij op het kleine pleintje waar de begrafenisondernemer zijn hoofdkantoor heeft. Er brandt nog licht, maar 'Ugolino' is net weg, vertelt een jongeman met een vriendelijk open gezicht, naar de voetbalwedstrijd Venetië-Turijn. Morgenochtend is hij er weer.

Salvo wandelt verder door de feestelijk verlichte stegen, over pleinen die worden opgetuigd. Misschien moet hij er niet met Tom over praten, gaat die haar als een echte valse nicht doorbrieven dat hij hem uit kwam horen. Nee, niet zo achterdochtig, Tom is een vriend. Hij zal wel weg zijn, al aan het kokkerellen voor haar gasten.

Er loopt een moeder langs met een klein dinosaurusje op de arm, gevolgd door de vader met zo'n reptiel aan de hand.

Geleidelijk gaan overal de lichten uit en de rolluiken naar beneden, alsof hij wordt buitengesloten. Eigenlijk heeft hij geen echte vrienden in deze stad. De meesten zijn op Sicilië gebleven, getrouwd, met kroost. Van de vriendjes die hij hier had in zijn kindertijd, is hij vervreemd. Het valt hem weer op dat bijna niet een van die mooie palazzi wordt bewoond, alleen op zolderverdiepingen hier en daar zie je wat schijnsel.

Hij stapt een andere bar in waar Tom ook wel eens komt en waar ze voor het eerst met elkaar hebben gepraat. Hij bestelt een sprizz, het Venetiaanse drankje waar ze hem voor gewaarschuwd hadden: een mengsel van campari, witte wijn en spuitwater. Het had hem niet geïmponeerd want in Sicilië dronken ze ook zoiets, maar dan niet met water aangelengd.

Ook Tom stond hier toen in zijn eentje een sprizz te drinken, anderhalf jaar geleden. Salvo had hem al meerdere malen gezien in verschillende bars, altijd alleen. Hij kende toen bijna niemand, want hij woonde hier net. Hij had met-een gezien dat Tom homo was, aan zijn gebaren, zijn ge-bloemde bermuda en geblondeerde haar. De blonde, blauw-ogige onbekende had een paar keer naar hem gekeken en ze hadden elkaar vaag gegroet. Toen had Tom hem aangespro-ken en waren ze aan de praat geraakt. Tom vermoedde wel dat Salvo uit het zuiden van Italië kwam vanwege zijn diep-zwarte krullen, maar zijn meer dan gemiddelde lengte had hem doen twijfelen. Tom was Amerikaan, had vanaf zijn prilste jeugd een zwervend leven geleid, zijn vader was am-bassadeur. In New York en later in Rome had hij als acteur gewerkt, maar toen tot hem doordrong dat hij nooit een ster zou worden, was hij andere dingen gaan doen. Hij kende ie-dereen, wist zich goed te gedragen, hield van verwennen en jarenlang had hij de groten der aarde begeleid op exotische reizen. Net toen hij daar genoeg van kreeg, had een leuk Engels stel hem uitgenodigd hun kasteel te komen bestie-ren.

'Ik kwijnde weg, het was zo mooi, de mensen zo aardig, maar ik voelde me steeds meer vereenzamen tussen die heu-vels in de regen, de kasteeltuin met de modderpoelen. Op een ochtend verscheen daar ineens een beeldschone dame in de keuken, Flaminia, die om een glas champagne vroeg. "Dat verkwikt zo in de ochtend," zei ze.' Het klikte meteen en ze wilde hem meenemen naar Venetië. Zijn Engelse lords vonden het niet leuk, maar ze begrepen het. 'Venetië is mijn lievelingsstad en Flaminia had iemand nodig voor haar vele ontvangsten. Diners organiseren is mijn hartstocht, van de Italiaanse keuken, maar ook van de oosterse ken ik alle ge-heimen.' Haar echtgenoot, een rijke zakenman, was veel weg en daarom begeleidde Tom haar vaak naar feesten en partijen. 'She is very sweet and so glamorous.' Hij vond het hoogst interessant dat Salvo Russisch studeerde en hij wist zeker dat zij dat ook zou vinden.

Tom was hem meteen sympathiek, hij was een buitenstaander, een eenling, die zijn melancholie niet geheel wist te verbergen achter zijn geestdrift.

Toen Tom hem vroeg of hij alleen woonde dacht hij dat hij dat vroeg uit eigenbelang. Hij had verteld dat het net uit was met Maria, zijn Siciliaanse vriendin en dat hij naar Venetië was verhuisd om haar niet voortdurend tegen te komen op de faculteit Russisch in Catania, waar zij ook studeerde. Hij had het uitdrukkelijk over zijn vriendin gehad om geen misverstanden te creëren.

Salvo rekent af en loopt door naar La Cantina dat aan een klein donker grachtje ligt.

De deur van de bar is dicht, maar de ingewijden weten dat die voor hen nog wel opengaat. Hij stapt de langwerpige ruimte binnen waarvan de wanden van vloer tot plafond getooid zijn met flessen wijn. Aan de lange toog hangen een paar buitenlandse kunstschilders die hier elke avond hun dag afsluiten. Salvo had hier ook Robert Morgan leren kennen, een Amerikaanse kunstschilder, vriend van Brodsky. In een hoek staat een groepje onbekenden dronken te worden. Geen Tom. Die is al een tijdje weg, vertellen de schilders, hij had een diner.

'Thuis?'

'Ja, hij moest koken.'

Na een snelle sprizz gaat Salvo weer naar buiten. Hij loopt over de donkere kade, langs de *squero*, waar haar gondel werd gebouwd, en zijn voeten brengen hem vanzelf naar een andere gracht waar hij blijft staan voor de muur die haar paleis aan het oog onttrekt.

Hij ziet weer hoe de poort openging, er een vrouw naar

buiten kwam in een hemelsblauw mantelpakje, haar gouden haar als een aureool om haar blanke gezicht. Ze werd gevolgd door vijf Filippijnsen in het zwart met witte schortjes voor, die haar koffers en kleren droegen. Ze stapte in een boot met roomkleurige leren bekleding. Eén Filippijnse ging mee, de anderen draaiden zich om. Allemaal met een strik van het schortje op hun achterwerk.

'Je moet mijn grote liefde zijn,' zou diezelfde vrouw kort daarna tegen hem zeggen.

Zaterdag

Nadat het snerpende geluid van de wekker hem ruw heeft wakker gemaakt, blijft hij nog even liggen luisteren naar het troostende klotsen van het water. Af en toe klinkt geronk van een boot en licht het gordijn op. Hij springt uit bed, duwt het raam open en snuift de geur op van het water vermengd met die van benzine. In de verte gloort een dun reepje dag.

Hij zoekt een cd, niet in de stapel Vivaldi's en Monteverdi's die zij hem gaf. Ook vannacht heeft ze niks van zich laten horen. Gabrieli: inhuldigingsmuziek voor een doge, 1503. Groots, plechtig, opwindend en rustgevend tegelijk.

Hij neemt een douche en kleedt zich aan. Als zijn blik door het raam valt waar het langzaam lichter wordt, blijft hij beweginloos staan. Het is of er een vloot zeilschepen op hem afkomt: van ver aan de horizon tot vlakbij ziet hij witte zeilen tegen een roze lucht. Hij knijpt zijn ogen even dicht. Dan ziet hij het: het zijn gewoon de palen, waar meeuwen op neerstrijken om uit te rusten.

Als hij de deur opendoet, fladdert een zwerm duiven op. De bovenbuurvrouw heeft kennelijk net haar tafelkleed uitgeschud vanaf het balkon. Hij trekt de deur achter zich dicht en wandelt over de kade, die nog nat is. Langs de horizon ligt nu een roze rand. Sterretjes spatten van het water als koud vuur. Een vrouw die net zo gekleed is als hij straks, verzamelt de vuilniszakken die op straat zijn gezet en gooit ze in een kar. Daarna veegt ze de confetti bij elkaar.

Hij koopt een krant bij de kiosk naast de winkel met zerken en groet de bloemenman die een bos lelies in papier wikkelt voor een oude dame. Er is nog tijd voor koffie in de bar bij de aanlegsteiger. De dame met de lelies stapt ook binnen en bestelt een glaasje amaro. Even later staan ze samen op de boot en varen naar het eiland waar ook de witte kerk nu roze lijkt.

Vandaag zijn ze met minder mannen en wordt er niet geruimd. Om elf uur is er een begrafenis, maar Salvo staat daar niet voor ingeroosterd. Zorzi vraagt hem of hij vanochtend de receptie kan doen, wat betekent dat hij de telefoon moet aannemen en bezoekers te woord staan. Dat gebeurt in een eenvoudige ruimte van het oude klooster, met uitzicht op een mooi hoekje van het kerkhof, begrensd door een ronde muur met familiekapellen. Een van die kapellen is van een bekende glasblazersfamilie, de familie Salviati, van palazzo Salviati aan het Canal Grande. De wanden achter het verroeste hek zijn bekleed met kleurige mozaïeken. Ze glinsteren niet, zoals op de voorgevel van hun beroemde palazzo, maar zijn beschadigd en dof geworden door een dikke laag stof. In de wand van de receptie, die grenst aan de zuilengalerij van de kloosterhof, zit een grote glazen ruit met een loket, waardoor Salvo plattegronden kan uitdelen en met mensen kan praten.

Aan het begin van de ochtend zijn het voornamelijk familieleden van de doden die hij langs ziet lopen met hun bossen bloemen. Veel bekende gezichten. Sommigen stappen na hun bezoek aan het graf even de kleine kapel binnen, terzijde van de kerk, waar een of twee hoogbejaarde franciscaner monniken elke dag een korte mis celebreren. Dan zitten ze daar met hun grote tassen, prevelen een gebedje, krijgen een hostie en gaan vervolgens boodschappen doen. Daar is de vrouw met de papagaai weer. Salvo heeft haar al vaker zien lopen met die groene vogel die de naam van zijn overleden baasje over het kerkhof krast.

Later in de ochtend komen er meer toeristen. In deze koude maanden overigens veel minder dan in de lente en de zomer.

Een dame staat stil en vraagt met een zwaar Amerikaans accent waar het graf van Anthony Quinn ligt. Salvo is de enige die goed Engels spreekt en daarom zit hij vaker dan de anderen op deze plek.

'Het graf is er wel, maar Anthony Quinn ligt er niet in en hij komt er ook niet in.'

Ze wil het toch zien. Hij geeft haar een plattegrond en legt uit hoe ze moet lopen. Anthony Quinn is een tijd getrouwd geweest met een Venetiaanse en zij heeft hier lang geleden een monumentaal graf laten bouwen voor haar man, haarzelf en voor hun nageslacht. Na de scheiding heeft niemand nog belangstelling getoond voor een van de maar liefst twintig plaatsen.

Af en toe gaat de telefoon: mensen die aankondigen dat ze aanwezig zullen zijn bij het ruimen van een familielid, anderen die willen weten hoeveel een beendernis kost, een rustplaats in de aarde, of in een muur. De prijzen zijn flink omhooggegaan terwijl de tijd die een dode daar door mag brengen behoorlijk is ingekrompen sinds de AMAV, de vuilnis- en plantsoenendienst, de zorg voor dit kerkhof twee jaar geleden heeft overgenomen van de gemeente. Iedereen klaagt en volgens zijn collega's is de sfeer erg verslechterd. De AMAV heeft nergens verstand van, die mensen gedragen zich arrogant en denken alleen aan geld. Ze hebben hun kantoren boven de receptie in een paar oude zalen van het klooster, maar ze komen nooit kijken op het kerkhof, ze zien alleen maar hun computerschermen met roosters, prijslijsten en tabellen. Tot op de minuut zijn de dagen ingedeeld. Maar hoe kun je van tevoren weten hoe lang een begrafenis gaat duren? Het gebeurt soms dat de familie op het laatste moment niet alleen in de kerk, maar ook bij het open graf nog een zegen wil en er een broeder gehaald moet worden. Het komt voor dat mensen zo door emoties worden overweldigd dat het hele ritueel vertraging oploopt, zoals onlangs bij de begrafenis van een kind. Dan ga je toch niet op je horloge kijken? En nu moeten ze ook, voordat ze het kerkhof verlaten, een kaart door een apparaat halen zodat de computer registreert dat ze geweest zijn en bovendien op de minuut nauwkeurig tot hoe laat. Verder is de gezamenlijke maaltijd door de nieuwe bestuurders afgeschaft. Vroeger ging Zorzi elke dag inkopen doen op de markt bij de Rialtobrug. Dan kookte hij en schoven ze met z'n allen aan tafel. Dat was goed voor de sfeer, er werden grappen gemaakt, men praatte over het werk en als er problemen waren, kwamen die vanzelf ter sprake.

Vandaag belt hij haar niet. Ze hadden afgesproken dat ze nooit zouden redeneren: als jij niet belt, bel ik ook niet. Maar nu is het toch echt aan haar.

Padre Angelo loopt binnen. Om zijn bruine pij bungelt een koord met knopen en op zijn ronde hoofd draagt hij een kalotje in dezelfde bruine kleur. Veel mensen noemen hem abt, maar franciscaner monniken hebben die niet, want iedereen is gelijk. Toch zijn er ook eeuwen geweest waarin ze zich minder streng hielden aan die regel van de heilige Franciscus: padre Angelo had Salvo een keer gewezen op twee grote marmeren stenen in de kerkvloer. Op de ene staat FRATRES geschreven en op de andere PATRES. De paters werden op een andere plek begraven dan de gewone broeders. 'En ze mochten zelfs niet met elkaar praten,' zei hij hoofdschuddend.

Hij was even bij het graf geweest van de vorige week overleden broeder Teofilo, de oude bibliothecaris. De kloosterbewoners hebben hun eigen hofje voor de doden, waar de AMAV niets mee te maken heeft.

'Vroeger woonden hier tweehonderd monniken, toen ik hier kwam waren er twintig en sinds vorige week zijn we met ons achten. Ik ben de op een na jongste met mijn drieënzeventig lentes.' Padre Angelo lacht. Salvo mag hem graag. Hij is heel direct en wisselt luchtigheid en ernst zonder enige moeite af. De bibliothecaris is negentig geworden. 'Een onvervangbare man. Alle boeken had hij in zijn hoofd en die kennis is met hem begraven. De laatste tien jaar kon hij zijn werk niet meer doen omdat hij vrijwel blind was. Toen had het kaartsysteem eigenlijk al overgezet moeten worden in een computer, maar we hebben niemand die dat kan. Onze zeer waardevolle verzameling is nu ontoegankelijk geworden.'

'Mag ik eens komen kijken?'

'Natuurlijk jongen, bel maar aan wanneer het je schikt.' Intussen pakt hij een sleutel van de wand: straks moet hij mensen begeleiden naar een familiekapel om daar een zegen uit te spreken bij iemand die precies een jaar geleden het tijdelijke met het eeuwige heeft verwisseld.

'Ja, het was een mooie wedstrijd,' zegt Ugolino Soffiato, met een flikkering in zijn ogen. Voordat Salvo bij de begrafenisondernemer binnenstapte heeft hij, terwijl hij een broodje at, in de krant gelezen hoe het gisteren was afgelopen: Venetië had met één-nul gewonnen van Turijn.

'Het was groot feest.' De begrafenisondernemer is in een goed humeur. Salvo zit tegenover hem aan zijn bureau in een lichte ruimte met uitzicht op het kleine plein. 'Mijn eigen ploegen waren ook mee.'

'Uw eigen ploegen?'

'Ik ben voorzitter van twee voetbalclubs. Pellestrina en San Pietro in volta.' Vissersdorpen op een eiland in de lagune. 'Het moet wel voor het werk. Als er een familielid of bekende van een van de jongens overlijdt, dan weten ze tot wie ze zich moeten wenden.'

'Ik heb ook bij Ugolino gespeeld,' zegt de vriendelijke jongeman die hem gisteren te woord stond en die bezig is aan een ander bureau.

'Is dat het hemd?' vraagt Salvo en hij wijst op een shirt dat tussen de schilderijen van Christus en van de Heilige Maagd hangt. Rood met de letters OFS.

Ugolino Soffiato knikt met een mengeling van trots en verlegenheid.

'En die letters?'

'Onoranze Funebri Soffiato, ja. We hebben ze ook in andere kleuren.'

'En daar spelen ze in?'

'Ja ja.' Soffiato is een vriendelijke kleine man van een jaar of zestig, die altijd Venetiaans dialect spreekt. Salvo vertelt hem over zijn ontmoeting met de kapster van de Russische prinses.

'La principessa, jazeker, die doe ik. Alles is al geregeld. Naast Strawinsky. Ze wil alles precies hetzelfde. Strawinsky heb ik ook gedaan. Het was een van mijn mooiste begrafenissen,' zegt hij, terwijl hij zijn best doet niet al te trots te kijken. 'Met gondels. De gondel met de kist voorop, versierd met een gouden engel en de leeuw van Venetië. Achter de gondel dreef een sluier van twintig meter zwarte tule die over het water deinde.' Met een hand bootst hij de golvende beweging na.

'Er waren wel dertig volggondels. Ik heb nog nooit zo veel grootheden bij elkaar gezien. Uit alle hoeken van de wereld kwamen ze aangereisd. Kunstenaars, ministers en – indrukwekkender dan ieder ander – onze burgemeester in zijn middeleeuwse ambtsgewaad.'

'Dat is toch al lang geleden?'

'Zomer '71. Nu wordt er bijna niemand meer met een gondel begraven.' Salvo had het inderdaad nog nooit meegemaakt. 'Een heel enkele keer, een graaf of zo. Laatst een Grimaldi, neef van de prins van Monaco.'

'Maar ook alle gondeliers,' zegt de jongeman vanachter het andere bureau.

'Zeker heel duur?'

'Drie miljoen lire, een kleinigheid als je ziet wat je ervoor krijgt. De gondels zijn eerst vervangen door zwarte motorboten, dat ging nog. Maar die blauwe zijn een beslissing van het stadsbestuur. Het is jammer. Dit werk moet serieus worden gedaan. Ook de dragers waren vroeger in het zwart. Nu in het blauw.'

'De kleur van het water, van de hemel.'

'Tja,' zegt Soffiato, maar je kunt zien dat hij vindt dat zwart nu eenmaal de kleur is die bij de dood hoort. En eigenlijk vindt Salvo dat ook.

'Maar de prinses wil dus net als Strawinsky met een gondel.'

'Ja, alles hetzelfde. Ook de steen en de kist.'

Hij trekt een la van zijn bureau open, haalt er een foto uit en geeft die aan Salvo. De stenen van Igor en Vera Strawinsky.

'Ik ken ze. Mooi, die eenvoud.'

'Eenvoud ja, ze zijn gemaakt door Manzù. Die ook de bronzen deur voor de Sint-Pieter heeft gemaakt, de "Poort van de dood". De steen van Strawinsky is van Grieks marmer, die van zijn vrouw van marmer uit Carrara. De prinses wil marmer uit Carrara en ook alleen haar naam en een kruisje. Ze krijgt dezelfde kist.' Hij rommelt weer in zijn laatje, haalt een catalogus te voorschijn en bladert erin, dan draait hij hem opengeklapt naar Salvo toe.

'In zo'n kist is Strawinsky begraven.' Het gezicht van Ugolino Soffiato verdwijnt half achter de foto. 'Iets donkerder.'

Salvo bewondert het deftige laatste onderkomen van de grote meester.

'Waar woont de prinses?'

'Hier in Venetië, op de Giudecca.' Het grote eiland aan de andere kant van de stad, door een breed water gescheiden van zijn stamcafé en het huis van Flaminia.

'Ik zie haar regelmatig, dan lachen we veel en drinken champagne of wodka. Ze is bijna tachtig, maar nog heel helder en levendig.'

'Kroop ze ook tijdens zijn leven zo dicht tegen Strawinsky aan?'

'Ze was een bekende ballerina en heeft balletten van hem gedanst. Tja, misschien was er wel meer aan de hand, het zou best kunnen. Ik weet het niet. Ze wilde per se die plek. Daarvoor heeft ze een grote donatie gedaan aan de orthodoxe kerk, die dat deel van het kerkhof beheert.'

Hij rommelt weer in het laatje en haalt een map te voorschijn.

'Hier zit alles in.' Hij houdt het contract met de oostersorthodoxe kerk omhoog.

'En dit is haar paspoort.' Hij vouwt het open en geeft het hem.

Een mooie dame met donkergeverfd haar. Nogal zwaar opgemaakt. Grote ogen, een trotse blik.

Irina Wolkonskaja-Kratkoroeki.

'Dat is een heel beroemde familie,' zegt Salvo. 'Er is zelfs een Kratkoroeki met een tsaar getrouwd.'

'Dat wist ik niet. Wel dat ze in alles een echte *principessa* is.'

'Denkt u dat ik haar zou kunnen ontmoeten? Ik studeer Russisch en...'

'Jaja, dat vertelde je, en je vader wilde je studie niet meer betalen vanwege een verboden liefde.' Dan mompelt hij 'Verboden liefdes zijn de mooiste,' en kijkt erbij of hij er verstand van heeft. 'De prinses komt al bijna vijf jaar de deur niet uit omdat ze moeilijk loopt, maar ze ontvangt graag bezoek. Ik zal het bespreken met haar secretaris.'

'Vertelt u maar niet dat ik op het kerkhof werk. Misschien is het beter om te zeggen dat ik iets schrijf over de Russen op San Michele.'

'O, ze zit nergens mee hoor!'

Terwijl hij de map weer opbergt, zegt Soffiato: 'Ze heeft alles al betaald. Nu is ze rustig, want ze weet dat dat plekje van haar is. Als ze doodgaat, ben ik de eerste die het hoort.'

Buiten blijft hij staan om een rouwadvertentie te lezen die tegen de ruit is geplakt, waarop met grote zwarte letters ONORANZE FUNEBRI SOFFIATO staat geschreven.

Een meesterglasblazer. 'Geheel onverwacht overleden.' Hij is vijfenzestig geworden. Een hoge leeftijd in die beroepsgroep, alhoewel Salvo's glasblazende vriend Afro zegt dat dit bakerpraat is en dat hij zeker overgrootvader zal worden. De begrafenis vindt over twee dagen plaats op het kerkhof van Murano, het glasblazerseiland, na een rouwdienst in die prachtige kerk daar, de San Donato. Gek eigenlijk dat een glasblazer wiens hele bestaan van het vuur afhankelijk was zich niet uit dankbaarheid laat cremeren.

Hij hoort alleen zijn eigen voetstappen als hij verder loopt, het pleintje over, een smalle steeg door, langs etalages met maskers en glaswerk. Ook de bakkerij waar hij als kind altijd een koekje kreeg, is nu een maskerwinkel. Salvo komt langs het franciscaner klooster waar hij lang geleden op het schooltje zat. Daar had hij zijn eerste liefde beleefd, met Ludovica. Toen hij verhuisde naar Sicilië had ze gehuild en gezegd dat ze honderd tekeningen voor hem zou maken.

Vorig jaar ging hij regelmatig lezen in een van de drie stille, intieme binnenhoven, die in zijn herinnering veel groter leken. En voordat hij weer naar buiten liep, wierp hij altijd een blik op een madonna van Bellini waar Flaminia model voor lijkt te hebben gestaan. Nu wandelt hij het klooster voorbij en gaat in een steeg iets verderop een bar binnen. Thuis gaat hij maar zitten tobben en zich kwaad maken.

'*Un' ombra per favore.*'

Vragen om een schaduw en dan een glas wijn krijgen kan alleen in Venetië. Wijn drink je in de schaduw, daar komt de naam vandaan. Er hangen een paar mannen aan de bar, die zonneklaar al veel langer schaduw zoeken. Hier kijkt niemand ervan op als je om acht uur 's ochtends in een lichte roes verkeert.

Ze praten over carnaval met de oude barman.

'Het is niet meer van ons, maar van de rijke buitenlanders. Bleven ze maar thuis. Die Amerikanen kunnen het net zo goed in Las Vegas vieren, in het nagebouwde Venetië.'

'Ze drommen samen op het San Marcoplein en bij de Rialto,' zegt de barman, 'maar hier de omzet eens wat opdrijven, ho maar.'

Bij de volgende ombra krijgt hij zin om haar te bellen, gewoon om te vragen of ze mee gaat lunchen aan het Canal Grande. Maar hij bestelt wat sardientjes in het zuur en een inktvis. Hapjes die in Sicilië ook vertrouwde kost zijn. De man snijdt de inktvis in stukken en giet er wat olie en azijn over. Het smaakt goed.

Salvo schrikt op van gerinkel van metaal.

'Dat was de poes,' zegt een van de mannen aan de bar. 'Die wil eten en gooit zijn bakje van tafel, want de baas is een beetje doof.'

Na een espresso gaat Salvo de deur weer uit en loopt verder door het meest vertrouwde stuk van de stad, waar hij als kind speelde, waar hij vocht, expedities ondernam met zijn vriendjes, vanuit zijn uitvalsbasis, zijn fort, zijn kasteel, het mooiste bouwwerk van de stad, het Arsenaal.

Daar staat hij voor de toegangspoort, de triomfboog met de leeuwen ernaast en een gevleugelde leeuw erboven. In de muur de gebeeldhouwde kop van Dante met een citaat uit de *Divina Commedia* waaruit blijkt dat het Arsenaal rond 1300 al een imposante scheepswerf was.

Pal naast de landpoort ligt tussen twee torens de toegang over water. Daarnaast strekt de eindeloze muur met kantelen zich uit die een groot deel van de stad omgrenst. Hoe kun je ooit een burgermansleven leiden als je op zo'n plek geboren bent? Het was zijn vaders eigen schuld. Die vond hem maar een vage dromer, wilde dat hij advocaat werd, rechter of desnoods arts, maar had hem laten opgroeien in een sprookjesburcht waar zijn fantasie voorgoed op hol was geslagen.

Zijn vader was als admiraal jarenlang directeur van het Arsenaal geweest. Ze woonden boven het museum en de weg naar zijn huis voerde over trappen verlicht door lantaarns die eeuwen geleden de schepen verlichtten die over de wereldzeeën voeren, en langs een zaal met een schip dat had meegestreden in de slag bij Lepanto waar de Turkse vloot verpletterd was, en het vaandel met Arabische strijdkreten dat nu neerslachtig in een kast hangt. Langs een model van de gouden *bucintoro*, het schip waarop de doge eenmaal per jaar de lagune op voer om zijn ring in het water te gooien en zo te herinneren aan het huwelijk van Venetië met de zee. Langs landkaarten, kanonnen, kogels groter dan voetballen. Langs de inktpot met de veer waarmee Napoleon de vrede met Oostenrijk tekende die een eind maakte aan de Venetiaanse Republiek.

Uit zijn raam zag hij de houten brug, die vroeger open kon om de schepen door te laten naar het kanaal dat uitkomt op de lagune en hij zag de lagune zelf waarover ze eeuwenlang uitvoeren om rijkdommen te verzamelen, goedschiks of kwaadschiks.

Die hele machtige stad in de stad, omringd door muren met kantelen, was van hem. Hij speelde in de Corderie, die hal van honderden meters lang waar vroeger de scheepstuigage werd gemaakt, in de fabriek voor de roeispanen, voor de kogels. In veel van die ruimtes groeide het gras. Hij klom stiekem in de boot waarop Mussolini en Hitler hadden gevaren, en in een oude dodengondel met de gouden engel erop.

Soms ging hij 's avonds met zijn vader vissen in de kolossale bassins waarin zo veel vloten waren gebouwd. Nu lag er een enkel schip van de marine en soms een onderzeeër. De vissen waren happiger bij slecht weer en hij kon nog altijd voor zich zien hoe de bliksem als een zweepslag even langs de hemel flitste en dat bassin met de dertiende-eeuwse gebouwen, die middeleeuwse hoek van de stad, in een mythisch licht zette.

Een keer was het bassin bevroren en had zijn vader een vis uit het ijs gehakt. Salvo dacht dat hij nog leefde, omdat de vis zijn ogen open had en dat hij als het ijs smolt zo weg zou zwemmen, maar even later knisperde hij in de pan.

Toen Salvo acht was werd zijn vader teruggeroepen naar de thuisbasis van de vloot in Catania, de grote stad aan de voet van de Etna, waar zijn familie oorspronkelijk vandaan kwam, maar hoe mooi Sicilië ook was, hoe indrukwekkend de zee en de vulkaan, hij had altijd heimwee gehouden naar zijn burcht en alles daaromheen. Hij miste de kleuren van Venetië tussen de grijze lavasteen van Catania, de stilte en de voetstappen. In zijn gedachten was dit het decor gebleven van een grootser, dramatischer leven. Het waren diezelfde intensiteit en dramatiek die hem hadden aangetrokken in de Russische literatuur. En het waren de door hem bewonderde Russen die verlangden naar Venetië, niet alleen Brodsky, ook Poesjkin en Achmatowa.

Hij loopt over een kade, aan de ene kant de machtige muur met de kantelen en de gracht ervoor, aan de andere kant kleine huisjes waar vroeger de *arsenalotti* woonden die werkten in het Arsenaal, en later zijn vriendjes. Ze hadden degens van hout, vaak gewone stokken. Hij had echte, uit alle eeuwen. Hij had de degen waaraan Alipasja geregen was. Hij vertelde vol trots aan zijn vriendjes welke vechtjassen er in zijn huis allemaal langs waren geweest: Frederik de Grote, Napoleon, Hitler. Hij voelde zich de baas van de stad, een doge. Jaren had hij gedacht dat het de blik was van het kind die alles zo imposant en sprookjesachtig maakte, ook al was de glorie al lang vergaan, maar pas na zijn terugkeer was hij gaan beseffen hoe spectaculair en uniek deze plek was en is.

Getrommel.

Geluid uit zijn kindertijd? Salvo kijkt om zich heen, probeert te ontdekken van welke kant het geluid komt. Boven hem hangt een vrouw de was op. Ze ziet hem zoeken en roept: 'De zeven Maria's, bij de San Pietro.' Nu herinnert hij zich dat hij in de krant had gelezen dat dit oude feest vandaag weer in ere werd hersteld.

Hij loopt naar de houten brug die de stad verbindt met het eilandje Sant'Elena en kijkt naar de stoet die de San Pietro uit komt, de kolossale kerk die, voordat de San Marco haar uit die functie verdrong, de kathedraal was van de stad. Voorop lopen lange wezens in vodden, met rare mutsen op de kop, steltlopers. Daarachter mannen in kleurig fluwelen kostuum uit de glorietijd van de stad, met vaandels in de hand en de vlag van Venetië, rood met een gouden gevleugelde leeuw en zeven slippen voor de zeven wijken. Daarachter de trommelaars en dan mannen in wijde witte hemden die op gouden schilden een meisje dragen. Zevenmaal vier mannen met een schild en daarop een mooi uitgedost vrouwmensje. Elke Maria komt uit een andere wijk van Venetië en één zal als mooiste worden uitverkoren.

De stoet beweegt traag door het kleine park onder de hoge bomen, waar in de zomer vrouwen zitten te breien en waar krekels dan net zo veel kabaal maken als op Sicilië. Straks moet de bonte optocht zich door smalle stegen wringen om vervolgens alle ruimte te krijgen op de brede Via Garibaldi. Door parallelstegen bereikt Salvo de plek waar de Via Garibaldi uitkomt op de kade en daar blijft hij wachten bij een podium waar de processie plechtig op afstevent.

De dragers laten hun schilden zakken, bieden de meisjes een arm en begeleiden ze het trapje op, waar ze worden ontvangen door een bisschop en een man in zwartfluwelen renaissancekostuum met veel goud.

'Zondig zo veel u wilt,' roept de prelaat de samengedromde menigte toe. 'Ik vergeef u alles.' De gebaren en stembuigingen zijn die van een echte relnicht. Ook de afgevaardigde van de inquisitie, de man in het zwarte fluweel met de zwarte baret, 'zal deze dagen alles door de vingers zien'. De menigte joelt, twee geliefden kussen elkaar uitvoerig op de mond en een lolbroek maakt aanstalten zijn kleren uit te trekken.

Dan worden de Maria's stuk voor stuk voorgesteld onder luid gefluit en geklap. Zulke stukken zijn ze bij nadere beschouwing nou ook weer niet, ze dragen prachtige jurken en juwelen, hun gekrulde haar is versierd met spelden en mimosa, maar echt mooi kun je ze niet noemen en ze bewegen zich onzeker en houterig. Nee, dan Flaminia, met haar sierlijke zoetvloeiendheid. O wulpse, zwoele, doortrapte toverkol, wat spook je uit?

Het wordt steeds drukker, Venetianen en toeristen met kleurige hoeden verdringen elkaar, hij raakt klem en wil weg voor de optocht zich weer in beweging zet richting San Marco voor het daverende slotakkoord. Hij wringt zich door de massa heen tot aan de rand van de kade. De lucht is roze en het water ook. De kerk van San Giorgio is wazig als op de aquarellen die hier overal te koop worden aangeboden.

Een man wiens gezicht half wordt bedekt door een masker met een grote kromme neus boven een trui waar een paar camera's op bungelen, vraagt of hij hem kan zeggen waar de ingang is van het Arsenaal. Hij praat ernstig, is duidelijk vergeten dat hij een masker draagt. Het Arsenaal is niet open voor publiek, dat is het domein van de marine. Alleen het scheepvaartmuseum is 's ochtends open voor iedereen.

Salvo loopt over de kade langs een cruiseschip, hoog als een flatgebouw. Voor het schip zitten zwarte mannen op de grond die imitaties van peperdure merktassen verkopen. Japanners en Amerikanen bekijken de namaak-Armani's, Gucci's, en Louis Vuittons om te zien of er verschil is met de originelen waar je in de winkel het twintigvoudige voor betaalt. Het schip, voorzien van de laatste snufjes en van een exacte kopie van Florian, het legendarische café op de Piazza San Marco, is net ten doop gehouden door Claudia Cardinale en is nu al wereldberoemd. Florian, hij was daar niet meer geweest sinds haar verkoeling. Vroeger zaten ze er bijna elke dag, al was het alleen maar voor een haastige espresso. Maar ook laat in de avond dronken ze er wel eens een drankje. Hij denkt weer aan die keer dat ze daar op een warme zomeravond dicht tegen elkaar aan zaten te luisteren naar het strijkje, en er een oud vrouwtje binnenstapte met een grijze knot, een regenjas, rubberlaarzen en een paraplu, terwijl er in de verste verte geen dreiging van hoog water was. Ze ging aan het tafeltje tegenover hen zitten waar een in rokkostuum gestoken ober even later een campari voor haar neerzette die ze dronk uit een zilveren kom.

Flaminia was totaal gebiologeerd.

'U bent goed voorbereid,' zei ze.

'Ik ga nooit zonder laarzen, paraplu en mijn kom de deur

uit,' had het vrouwtje ernstig geantwoord en ze vertelde dat ze hier elke avond haar campari dronk.

Ze hadden gezien dat het vrouwtje uit haar verkreukelde envelop het buitensporige bedrag neertelde. Flaminia vond het prachtig en stond op het punt het dametje voor een diner uit te nodigen. Nee, Flaminia was geen tutje, ze was een vrouw met allure, maar ze had ook iets geks. Zoals ze met haar mooie schoenen het water in stapte, of met blote voeten. Wild kon ze zijn, wanneer ze op straat ineens riep: 'Kus me!' Het kon haar niet schelen dat de mensen, en misschien wel bekenden, hen zagen. Hij denkt weer aan hoe ze hadden staan zoenen in de regen tot ze kletsnat waren en haar make-up strepen trok over haar wangen. Hij was mee naar huis gegaan, waar ze woest met elkaar hadden gevrijd. Maar op een gegeven moment had ze gezegd dat hij weg moest omdat haar man thuis zou komen. Toen had hij haar, terwijl ze heftig tegenspartelde, met dure zijden sjaals vastgebonden aan het bed en met lippenstift op haar buik geschreven: 'Je bent van mij.'

Hij versnelt zijn pas, die mensenmassa werkt hem op de zenuwen. Hij scheurt zich los en vlucht een boot op. Even naar La Cantina, misschien ziet hij Tom daar.

De zon hangt rood vlak boven de waterspiegel en gooit er een oranje loper over uit. Als de stegen in de stad verstopt zijn door de drukte, gaat hij liever met de vaporetto, maar ook hier, op het net nog zo rustige dek, komt hij al snel klem te staan. Mensen stromen de boot op, meisjes met beschilderde gezichten, hemelsblauwe krullen en lila glittertjes. Ze kijken hem aan. Nu, licht gemaskerd, durven ze dat nog uitdagender, met die toverogen. Misschien zou hij zich gewoon in een nieuw avontuur moeten storten.

Ze varen langs het eiland van San Giorgio. Alles is nu besmet. Ook daar was hij voor het laatst met haar, in het openluchttheater in het park waar een stuk van Gozzi werd opgevoerd, vol sprookjeselementen. Maar tegen het sprookje van deze stad was geen verbeelding opgewassen, had hij toen gezegd. Het water, de lucht, de huizen die voortdurend van kleur veranderen, boten die voorbij varen als grote dieren, als die boten uit de Oudheid, met ogen en een neus, een paardenhoofd, die stonden uitgestald in zijn Arsenaal.

In de pauze waaierden de mensen uit in het park, een betoverde tuin waar het zoet geurde naar specerijen die overal lagen te smeulen en mysterieuze rookslierten omhoog deden kringelen. Geruisloos stapten ze over het gras en hun schaduwen tekenden zich tegen de bomen af als reuzen. In verstilde euforie hadden ze uitgekeken over het water naar de lichtjes van het Lido, begeleid door gefluister en zacht geklots.

Een flard getrommel. De stoet met de Maria's heeft zich weer in beweging gezet, maar hij vaart weg.

Tom is er niet, de schilders wel. Ze bieden hem een glas aan en Salvo vertelt over de prinses en haar plekje naast Strawinsky.

'Ik heb toen speciaal een gondel gehuurd,' zegt Olaf, 'om die drijvende stoet van dichtbij te kunnen zien. Het leek net een visioen, die Griekse priester in lichtgevende mantel op de eerste gondel. We gingen vaak met vrienden van de academie naar zijn stamrestaurant La Colomba. Dan riep de gerant op een bepaald moment: "Een sterke arm voor monsieur Strawinsky", en wij begeleidden hem vervolgens naar huis. Hij kreeg altijd een plastic zak met etensresten mee om aan de katten te voeren.'

Daar is Tom.

'Bello!' roept hij verrast. 'Lang niet gezien,' en hij kust Salvo op beide wangen. In Venetië is het niet gebruikelijk dat mannen elkaar zoenen, op Sicilië gaat het niet zonder.

Hij zag Tom regelmatig hier in de bar, bij Flaminia thuis, bij etentjes, maar ook 's ochtends bij het ontbijt. Hij dekte de tafel, schikte de bloemen en zorgde altijd voor een glas spumante.

'Ik was op Sicilië en Flaminia heeft het kennelijk druk.'

'Ze heeft inderdaad veel gasten gehad.'

'Gehad?'

'Ja.'

'Ik heb een paar keer gebeld.'

'Het komt wel weer. Doe lekker je eigen dingen. Flaminia is een vrouw van stemmingen.'

'Hoe bedoel je dat?' Dat ze nu in de stemming is voor een ander?

'Dat je je eigen leven moet leiden.'

Hij wil niet te veel doorvragen en biedt Tom een prosecco aan.

'Heeft ze het druk met carnaval?'

'Ik geloof dat ze wel naar een paar feesten gaat.'

Met wie in godsnaam, waarom hoorde hij niks? Vorig jaar waren ze het mooiste paar van het bal. Ze had speciaal een Casanovakostuum voor hem laten maken.

Telefoon.

'Daar zal je haar hebben,' zegt Tom met een knipoog.

Salvo loopt uit de roezige ruimte de kade op. Het is Soffiato.

'Ik heb met de principessa gesproken. Ze verwacht uw telefoontje.'

'Nu is het te laat, neem ik aan.'

'Nee, nee, je kunt haar de hele avond bellen. Ze gaat nooit voor drie uur naar bed.'

'Hoe reageerde ze?'

'Ze was in een goed humeur. Ik heb verteld dat u Russisch studeert en geïnteresseerd bent in het kerkhof van San Michele en in Strawinsky. Laat me weten hoe het is afgelopen.'

Hij gaat zo naar huis en zal haar van daaruit bellen. Dat is rustiger en de batterij is bijna leeg, het zou vervelend zijn als de verbinding zou worden verbroken.

Tom vindt het heel interessant. Hij had wel eens over die prinses gehoord, een levende legende en oogverblindende beauty. 'Zie je darling, gewoon je eigen dingetjes doen, het leven heeft nog zo veel voor je in petto.'

Het gesprek met Tom zit hem niet lekker, merkt hij, als hij door de stegen naar huis loopt. Vroeger was hij zo openhartig. Voordat het aan raakte met Flaminia hadden ze een paar keer met elkaar gegeten in een restaurant vlak bij hun stamcafé. Tom was bevriend met de eigenaars, een aardig, pas getrouwd koppel. 'Dit is het jonge Venetië, het Venetië van de toekomst,' zei Tom. Regelmatig kwamen er bekende filmsterren en zangers incognito dineren.

Tom had verteld dat hij zich wel eens eenzaam voelde. Toen hij nog in New York woonde, was zijn tweelingzus onverwacht overleden aan een hartstilstand en kort daarna was het misgegaan met zijn vriend, die ook een hechte band had met zijn zusje. Toms ouders waren beiden jong gestorven. Hij was een paar jaar heel rijk geweest, maar hij had al die miljoenen dollars erdoor gejaagd. 'Ik was gek, ongelukkig en zocht de roes.'

Hij was naar Italië vertrokken en had in Rome een nieuwe grote liefde beleefd met een psychiater, tot hij er na drie jaar achter kwam dat die getrouwd was en vader van een paar kinderen. 'Als hij het me meteen verteld had, had ik er misschien mee kunnen leven, maar toen ik het van een ander hoorde was het kapot.'

Tom was niet zwaar op de hand, het waren korte ontboezemingen, daarna had hij weer mooie verhalen over zijn wilde feesten en bizarre ontmoetingen. Hij had humor, zelfspot en hij was zeer belezen. Salvo zou weer eens met hem moeten eten en dan gewoon heel open tegen hem zijn, zoals Tom dat tegen hem was geweest.

Salvo kijkt uit het raam en denkt na over wat hij zal zeggen. Voortdurend licht het water op door lampen van taxi's, carnavalvierders die de stad binnenstromen. Hij loopt naar de telefoon en toetst het nummer in.

Er wordt niet opgenomen. Zou ze toch slapen? Het is natuurlijk raar om op dit uur iemand te bellen die je niet kent. Hij legt neer. Misschien heeft hij zich vergist in het nummer.

Bij een volgende poging wordt er opgenomen.

'Pronto,' klinkt een heldere stem.

Hij noemt zijn naam en zegt dat hij prinses Wolkonskaja Kratkoroeki zoekt.

'Dat ben ik,' zegt ze vrolijk. 'Meneer Soffiato heeft over u verteld. Had u al eerder gebeld? Ik ben invalide, dus het duurt een tijd voor ik bij de telefoon ben. Wacht, ik ga er even bij zitten. Moment.'

Geluid van hout op hout, een schuivende stoel op het parket, een stok misschien.

'Daar ben ik weer. Meneer Soffiato zei dat u geïnteresseerd bent in San Michele.'

'Dat klopt.'

'Niet erg Italiaans,' zegt ze lachend. 'Hier vinden ze het eng om over de dood te praten.'

'Ik kom uit Sicilië.'

'O, die zijn net zo fatalistisch als Russen. Maar komt u langs. Dan praten we verder.'

'Heel graag.'

'U moet naar mij toe komen, want ik ga al vijf jaar de deur niet uit, ik ben slecht ter been zoals ik al zei, en buiten heb ik toch niets meer te zoeken. Wanneer schikt het u? Morgen?'

'Uitstekend.'

'Dat is dan afgesproken. Morgen om zes uur. U kunt me bellen tussen twee uur 's middags en drie uur 's nachts. 's Ochtends besta ik niet.' Vrolijk voegt ze eraan toe: 'Ik verheug me op de ontmoeting met iemand die ik ken via mijn begrafenisondernemer. Bye bye.'

Zondag

Hij ziet de stoet gondels van toen aan zich voorbijtrekken, langzaam, de eerste met de door een zwart kleed overdekte kist, de gouden engel op de voorsteven lichtgevend in de zon, de zwarte sluier die over de golven deint. Op de volgende gondel staat de pope in gouden gewaad, een ronde mitra op het hoofd, geflankeerd door zijn assistent in zilveren uitdossing, bestikt met openbrekende graven. Daarachter de lange, trage stoet zwarte boten met vrienden en verwanten. Het is stil, geluidloos priemen de gondeliers hun lange stokken in het water. De lagune wiegt onder zijn voeten, dan is ook hij op het kerkhof.

Zorzi had hem gevraagd wat eerder te komen om hem te helpen bij het openen van twee oude familiegraven. Er zijn onlangs twee doden bijgezet en het vak waar de kisten in staan moet nog met een marmeren plaat worden afgesloten. Zorzi wil nu de maten opnemen. Ze moeten klaar zijn voordat de poort opengaat voor de bezoekers, want op zondag wordt dit soort werk eigenlijk niet gedaan. Hij heeft de familie beloofd dat het dinsdag voor elkaar zou zijn, dus er is haast bij. Het voordeel is dat Salvo ook weer eerder weg kan en zo op tijd is voor het carnavalsritueel van 'de vlucht van de duif' op het San Marcoplein.

Salvo gaat alvast naar de plek op Campo N, een oude ommuurde hof met veel graven uit de negentiende eeuw. Hij loopt over een verhoogde stoep die langs de muur ligt, en bestudeert de namen en data op de stenen die de grafkelders daaronder afdekken.

Zorzi komt aangereden met de takelwagen, een raar geel karretje met een schuin omhoog stekende metalen staaf waar een haak aan zit. Salvo loopt naar de plek waar hij stopt.

'Dit is het,' zegt Zorzi, en hij controleert het nummer nog even op een papiertje.

Er staan vijf namen op de steen. De laatste naam is van een dode die meer dan twintig jaar geleden is bijgezet. De naam van de onlangs overledene moet nog worden ingebeiteld.

Er zitten vier metalen doppen in de grote rechthoekige steen, die iets omhoog kunnen.

Om de haak van de takel legt Zorzi twee stevige koorden die ook elk een haak hebben aan de uiteinden. Salvo tilt de vier ronde metalen doppen op, doet daar een lus om en bevestigt die vier lussen aan de vier haken. Hij gebaart naar Zorzi dat hij op de knop kan drukken. Langzaam wordt de zware steen omhooggeheven en naast het graf gelegd. Er ligt nog een steen onder, die moeilijker is op te tillen, omdat twee van de vier metalen ogen afgebroken zijn. Het is een eindeloos gemier, maar Zorzi blijft zoals gewoonlijk uiterst kalm. 'Je stuit elke dag op onverwachte dingen,' zegt hij, 'maar uiteindelijk wordt alles opgelost.' Iedereen heeft hier iets laconieks. Zij die dat niet hebben, zijn snel weg.

Salvo kijkt in het diepe gat. Als zijn ogen aan het donker zijn gewend, ziet hij aan twee kanten vier verdiepingen boven elkaar. Vijf zijn er dichtgemetseld. Op een ervan staat de kist te glanzen, waar de marmeren plaat voor gemaakt moet worden. Zorzi haalt een ladder uit het wagentje, zet die in de grafkelder, daalt af en neemt de maten op.

Wat een marmer verdwijnt hier onder de grond waar je de mooiste tafels van zou kunnen maken zoals die waar hij aan ontbeet bij Flaminia en waar haar poezelige armen zich in weerspiegelden.

In de diepte glanst water.

'Het is vaak nog veel erger,' zegt Zorzi, 'dan moeten we de onderste laag dichtgooien met cement.'

Ze leggen twee plankieren over het gat, zetten op elke hoek een rood-wit gestreept paaltje en die verbinden ze met elkaar door een rood-witte strip. De marmeren plaat wordt pas over twee dagen aangebracht.

'Een paar jaar geleden is een vrouw in zo'n open graf gevallen.'

'En?'

'Dood.'

Ze lopen naar het andere graf waar de maten opgenomen moeten worden. Daar hebben ze de takel niet voor nodig, die laten ze hier even staan. Nee, Zorzi levert deze platen niet zelf, hij doet alleen het creatieve werk, hij bewerkt stenen, beitelt er inscripties in en maakt beelden. Hij nodigt Salvo uit eens te komen kijken in zijn atelier.

'Wacht, hier verderop is een heel mooi monument, dat

laat ik je even zien.' Ze wijken van de route af en blijven staan voor een metershoog marmerreliëf van een zittende man, een vrouw die haar hand op zijn schouder legt en een jonge vrouw die op de voorgrond staat. Achter het tafereel zijn palazzi en bruggen van Venetië te herkennen.

'Kijk eens hoe losjes die hand van de man de handschoen vasthoudt, hoe speels het hondje aan zijn voeten ligt.'

Er zit een verhaal aan vast dat bijna niemand kent, vertelt Zorzi. Aanvankelijk toonde het reliëf alleen het oude echtpaar. De jonge vrouw is er pas later bijgezet. Ze was hun huishoudster en in het testament stond dat zij, als ze niet zou trouwen, bij hen begraven moest worden en dat er een beeld van haar moest worden gemaakt.

Ze vervolgen hun tocht en af en toe wijst Zorzi op een bijzonder beeld of een interessante steen. Hij toont er ook een paar die hij zelf heeft gemaakt: een marmerreliëf van een gondel, op het graf van een gondelier, twee verstrengelde handen voor een gelukkig echtpaar.

Ze komen bij het tweede familiegraf, waar Zorzi een paar maanden geleden een man heeft bijgezet die de leeftijd van 103 had bereikt. Hij maakt het slot open, duwt tegen de steen in de muur, die opengaat als een deur.

'Kijk, hier is het onderste deel dichtgegooid.'

Als ze, nadat Zorzi ook daar de maten heeft opgenomen, weer teruglopen, vertelt Salvo dat hij die avond een afspraak heeft met de Russische prinses die het graf naast de Strawinsky's heeft gereserveerd en dat hij daar nog even gaat kijken om haar het laatste nieuws te kunnen geven.

'Die stenen zijn wel erg eenvoudig,' zegt Zorzi, 'dat had toch beter gekund, en ze zijn nog wel van een bekende kunstenaar.'

Er is niets meegepikt. De notenbalk van takjes lijkt niet aangeraakt en ook de kaarten en het flesje aquavit staan op hun plek, maar er ligt een wit papier op de steen. Salvo pakt het en vouwt het open. Een stuk muziek, geschreven met de pen. CANON, staat erboven in sierlijke Russische letters, en een groet. Hij legt het papier terug, doet een paar stappen opzij en kijkt naar het wilde gras. Gek dat hij straks de vrouw ontmoet die gisteren zo vrolijk babbelde en die hier straks in de aarde wordt gelegd, misschien wel door hem.

Hij loopt terug over hetzelfde pad en blijft staan bij een groot monument waar een boeket voor staat: een korte zuil met daarop vier kleine zuiltjes die een koepel dragen. Het lijkt een altaar. Op het lichte marmer noemen gouden letters Sergej Diaghilew; de grote man van de Ballets Russes, die bij voorbaat wist dat de *Sacre du printemps* de wereld zou laten sidderen. Tussen de vier zuiltjes liggen halfvergane balletschoenen en een bosje verlepte bloemen. Misschien heeft de prinses hem wel persoonlijk gekend. Salvo ziet het slot weer voor zich van een film over Diaghilew: zijn voeten die langzaam wegzweven uit beeld.

Hij is zich bewust van zijn eigen levende voeten op de van doden verzadigde aarde als hij de hof weer verlaat.

In de vaporetto vaart hij langs de machtige muren van het Arsenaal, langs de haven, het sprookjesschip dat nog steeds aan de kade ligt en stapt uit bij de San Marco waar het zwart ziet van de mensen en waar alle klokken beieren. Over tien minuten wordt het carnaval officieel geopend, met de vlucht van de duif.

Iedereen kijkt naar het hoogste puntje van de klokkentoren, waar de duif zich schuilhoudt. Eeuwenlang was ze van

hout, maar dit jaar zou het een levende acrobate zijn in dui-
venpak. Een man naast hem met een gestreepte muts op
waar bellen aan hangen, bromt dat hij het eerst moet zien en
dan pas gelooft.

Er wordt op trommels geroffeld, een krachtige stoot gegeven op de klaroen, er beweegt iets onder het groen uitgeslagen koperen dak van de *campanile*, ja, daar komt de duif te
voorschijn, in de felle schijnwerper van de zon, en glijdt, wit
afstekend tegen de blauwe lucht, met wijd gespreide vleugels, langs de leeuw op de zuil, langzaam naar omlaag, begeleid door zacht geroffel en ingehouden adem. Als ze veilig
beneden terechtkomt, barsten het getrommel en trompet-
geschal zonder reserve los. Overal wapperen rode vlaggen
met gouden leeuwen, confetti spuit uit de loges van het Dogenpaleis en ballonnen in alle kleuren stijgen ten hemel. De
duif is geland aan de voeten van de doge die haar in de schaduw van zijn baldakijn de hand reikt.

Dan zet een plechtige stoet zich in beweging, van in historische kledij gestoken vaandeldragers en trommelaars, de
doge in zijn met hermelijn afgezette rode mantel en met de
dogenmuts op het hoofd. En dan een lange optocht van car-
navalsverenigingen, uit Venetië zelf, maar ook uit andere
hoeken van het land, in middeleeuws gewaad, renaissancekostuum en veel in achttiende-eeuwse uitdossing, de glorietijd van het Venetiaanse carnaval. Mannen in getailleerde
jassen boven kuitbroeken, schoenen met gespen, de driekantige steek op het hoofd, vrouwen aan hun arm met ingesnoerde tailles en hoepelrokken, hoeden met veren en overal stroken en kant. Zo flaneerden zij vorig jaar door de stad,
Flaminia in het roze, hij in het donkerrood. Statig schrijden
ze over een soort catwalk die extra hoog is vanwege het hoge
water dat altijd op de loer ligt. Kennelijk wordt er vandaag

serieus rekening mee gehouden, want bij het Dogenpaleis staan tafels opgestapeld die, tegen elkaar gezet, nog meer loopplanken kunnen vormen, de calles in.

Mensen verdringen zich, sommigen gekostumeerd, maar de meesten in kleren van vandaag die wel erg armetierig en saai afsteken bij de vindingrijkheid en zwier van vroeger. De optocht eindigt in een ronde feesttent aan de andere kant van het plein, waar de menigte wordt toegesproken en een in kostuum gestoken orkest muziek speelt die Vivaldi componeerde voor de *chiesa della Pietà*.

Op een groot scherm naast de klokkentoren wordt ingezoomd op details: de muts van de doge, rood, klein en opkrullend aan de achterkant, een door roesjes omrand decolleté, een strik op een mannenschoen.

Salvo krijgt het benauwd van al die mensen. Zou zij in de buurt zijn? Niet in de massa, maar bij Café Florian misschien, waar ze vorig jaar samen zaten. Nu heeft het geen zin erheen te gaan, het zal er barstensvol zijn, zonder kostuum kom je niet binnen en een beetje met de toeristen door het raam koekeloeren is al te onnozel. Schandalig dat ze niks heeft laten horen.

Buitenlanders met broodjes in hun handen botsen tegen hem op. Hij voelt zich ineens zielig, verlaten. Ach onzin, vanavond gaat hij op bezoek bij een prinses. Weg hier, naar La Colomba. Waarom niet? Waarom zou hij niet ook zonder haar naar luxe tenten kunnen en bovendien is het een stijlvolle voorbereiding op zijn bezoek aan la Kratkoroeki. Hij wringt zich door de mensenmassa heen die uit de stegen barst en schiet even een bar in voor een sprizz. De mannen achter de toog zijn een verademing door hun waardige rust. Het wordt elk jaar erger, zeggen ze. Soms is er geen vooruit en geen terug mogelijk, doe je er een halfuur over om tien meter verder te komen. De mensen raken gespannen. Net was er een man die uitviel tegen een kind omdat het confetti over zijn hoofd gooide.

'Twintig jaar geleden was het mooi, spontaan.' Via de plaatselijke radio werden de Venetianen opgeroepen tot het vieren van carnaval dat jaren een zieltogende schaduw van het ooit zo grootse festijn was geweest. Ineens bestond het weer. 'Iedereen reageerde, ook met geïmproviseerde kostuums, het werd een enorm succes. Maar het jaar daarna nam de gemeente de organisatie over en is het steeds meer vercommercialiseerd. De grote feesten worden niet meer op de pleinen gevierd zoals toen, maar in een paar dure palazzi die alleen opengaan voor de hoogwaardigheidsbekleders van de stad en de rijke buitenlanders.'

De wanden van La Colomba hangen vol met schilderijen. Er zijn veel duiven te herkennen, een hommage aan de naam van het restaurant.

'Al meer dan vijftig jaar is dit een verzamelplek voor kunstenaars,' vertelt de gerant, 'en de eerste schilderprijs van na de oorlog werd hier uitgereikt. Elk jaar maakt een andere kunstenaar een schilderij waarvan dan een reproductie op de menukaart komt. Picasso schiep zijn *Paloma* voor die gelegenheid. De Chirico kon hier tijdenlang gratis aanschuiven als hij weer een prent had ingeleverd. Nu hangen er vrijwel alleen maar reproducties aan de wanden, de originelen liggen in een kluis en maken zo nu en dan een reisje rond de wereld.'

Er kwamen ook veel operazangers, vaak waren ze nog niet uitgezongen en ging de voorstelling hier gewoon door. En tijdens het festival natuurlijk ook mensen van de film.

'Strawinsky, ja die kwam hier vaak en hij kreeg inderdaad

altijd eten mee voor de zwerfkatten. Hij was hier een keer met een vriend, ook een musicus, en die vertelde dat Strawinsky zijn werk kon onderbreken om naar een dierenfilm te kijken. Bij de componist thuis in Amerika vlogen de kanaries door de kamer en als hij zat te eten kwamen vrolijk fluitende parkieten hapjes halen uit zijn mond. Zo dol heeft hij het hier nooit gemaakt.'

Salvo vertelt dat hij een afspraak heeft met een Russische prinses die met hem heeft gewerkt.

'La principessa Irina, ja die kwam hier ook regelmatig. Ze was beeldschoon, met veel temperament. Nu is ze ziek. Een vriend van me, de pianist van Café Florian, gaat vaak naar haar toe en begeleidt haar bij het zingen.'

Hij geeft toe dat de tijden veranderd zijn. 'Tegenwoordig komen hier vooral de mensen met geld.'

Maar als hij hem even later een Siciliaanse amaro brengt, zegt hij op gedempte toon: 'Er bestaat nog steeds een geheim Venetië. Aan het eind van de middag zijn er allerlei deuren die slechts voor ingewijden opengaan.'

Dat wist hij, met Flaminia was hij heel wat deuren en poorten door gegaan, van een Franse hertog bijvoorbeeld die verzorgd werd door een zwarte butler in knalgroen livrei met wie hij een hemelbed deelde vol cherubijnen. Je stapte er de achttiende eeuw binnen, en dat werd met zorg in stand gehouden want toen de prins een heel fraai negentiende-eeuws schilderij aangeboden kreeg, had hij het toch niet geaccepteerd omdat het de illusie zou verstoren in een eerdere eeuw te leven. Salvo had wereldsterren uit de opera kleine huisconcertjes horen geven bij regelrechte afstammelingen van de dogen. Hij had antieke port gedronken bij een graaf in een bibliotheek vol eerste drukken van de grote drukkers van Venetië. In deze tot ogenschijnlijke dorpsheid verworden vergane glorie trok achter gevels en gordijnen de hele wereld langs. Hier werd een dubbelleven geleid: de toeristische massa vulde het centrum, maar in het geheim trof een bevoorrecht kliekje elkaar en zette de geneugten van ooit voort. Oude adel en nouveau riche mengden zich met echt talent, zoals het altijd was geweest. Flaminia en hij waren welgeziene gasten, hun pret met elkaar sloeg over op de mensen om hen heen. Deze kennissen en vrienden zouden vast weer carnavalsontvangsten geven.

Hij mist haar nu heel erg, samen eten was een vreugde, als ze een tikje tipsy werd, uitgelaten, zoenerig. Ze waren nooit uitgepraat. Waar ze het over hadden gehad was hem achteraf vaak een raadsel. Misschien nergens over, maar ze vermaakten zich altijd. Ze kon ook ineens lyrisch uitbarsten over een schilderij dat ze had gezien of over het Canal Grande, terwijl ze dat al heel haar leven zag. 'De mooiste hoofdstraat van de wereld met palazzi in stijlen uit al die verschillende eeuwen op een rij.' Ze zwierven soms zomaar door de stad, gingen iets bekijken alsof ze op huwelijksreis waren. Mensen hadden vertederd en geërgerd gekeken toen ze stonden te vrijen bij het graf van Monteverdi in de kerk van de Frari, met een afsluitende kus bij het hart van Canova in diezelfde kerk. Ze had hem meegenomen naar de Steeg van de moordenaars, waar hij gedaan had alsof hij haar wilde wurgen, wat vrolijk gegil had ontlokt, en naar de Steeg van de amandelen, 'een heel pikant steegje,' had ze met glanzende ogen gezegd. Ze was niet blasé, ze had iets van een verbaasd kind. Salvo was los bij haar. Gewoonlijk was hij wat gereserveerd, maar als hij zich op zijn gemak voelde, verraste hij de mensen door zijn impulsiviteit. Bij haar kon hij alles zeggen en alles doen. Waar is ze? Wat voert ze uit?

Iets buiten het centrum kun je weer gewoon lopen. Hij doolt door de calles op zoek naar een bloemenwinkel, want voor een diva neem je bloemen mee.

Er komt hem een achttiende-eeuws paar tegemoet, hij in zwartfluweel en goud, zij in het rood. Ze loopt mank. Zou het een oude vrouw zijn, die nu verkleed en gemaskerd nog een keer de blits maakt? Nee, haar handen zijn jong, haar mond ook. Haar gezel heeft een arm om haar middel. Soms zijn de mensen heel arm en hebben jaren aan zo'n kostuum gewerkt om een week lang koningen te zijn.

Hij koopt een bos witte rozen en slentert verder.

Op het grote plein van Santo Stefano is een soort prieel gebouwd met weelderige blote vrouwen erop van papier-maché. Binnen staan kraampjes waar je maskers kunt kopen, toeristische dingen. Er zijn maar een paar winkels die echt mooie hebben, de originele, handgemaakte van de *Commedia dell'arte*.

Bij de poort staat een man in zwarte cape, en *bauta*: een kort zwart sluierachtig manteltje dat achterhoofd, hals en bovenlijf bedekt, altijd gecombineerd met een wit masker en zwarte driekantige hoed. Het is een van de meest klassieke Venetiaanse vermommingen en werd door mannen zowel als vrouwen gedragen. In zijn hand heeft hij een wandelstok. Niets aan hem beweegt, je kunt niet zien naar wie of wat hij kijkt, misschien naar de twee meisjes die giechelend maskers passen, maar misschien ook naar hem. Het masker is zo gemaakt dat het zelfs je stem vervormt. Zo'n vermomming moet hij huren bij Nicoletta, zo zal hij Flaminia gaan zoeken, begluren, zo zal hij achter de waarheid komen, en anders gaat hij gewoon ongestoord naar andere vrouwen kijken.

Salvo loopt weer naar buiten en bestelt een espresso op het

terras waar hij vroeger veel kwam, want de faculteit Slavische talen is hier vlakbij, naast palazzo Grassi, aan het Canal Grande. In Catania was de Russische faculteit ook stijlvol gehuisvest; op de Piazza Dante in een oud klooster dat ooit berucht en beroemd was om de verfijnde genietingen van de voornamelijk adellijke geestelijken. En daar werden je voeten niet nat. Hier wel. Soms stond de hal volledig onder water en zelfs sommige collegezalen. Dan zaten ze met laarzen onder – of met kousenvoeten op de banken te luisteren naar colleges over Russische literatuur. Boven in het gebouw was het oorlog: tussen de twee oudere Italiaanse letterkundedocenten die grote portretten van Stalin en Lenin in hun kamer hadden hangen en de Russische professoressa's die de taal bijbrachten en van die foto's gruwden. De twee heren slopen af en toe hun kamer uit om een college te geven, wat ze kleurrijk deden, al was die kleur wel altijd rood, en betreurden ze het dat Salvo's geliefde Poesjkin pas op zijn zevenendertigste was neergeknald, en trokken zich dan haastig terug in hun bolwerk waar ze samen wat somberden en af en toe een tentamen afnamen. Na zo'n tentamen was Salvo een keer blijven hangen en met zijn docent aan de praat geraakt over de corrupte Italiaanse maatschappij, waar plaats was voor mensen als Andreotti. De enige oplossing was 'fysieke eliminatie' vond de geleerde. Zijn collega liep binnen en kwam zijn spullen verzamelen, want het was de laatste dag voor zijn pensioen.

'Bent u niet wat weemoedig, nostalgisch?' had Salvo gevraagd. 'Ik heb alleen maar heimwee naar de Sovjet-Unie,' luidde zijn kalme antwoord. Hij ging nu ontwikkelingswerk doen in Afrika. Deze wereld was verloren. Ze zouden de ideale docenten geweest zijn voor Maria. Hun studie Russisch kwam, net als bij haar, voort uit politieke overtuiging en had niets te maken met liefde voor de letteren. De laatste jaren was alles veranderd, verzuchtten ze. Er studeerden hier vooral meisjes die het wel interessant vonden vrijblijvend wat met die romantische taal te stoeien voordat ze samen met een rijke vent kindertjes gingen opvoeden tot fatjes. Een enkeling, die wel doorzette, vond een baan bij een Italiaanse dependance van een Russisch bedrijf dat bezweken was voor het grootkapitaal. Naar vertalers was geen vraag meer want er stroomden zo veel Russen en Russinnen Italië binnen die daar veel geschikter voor waren; Russen pakten een vreemde taal nu eenmaal sneller op dan Italianen.

De man met de bauta staat er nog steeds, het is net of hij naar hem loert. In een andere hoek van het plein zit een doge op een bankje een broodje te eten, in deze tijd lopen er veel dogen door de stad.

De avond begint al op te stijgen uit het water, de kleuren van de huizen worden zachter, contouren van koepels en torens waziger. Vlak bij zijn bar La Cantina is de aanlegsteiger waar hij op de vaporetto stapt die hem het brede Canale della Giudecca over zet.

Langzaam vaart de boot naar de overkant. Straks is hij in dat rode palazzo dat met zijn gesloten luiken blind voor zich uitstaart. De prinses heeft met de buitenwereld afgedaan, zei de begrafenisondernemer.

Met een doffe bons legt de boot aan bij de kerk van de Redentore die in de steigers staat. Wat ziet het er anders uit dan anderhalf jaar geleden, toen de kerk en de kade goudachtig waren verlicht door lampionnen en fakkels. Hier was alles begonnen, tijdens het grote feest van de Redentore, de Verlosser, als er voor één dag en één nacht een brug van boten wordt gebouwd om God te danken dat hij Venetië in 1576 verloste van de zwarte dood.

Daar zijn de trappen waar de patriarch de stad zegende, tóen in de gloed van brandende kaarsen, nu grauw en nat. Salvo stapt uit en wandelt over de verlaten kade.

Hier vlakbij lag de boot van Flaminia waar hij uitgenodigd was voor een feestdiner. Overal dreven de opgetuigde boten die uitpuilden van mensen en eten. Er werd muziek gemaakt, gedanst, mensen stapten van de ene boot in de andere, lieten elkaar proeven van de hapjes. Allemaal waren ze in afwachting van het vuurwerk dat om middernacht werd afgestoken vanaf het water voor het Dogenpaleis. Flaminia was een briljante gastvrouw, betoverend in die witte jurk en die flonkertjes op haar goudgekleurde huid. Alles hield ze in de gaten en voor iedereen had ze aandacht, wat hij ook al had gemerkt tijdens het dinertje bij haar thuis. Ze was bij hem komen zitten en had gevraagd naar zijn studie en gezegd dat ze graag eens iets van de Russische literatuur zou willen leren kennen. Ook op die boot nam ze voor iedereen even tijd, praatte ontspannen, luisterde en leek op dat moment alle andere gasten vergeten. Misschien was dat in zijn geval ook werkelijk zo geweest.

De lampionnen gingen uit, de muziek verstomde. Iedereen hield de adem in. Ze stond zo dicht bij hem dat hij kon voelen hoe haar armen gloeiden.

Een eerste daverende knal weergalmde boven de lagune en kleurig vuur spoot door de lucht en spatte neer op de golven. Hij keek naar haar en zag het vonken in haar ogen. Het Dogenpaleis werd rood, alsof het in brand stond. Haar wangen ook, haar mond, haar jurk. Toen lila, paars, roze. In het donker dat volgde raakte haar hand even de zijne. Per ongeluk, expres? Tijdens het geknetter als mitrailleurvuur kwam ze zo dichtbij om hem te kunnen verstaan dat haar zachte zoetgeurende haar zijn wang raakte. Stil lagen de bootjes op het water. Langzaam sloop er soms een dichterbij, dichter naar het kleurige vuur. Zoals ook zij met een schouder of een hand soms ietsje dichterbij kwamen. Groen lichtte het Palazzo Dogale op als een onderwaterpaleis. Ook zij werd groen, glinsterend groen, ook haar haren, als een zeemeermin. Hij wilde haar optillen en samen in het water springen, haar omhelzen en kussen onder die kleurige regen van vuur. Groene stelen schoten op uit het water, rode bloemen barstten open, hoger dan de klokkentoren. Het Dogenpaleis en de stad verdwenen volledig achter het kleurige oerwoud van vuurwerk. Alle kleuren nam ze aan en soms was ze ineens weg, dan schrok hij, maar ze kwam terug na even te hebben gefluisterd met Tom, en duwde hem een nieuw glas in de hand.

Er leek geen einde te komen aan het geknal en geknetter, de watervallen van vuur, maar ineens was iedereen verdwenen, uitgestapt en zij voeren haar palazzo binnen, en belandden in de hemelsblauwe golven van haar lakens.

Zo vanzelfspekend waren ze in elkaars armen gerold. Gloed-, gloeiend-, zinderend nieuw was het, maar ook wonderlijk vertrouwd, of hun lichamen elkaars geheimen al heel lang kenden, en elkaar ragfijn wisten te bespelen.

Veel geslapen hadden ze niet, soms dommelden ze even weg, op de vreemdste manieren verstrengeld, maar dan begonnen ze weer te praten, te lachen, te stoeien, te kussen, hartstochtelijk te vrijen.

En daar verscheen Tom, waardig, mooi in het pak, geen enkele verbazing op het gezicht, en overhandigde hun een glas spumante.

Hier hadden ze gelopen in de hitte van de volgende dag,

zijn hand op haar heup, over deze kade die toen bezaaid was met zwarte snippers van in brand gevlogen lampionnen. Hij trapt tegen een leeg bierblikje.

Daar is Harry's Dolce waar ze hadden gegeten onder een parasol aan de rand van het water en hadden gekeken hoe verderop de brug weer afgebroken werd.

Het restaurant is dicht, de luiken zijn vergrendeld, het weelderige gazon met de uitpuilende bloembakken is nu een zompig moeras waar vuilniszakken rondslingeren.

IRINA WOLONSKAJA-KRATKOROEKI staat in sierlijke letters op een bordje. Nadat hij op de bel heeft gedrukt, duurt het een tijd voordat de deur openspringt. Hij loopt door een marmeren hal, gaat een trap op en blijft aarzelen voor een openstaande deur.

'*Avanti!*' klinkt een heldere stem. 'Kom verder.'

Daar staat ze, in een lange, wijde jurk, steunend op een looprek. Een zwaar opgemaakt gezicht, omlijst door donkerbruine krullen. Ze kijkt hem aan met grote felle ogen en steekt haar hand uit om de zijne te drukken, maar hij buigt en drukt er een kus op.

'Daar kunt u uw jas kwijt,' ze wijst op een kapstok waar een bontjas aan hangt en een paar oosterse gewaden. 'Legt u de bloemen maar even daar op de grond.' Voorzichtig legt hij de in plastic verpakte witte rozen op de marmeren vloer in de hal. 'Gaat u daar zitten, in die stoel naast de bank,' zegt ze op de toon van een tsarina. Hij gehoorzaamt en monstert intussen de schemerig verlichte ruimte. Ook hierbinnen is bijna alles rood, net als de gevel. Het tapijt op de grond, de sofa, de gordijnen. Aan de wanden, die met rode zijde zijn bekleed, hangen iconen en andere schilderijen. Een groot portret van Strawinsky, maar ook van beeldschone vrouwen. Dan ziet hij dat zij het is. Zij is die vrouw in het tsarina-gewaad, zij is dat meisje met de bloemen en die vrouw op de foto, die hoog in de lucht springt, haar benen in een spagaat. Het zijn haar zwarte ogen, met de trotse uitdagende blik, dat is haar neus die ietsje opkrult.

Ze schuifelt naar de bank. 'Nee, nee, u kunt me niet helpen,' zegt ze beslist, en met een plof valt ze neer in de kussens. Haar opgezwollen voeten steken in gezondheidssandalen. Ook de rest van haar lichaam is flink uitgedijd.

Op de lage tafel staan bossen kunstbloemen en een koeler met een fles erin.

'Onlangs heb ik gevierd dat ik al vijf jaar geen stap buiten de deur zet. Het toerisme van vandaag is me een gruwel, ze hebben mijn Venetië verwoest en mijn theater La Fenice in brand gestoken. Mensen hebben medelijden met me, begrijpen me niet. Maar ik verveel me nooit, ik lees, kijk televisie, ontvang vrienden en ik heb een rijk innerlijk leven. Als u een glas wodka wilt, of port, dan moet u uzelf bedienen.' Ze wijst naar de koeler.

Hij wil wel een glaasje wodka. Zij geeft de voorkeur aan port. Ze regisseert hem ferm, zegt hem de portfles van het dressoir te pakken en glazen uit de kast.

Zijn blik blijft hangen aan een foto waarop hij Strawinsky herkent. Hij zit tussen twee vrouwen, de ene is de prinses, in glanzend avondtoilet. Er staat een foto naast van een vroegere versie van de prinses in de armen van een knappe man. Een filmsterrenpaar.

'Kijk maar rustig hoor.'

'Ik herkende Strawinsky en u.'

'Dat is op het slotgala van het filmfestival.'

In de kristallen glazen staat in het Russisch de naam Kratkoroeki gegraveerd met een kroontje erboven.

Hij schenkt port in voor haar en pakt dan de wodka uit de ijsblokken.

'Mijn vrienden hebben erg gelachen toen ik vertelde dat ik een afspraak had met iemand die ik ken via mijn begrafenisondernemer.' Ze schatert weer.

Ze heffen het glas: 'Na zdorowje.' Aan haar oren hangen opzichtige oorbellen en om haar hals draagt ze een orthodox kruis.

'Meneer Soffiato heeft u misschien verteld dat ik mijn hele begrafenis al heb geregeld. Hij heeft iets wat niet veel Italianen bezitten, gevoel voor humor. Toen hij hier op bezoek kwam, zei hij: "Het is de eerste keer dat ik *una morta viva* ontmoet, een levende dode."' Ze lacht.

'Heeft u de laatste gehoord van meneer Soffiato? Er werd een film opgenomen met een begrafenisscène en meneer Soffiato moest voor de attributen zorgen. Hij heeft mijn steen uitgeleend.' Ze schatert. 'Hij zou me van zijn zoete winst een percentage moeten geven.' Hij lacht ook en zegt dan ernstig: 'Het is een prachtig kerkhof.'

'Ik hou niet van kerkhoven, maar je ontkomt er niet aan. Ik ging er weinig heen, want juist daar ervaar je zo pijnlijk dat mensen er niet meer zijn, terwijl ik hier hun aanwezigheid heel sterk voel.' Hij besluit toch maar niet te vertellen dat hij op het kerkhof werkt. Misschien vindt ze het een luguber idee of zelfs impertinent dat hij haar zou kunnen begraven.

'Ik heb dat plekje hier geregeld omdat ik geen nabestaanden meer heb en tussen die Russen van het ballet voel ik me toch een beetje onder familie.'

'U kende Strawinsky goed?'

'Heel goed. Ik heb zijn balletten gedanst. We ontmoetten elkaar in Parijs, New York, Zwitserland, hier in Venetië. Hij was geen typische Rus, maar nogal gereserveerd. Zijn vrouw was erg mooi en heel aardig. Strawinsky was een groot componist, maar geen al te beste dirigent. Op een gala in New York, in het Metropolitan, deden we *Petroesjka* en *De Vuurvogel*. Hij dirigeerde zelf, maar tijdens de repetitie merkte ik dat alles drie keer zo langzaam ging. Toen heb ik op het laatste moment ziekte voorgewend en mijn rol geruild met een andere ballerina. Dat viel haar niet mee. Je kon natuurlijk niet tegen monsieur Strawinsky zeggen dat het anders moest.'

'Geen makkelijke man?'

Ze lacht: 'Bepaald niet. Maar dat zijn grote kunstenaars nooit. Ook niet voor zichzelf. Dus u bent geïnteresseerd in Strawinsky?'

'En in u.'

'O ja?' zegt ze koket. 'Dan vertel ik u over twee personen. La ballerina Irina Wolkonskaja en la principessa Kratkoroeki. Ik ben een kind van de emigratie, geboren in Parijs. Mijn oudtante was getrouwd met tsaar Alexander de Tweede. In mij sterft het geslacht van de Kratkoroeki's uit.'

'Wat dramatisch.'

'Achthonderd jaar lijkt me wel genoeg,' zegt ze luchtig. 'Mijn adellijke titel zei me niets. Voor mij bestonden alleen de muziek en het ballet. In Amerika en Parijs waar ik woonde was zo'n titel zelfs een beetje belachelijk. Toen ik naar Italië kwam, organiseerde mijn neef, een Romanow, een welkomstfeest voor me in Rome en daar begon hij me voor te stellen als principessa Kratkoroeki. "Maar ik ben Irina Wolkonskaja," zei ik. "Jawel, maar hier houden ze van titels," zei hij. Ik merkte dat alle deuren opengaan als Italianen een adellijke titel horen. Ach, dat was wel makkelijk.' Ze spreekt perfect Italiaans met een licht Frans accent. Haar

stem is krachtig, soms laag en dan ineens met een hoog uit-
haaltje.

'Ik was erg ziek geweest en mocht niet meer dansen. Ach,
wat fronst u, meneer Salvo. Ja, natuurlijk was het erg, dansen was mijn leven, maar wij Russen nemen de dingen zoals
ze komen. Wat je kunt veranderen verander je, zeg ik altijd,
en wat je niet kunt veranderen accepteer je.' Het zwijgen
van Flaminia kan hij niet accepteren omdat hij het niet begrijpt. 'Ik ontdekte dat ik een mooie stem had, gaf shows en
speelde filmrollen. Zo woonde ik lang in Rome in een suite
van hotel Plaza.' Ze lacht, maakt een meisjesachtig gebaar
met haar hand. Even ziet hij de vamp die ze geweest moet
zijn. 'O, dat was zo'n mop. Ik was erg verknocht aan mijn
hondje, maar honden waren in dat hotel niet toegestaan. Ik
kon het heel goed vinden met de portier, een Napolitaan, en
die deed er niet moeilijk over. Maar op een ochtend kom ik
aangestapt door de hal met mijn hondje, en begeef me in de
richting van de uitgang; staat de directeur daar en die vraagt
verontwaardigd aan de portier: "Maar wat is dat?" Die rea-
geert heel verbaasd over zo'n domme vraag: "Ma direttore, dat
is Principino!" De directeur heeft er nooit meer iets over gezegd.' Ze lacht weer en gaat met moeite iets verzitten. Hij
ziet dat ze pijn heeft.

'Voelt u zich wel goed?'

'Nee, ik voel me niet goed, maar dat is nu eenmaal zo.'

'Ik wil u niet vermoeien.'

'Maakt u zich geen zorgen, ik vind het leuk u te ontmoeten en ik zeg wel wanneer ik moet rusten. Maar u kunt wel
iets voor me doen: aan het eind van de gang zijn twee deuren, achter de rechterdeur is de keuken en op het aanrecht
staat een schaal met hapjes. Zet uw bloemen even in een bak
water.'

Hij loopt door de schaars verlichte gang, waarvan de muren behangen zijn met foto's en schilderijen. In een flits denkt hij Petersburg te zien, het Winterpaleis in de sneeuw. Balletaffiches uit Parijs, New York, Londen, Venetië met Irina aangekondigd als Giselle, Sherezade, Petroesjka. Hij zou het allemaal rustig willen bestuderen, ook de boekenkast. En hij zou achter al die deuren willen kijken. Die ene mag hij openduwen en dan staat hij in een grote donkere keuken met een enorme schouw en een grote houten tafel in het midden. Ook hier hangen de wanden vol met prenten, foto's en schilderijen. Op het zwartmarmeren aanrecht staat een schaal met blini's, die hij kent uit Café Newski in Catania, waar je een kaarsje kunt branden voor de portretten van Lenin en Stalin.

Hij loopt terug met de schaal, biedt haar er een aan en neemt dan zelf.

'Die heeft mijn kapster gemaakt, ik hoop dat u ze lust. Zelf ben ik geen keukenprinses. Daar staan servetjes.'

Haar kapster. Misschien heeft die haar verteld over de ontmoeting bij het graf. Stel je voor als ze straks binnenkomt.

'Heeft u het druk met carnaval?' vraagt ze en ze kijkt hem aan met die doordringende blik.

'Vorig jaar ben ik naar allerlei privé-feesten geweest in palazzi, dit jaar waarschijnlijk niet. Ik heb vanmiddag even een blik geworpen op de Piazza San Marco maar het was er te vol.'

'Venetië is onleefbaar geworden. Ik hou niet van carnaval. Ik heb me mijn hele leven verkleed.'

'Dat zie ik,' zegt hij terwijl hij zijn blik langs de foto's en schilderijen laat gaan.

'Wat een schoonheid.'

'In die tijd werd ik gezien als de mooiste ballerina van de wereld,' zegt ze droog. 'Het ergerde me. Ze hadden het allemaal over mijn schoonheid, maar ik wilde dat ze het over mijn talent hadden. Op die foto,' ze knikt met haar hoofd, 'draag ik de hoofdtooi van de Kratkoroeki's.'

Hij staat op om de foto van dichtbij te bekijken. Een soort witte waaier prijkt boven haar Hollywoodsterrengezicht met de grote, uitdrukkingsvolle, half geloken ogen met wimpers die schaduwen werpen, de perfect gevormde lippen. Wat zullen haar kussen vroeger begeerd zijn geweest.

'En deze?' Hij blijft staan voor de foto ernaast van Irina op de Piazza San Marco, in oosterse mantel, een tulband op het hoofd.

'Dat is een mooi verhaal. Ik danste in het Prado, mijn privé-show, voor de koning van Saoedi-Arabië. Mijn optreden viel zeer in de smaak bij de koning en na afloop vroeg hij me hoe hij mij zijn dank en bewondering kon tonen. Toen zei ik: 'Door me uw mantel te schenken.' Met fiere gebaren doet ze na hoe hij zijn mantel uittrok, zijn tulband van zijn hoofd nam. 'Terwijl hij ze me overhandigde zei hij: "Alstublieft, ze zijn van u als u me belooft dat u ze niet bij officiële gelegenheden draagt."'

Salvo doet een stap opzij en staat voor een foto van een klein meisje in een tulen jurkje, het haar opgebonden met een lint.

'Dat was mijn eerste rol, een nevelflard in *Morgenstimmung* van Edward Grieg. Zes ben ik daar. Het was mijn eerste voorstelling op een echt toneel, de eerste keer dat ik schmink rook, de hitte van de lampen voelde. Ik had het gevoel dat ik het echte leven binnenstapte, een heviger leven, waarbij je trekken werden aangezet, bewegingen gestileerd, ingehouden of overdreven, in een wereld waar altijd muziek was, en soms een echte, aangrijpende stilte. En dat alles onder het felle licht dat doofde en weer aanging. Ik heb geleefd voor de dans. Soms danste ik door de pijn heen, en stond het bloed in mijn spitsen. Die volgende foto is bij Alberoni, het laatste strand van het Lido.'

Ze zweeft in een spagaat hoog boven het zand, de blijdschap spat van haar gezicht.

'Ik vond het heerlijk om te springen. Ik kon net zo hoog springen als een man, maar daardoor heb ik mijn knieën en enkels geruïneerd.'

Hij gaat weer op zijn stoel zitten.

'Tot ik me hier opsloot ging ik daar elke dag zwemmen, sinds '51, toen ik voor het eerst in Venetië was om te dansen in La Fenice. Vanaf toen was ik hier elk jaar, de hele zomer. Ik zocht een stil strand. Het ging me niet om dat mondaine gedoe waarbij je af en toe een teen in het water steekt zoals de Italianen gewend zijn.' Dat was inderdaad de aanpak van Flaminia, lunchen aan de zee in de laatste badmode en af en toe haar snoezige voetjes bevochtigen. 'Ik wilde echt zwemmen. En zo ontdekte ik Alberoni, het strand waar Visconti zijn *Dood in Venetië* heeft gedraaid. Het strand van hotel Des Bains vond hij te smal en hij heeft de strandstoelen van Des Bains speciaal na laten maken. Die gebruiken ze nog steeds.'

Ze kijkt zwijgend naar een foto op een tafeltje naast de bank, van zichzelf in middeleeuws gewaad. 'Hier ben ik Isolde. Ze treurt omdat ze niet bij haar beminde Tristan kan zijn. Mijn lievelingsrol.'

'Omdat u er iets in herkent?'

Ze glimlacht voor het eerst licht weemoedig. 'Misschien ja.'

Ze hijst zichzelf met moeite omhoog in de kussens en zegt: 'Ik wil weg. Het is genoeg.'

Hij kijkt haar even verbouwereerd aan.

'Naar dat plekje daar.' Naast Strawinsky bedoelt ze?

'U bent nog zo vitaal.'

'Dat zeggen mijn vrienden ook. Die beginnen te jammeren, vinden het vreselijk als ik zo praat. Maar ik ben er niet sentimenteel over; het is slechts een kleed dat je aflegt, een kostuum dat je uittrekt. Ik heb alles van het leven gehad, heb de mooiste rollen gespeeld, op de prachtigste plekken gewoond, een glanstijd van deze stad meegemaakt. Nu hoop ik dat de Allerhoogste snel inziet dat ik hier niets meer te zoeken heb.'

'Zullen we dan nog maar een glaasje drinken, nu het nog kan?'

Dat vindt ze een goed idee.

'Maar hoe komt u als Siciliaan in Venetië terecht en dan nog wel als student Russisch?'

'De eerste acht jaar van mijn leven heb ik in Venetië gewoond. Toen gingen we terug naar Sicilië waar mijn familie vandaan komt. Onder druk van mijn vader ben ik rechten gaan studeren, maar dat vond ik niks. Op een dag bladerde ik in een tweetalige bloemlezing van Russische poëzie, *Van Poesjkin tot Pasternak*, en dat maakte zo'n indruk dat ik die gedichten in het origineel wilde lezen. Ik vond de taal mooi klinken, hield van de Russische romans, die bij mijn ouders thuis in de kast stonden, en werd verliefd op een studente Russisch...'

'Altijd de liefde.'

'Ze studeerde Russisch uit politieke overtuiging.'

'O jeetje. Een communiste?'

'Ja, maar dat ligt ingewikkeld op Sicilië. De communistische partij strijdt erg tegen corruptie en de maffia. Ik heb me een tijdje mee laten slepen, bewonderde haar om haar idealisme. Ze was een meisje uit een zeer vooraanstaande familie. Maar ze sloeg door, werd te fanatiek en intussen was ik helemaal in de ban van de taal en de literatuur. Dat vond zij flauwekul en tijdverspilling. Het ging mis en toen heb ik besloten...'

'Hier verder te studeren. En u heeft geen nieuwe communiste ontmoet?'

'Geen communiste nee.'

'Wel een nieuwe liefde?'

'Ach, ik weet niet...'

'Dat gaat ook niet zo goed, ik zie het al.' Ze lacht. 'Wij Russen zeggen: Als je niet lijdt onder de liefde, is het geen liefde.'

'Bent u het daarmee eens?' vraagt hij en hij beseft dat het misschien een al te persoonlijke vraag is.

Ze glimlacht. 'Laten we het daar de volgende keer over hebben. Nu ben ik wat moe. Ga door met uw studie, dat is uw burcht. Het ballet en het theater waren dat voor mij. Misschien kunt u de volgende keer komen eten. Ik kook zelf niet, er is een dame die wat voor me bereidt.'

Zou dat die kapster zijn? Hij moet haar vertellen van zijn baantje op het kerkhof, maar nu op de drempel is een beetje vreemd.

'Vergeeft u me dat ik blijf zitten.'

Hij buigt en kust haar hand, waar een grote groene steen op flonkert.

'Belt u mij een van de komende dagen. Tussen twee uur 's middags en drie uur 's nachts treft u me altijd. En doet u de groeten aan meneer Soffiato als u hem spreekt.'

Haar ogen fonkelen weer. In de loop van de avond is ze steeds meer op haar portretten van vroeger gaan lijken.

'Ik heb nog één verzoek: zou u het licht boven dat schilderij uit willen doen?' Irina in tsarinagewaad verdwijnt in het donker.

Dan trekt Salvo de deur achter zich dicht, gaat de trap af en wandelt over een natte kade terug naar de boot. De lucht is zwart als het water. Koepels en torens zijn opgeslokt door de nacht. Bij de kerk van de Redentore staat weer een man met een bauta, zijn witte masker licht op in het donker. Aan de overkant brandt heel hoog een eenzame lamp in de bouwkraan bij La Fenice, waar ze Isolde danste.

De bar waar hij met Flaminia een drankje had gedronken voordat ze afscheid namen na hun eerste nacht is gesloten. Toen hij thuis was gekomen had ze meteen gebeld: 'Ik mis je,' had ze gezegd, 'en het zal nog wel erger worden.'

Dinsdag

Salvo ritst zijn witte pak dicht.

Ze gaan ruimen op Campo B. Zorzi vraagt hem een paar beenderkistjes te halen.

Als hij even later met de zinken kistjes onder zijn arm de poort door loopt waar een bord is neergezet met de woorden: WORDT GERUIMD, komt hij in een hof vol kleurige kunstbloemen en onlangs geplante cipressen. In de verte is een gedeelte van het terrein afgeschermd door een brede strook plastic.

Salvo loopt erheen. Een enkele zerk staat overeind in de omgewoelde en leeggehaalde aarde, een witte schepauto wacht met roerloze grijparm. Er zijn veel mannen in de weer, allemaal in het witte pak dat na het werk wordt weggegooid, alleen Geremia, die de lijst met gegevens in zijn hand heeft, is in het gewone uniform. Iedereen draagt handschoenen. Drie oude mensen staan op enige afstand zwijgend te kijken. Er zijn al een paar graven gedaan en sommige familieleden lopen net weg. De hemel is vriendelijk blauw, in de stad liggen de carnavalsgasten nog te slapen.

Vrijdag zijn de graven al geopend om de situatie op te nemen. Acht van de tien lichamen zijn verteerd, want de graven zijn tamelijk oud, zo'n dertig jaar.

Zorzi neemt het zinken kistje van hem over en zet het naast het graf waarin Dino is afgedaald. Dino legt de beenderen erin, ellepijpen, vingerkootjes, rugwervels, de schedel. Het zijn anonieme botten geworden, je kunt niet meer zien of het een man was of een vrouw, oud of jong.

Dino gaat zoals gewoonlijk heel kalm en secuur te werk. Toen Salvo zijn bewondering daarover uitsprak zei hij: 'Bij de spoorwegen moest ik vaak wagons legen met darmen van dieren.' Die werden na te zijn schoongeschrobd als worstomhulsel gebruikt. 'Daarbij vergeleken is deze lucht parfum en bovendien hoor ik bij elk lijk dat ik ruim het welkomstgetrompetter van de engelen aan de hemelpoort.'

Met krijt schrijft Zorzi een naam op het zinken kistje. Dat moet straks naar de receptie en wordt daar opgehaald door de familie, die het meeneemt naar het kerkhof van het Lido.

Op een metalen kar staat een dichtgetimmerde kist met een niet-vergane dode, die bestemd is voor het crematorium, in een andere hoek van het kerkhof.

Geremia, een stevige kerel die nors overkomt, maar in wezen wel aardig is, noemt de naam van de overledene die in het volgende graf ligt. De oude mensen knikken. Hij vertelt dat het lichaam verteerd is en dat de stoffelijke resten in een beenderkistje kunnen worden gedeponeerd. Dat zullen ze dan inmetselen in een muur en het kan daar dertig jaar blijven. Hij noemt de prijs. Ze gaan akkoord. Over dertig jaar zijn die mensen ook al ingemetseld, onder de grond gestopt of in rook opgegaan, denkt Salvo. En hijzelf, Flaminia? Vervolgens vraagt Geremia of ze een blik willen werpen in het graf. De man loopt mee, de vrouwen blijven staan. Uiterlijk onbewogen keert de man naar hen terug. Ze wachten tot Dino de beenderen in de zinken kist heeft gelegd, dan drukken ze Geremia de hand en wandelen weg.

Soms willen de mensen niet kijken, soms wel, soms blijven ze kalm, soms huilen ze. Onlangs wilden mensen helpen bij het verzamelen van het gebeente. 'Het is onze vader,' zeiden ze. Hij had het er met Tom over gehad. Die begreep er niks van, zei hij. 'Aan de ene kant raken Italianen in paniek als je over de dood praat en gaan ze onmiddellijk op ongeverfd hout kloppen, aan de andere kant willen ze met hun neus vooraan staan als er een dierbare wordt opgegraven.' Hij betreurde het dat hij niet joods was, zei Tom, want dan werd hij nooit geruimd. Dat maakte het joodse kerkhof op het Lido zo geheimzinnig, met die eeuwenoude grafzerken die vaak zelf bijna in de aarde waren verdwenen, en half of geheel bedolven onder het hoge groen. Ook op het orthodoxe en protestantse kerkhof hier werden de doden met rust gelaten: er was nog ruimte genoeg, Strawinsky lag er veilig en de prinses straks ook.

Dino daalt af in het volgende graf, samen met Paolo, een jonge man met een oorring, die minder kalm en laconiek is. Hij vindt dit niet bepaald een ideale baan, maar hij heeft geen keus, zegt hij, omdat hij een pril gezin in leven moet houden.

Het lijk moet worden losgehakt van de bodem van de kist. Dan tillen vier mannen het met metalen haken omhoog, terwijl Zorzi op rustige toon aanwijzingen geeft. Het is een Giacometti-achtig beeld, lang, dun, donker en onbuigzaam. Ieder lijk is anders, had Zorzi gezegd, sommige zien eruit zoals ze in de kist zijn gelegd, de blos nog op de wangen, af en toe is het gemummificeerd zoals nu. Salvo helpt bij het openhouden van de witte zak als ze het lijk erin leggen. Zorzi giet er twee flessen enzymenvloeistof in leeg, dan wordt de zak dichtgeritst en in een simpele kist gelegd. Het dichttimmeren klinkt over het stille kerkhof. De kist wordt op een kar afgevoerd en straks op een andere plek herbegraven. Over twee jaar moet het lijk zijn vergaan. Ook deze procedure is een nieuwe verordening van de AMAV. Tot voor kort werd het graf, als het lichaam niet verteerd was, weer gesloten.

De marmeren grafstenen belanden op een andere kar en worden straks vermalen.

De kuilen worden weer dichtgegooid, door vijf spitters tegelijk. Dan moeten ze de ruiming van de volgende dag voorbereiden. De graafmachine maakt het gat, waarna met een pikhouweel het deksel van de kist wordt losgemaakt. Ze bekijken hoe de stoffelijke overschotten eraan toe zijn zodat ze de volgende dag zijn voorbereid en weten of er beenderkistjes of grote kisten nodig zijn. Vervolgens wordt er mandarijnenparfum overheen gespoten en kan het geheel een nacht luchten.

Zorzi vraagt of hij met hem meeloopt om de beenderen naar de grote gemeenschappelijke grafkuil te brengen. Als er geen verwanten reageren gaat het zo. In twee gevallen had niemand zich gemeld. Ze dragen allebei een vuilniszak.

Salvo weet niet eens van wie de beenderen zijn die hij draagt. Zorzi weet het ook niet, maar ze kunnen het straks nakijken, zegt hij. Het is een flinke wandeling. De zak is licht, Zorzi had ze best allebei kunnen dragen, maar misschien wil hij hem het graven openen besparen of heeft hij behoefte aan wat aanspraak.

En passant wijst hij hem op een groot monument. 'Dat is het graf van een rijke koekjesfabrikant, de zuilen zijn antiek en komen uit Noord-Afrika. Hoe was het bij de prinses?'

'Ze zei dat ze het leuk vond een nieuwe kennis te hebben opgedaan via haar begrafenisondernemer. Ze praat heel luchtig over de dood.'

'Ja, zo zijn Russen, ik heb ze soms broodjes zien eten bij een graf, dat gaat er heel gezellig aan toe.'

'In Rusland zijn de kerkhoven met Pasen één grote picknickplaats. Rondom veel graven staan bankjes en bij die jaarlijkse reünie leggen ze ook vaak een kleed over het graf waarop ze het eten en drinken uitstallen.'

Ze komen bij een marmeren plein omringd door marmeren muren met beendernissen. In het midden van het plein zit een groot ijzeren luik. 'Het is bijna vol,' zegt Zorzi terwijl hij het luik optilt. Er zit niet eens een grendel op. Salvo kijkt in een kuil vol beenderen en schedels. Ze gooien hun zakken leeg. Twee doodskoppen rollen bij de andere.

Met een galmend geluid valt het luik weer dicht.

'Op Allerzielen komt de patriarch hier de doden zegenen. Dat is een mooie plechtigheid. Het is dan heel druk, iedereen heeft kaarsen en bloemen bij zich.'

Ze lopen terug met de lege vuilniszakken. Levend vlees wil Salvo in zijn handen. Hij gaat Flaminia bellen, zonder verder tijd te verliezen. Hij zegt gewoon dat hij haar mist, dat hij haar vast wil houden en als zij daar niet meer van gediend is moet ze dat zeggen. Dit verdraagt hij niet langer. Op deze manier is hij ook al dood. Liefde is lijden, zei de prinses. Nou, dan is hij geen Rus, maar gewoon een Italiaan en nog wel een Siciliaan. Hij wil een warm kloppend lijf in zijn armen, en als zij hem dat niet meer wil bieden, zoekt hij een ander. Basta.

Het had hem soms zo ontroerd als hij haar warme lijfje vasthield als ze sliep en hij bedacht dat het ooit uit elkaar zou vallen. Zij dacht die dingen waarschijnlijk nooit en daarom ging ze zo onvoorzichtig met hem om.

De mollige engeltjes zijn net cupidootjes en de moeder Gods draagt hetzelfde hemelsblauw dat Flaminia zo flatteert omdat het de kleur is van haar ogen. De twee oude dames die de beenderen van hun broer op komen halen om die mee te nemen naar het kerkhof op het Lido, wilden nog even naar de mis. Salvo draagt het kistje en schuift naast hen op de houten bank. Er zijn nog vier bejaarde mensen in de kleine kapel, onder het gehoor van de oude monnik die zittend op een stoel voor het altaar met een hondje op schoot net zijn preek afrondt. 'Ook de heidenen hebben hun vrienden lief,' zegt hij met bevende stem. 'Maar Christus geeft ons de opdracht ook van onze vijanden te houden.'

Als het moment voor de eucharistie is aangebroken schuifelt een andere stokoude monnik op bruine sloffen naar voren om zijn broeder te helpen. Aan het witte koord om zijn middel bungelt een grote rozenkrans. Met trillende handen voeren ze de altaarrituelen uit. De gelovigen lopen naar voren en buigen voor de broze franciscaan, die op zijn stoel blijft zitten terwijl hij een hostie op hun tong legt. Eerst gaat de ene oude dame naar voren en als die weer naast het kistje zit, staat haar zuster op.

De zon breekt naar binnen door het kleurige glas en strooit carnavalskleuren over het grijze marmer.

Salvo begeleidt de dames naar buiten en wandelt met hen

over de loopplanken naar de aanlegsteiger. Als de vaporetto arriveert, overhandigt hij het kistje.

Eerst naar huis om te bellen.

Hij zal gewoon net doen of er niks aan de hand is. Niet zeuren, dat is zwak. Kwaad worden misschien. Hij belt gewoon en hij ziet wel, over vijftig jaar zijn ze allebei dood en misschien al geruimd.

Hij toetst de nummers in en ziet zijn vingerkootjes, nu nog in vlees verpakt. Strelen wil hij, nu zijn hand dat nog kan, liefkozen, knijpen, vasthouden en vastgehouden worden.

'O lieveling.'

Het lijkt of ze echt blij verrast is.

'Waarom zien we elkaar niet?' vraagt hij zakelijk.

'Ik wil je graag zien, maar ik heb het vreselijk druk, een huis vol gasten.'

'Maar...' Vorig jaar voegde hij goed in dat gezelschap.

'Mijn man is er ook.'

Nu komt ze ineens met haar man op de proppen. Haar man was nooit een excuus geweest. Ze hadden elk hun eigen leven.

'Ik wil hem geen verdriet doen.'

Hem wel dan? Ze moest voorzichtig zijn met haar echtgenoot. En met hem kon ze sollen?

'Is het goed met je, tesoro?'

Nee, maar hij zegt 'ja', verdomme.

'Binnenkort, zo snel mogelijk, zien we elkaar. Ik moet nu even een pauze inlassen. Pas goed op jezelf, mijn hartje. Ik omhels je, *amore mio*.'

En daar zat hij ineens weer met die hoorn in zijn hand. Verbluft. Amore mio!?

Nou heeft hij weer niks gezegd. Hoe kan dit? Ze ontneemt hem de wapens door zo lief te lispelen, net te doen of er niets aan de hand is. Maar misschien is dat ook zo? Natuurlijk is er wel iets aan de hand. Zou haar man haar jaloezie hebben opgewekt door een affaire, of had hij juist met een vriendin gebroken en was hij er weer helemaal voor haar? Hij was vriendelijk gebleven omdat hij hoopte dat alles gewoon was, omdat hij even geloofde, wilde geloven wat ze zei, en omdat hij bang was om jaloers en dwingerig te zijn. Hij wilde niet het clichébeeld van de Siciliaanse macho bevestigen.

Had hij iets fout gedaan? Dacht ze dat hij haar bedroog? Had iemand over hem geroddeld? Ieder zit opgesloten in zijn eigen wereld, had zij tijdens een van haar sombere buien wel eens verzucht. Hij had zich gekwetst gevoeld, hij deed zo zijn best, leefde zo met haar mee. Hij is kwaad op haar en op zichzelf, dat hij niet wat harder is opgetreden, dat hij die onzin gewoon maar weer begreep. Nou, hij begrijpt er helemaal niks van.

Hij gaat haar bespioneren, het kan niet anders. Ze ontglipt hem voortdurend, als water. Straks gaat hij een masker en een cape huren bij Nicoletta. Dat nichterige pak van vorig jaar was ook eigenlijk niks voor hem. Een zwarte cape, een bauta en een *larva*. Een mooie naam voor dat masker, wit als een spook en als een made. Hij zal rondwroeten door de Venetiaanse naar rottenis stinkende nacht als een made door de donkere aarde, als een geest die geen rust vindt. Hij zal te weten komen hoe het zit.

Daarna kan hij even bij Zorzi binnenlopen, zijn atelier is vlak bij dat van Nicoletta.

Ze leek echt blij te klinken toen ze hem hoorde. Misschien is het waar wat ze zegt en moet hij gewoon geduld hebben.

Hij zou moeten gaan lezen, naar muziek luisteren. Hij

denkt aan de prinses en haar verstilde wereld. 'Ga door met uw studie.' Maar hij is rusteloos. De prinses heeft ongetwijfeld ook haar hartstochten gekend, en tijden waarin ze zich door de passie leiden liet. 'Altijd de liefde,' zei ze, vol begrip. Zich terugtrekken uit de wereld kan altijd nog. Hoewel, eigenlijk had hij dat al gedaan.

Hij eet een broodje in de bar bij de aanlegsteiger waar hij altijd de vaporetto naar het kerkhof neemt, en gaat dan de Calle del fumo in, de steeg van de rook, waar Nicoletta haar naaiatelier heeft. Er zit een briefje op de deur met de mededeling dat ze er vandaag niet is. Op de ruit van de etalage die vol staat met de schitterendste kostuums, hangt een foto van haarzelf, haar weelderige lijf exuberant verpakt in hoepelrok en roesjes. Veel veren op haar hoed.

Gianni is er wel, in zijn kleine drukkerij schuin aan de overkant.

Maanden geleden werd Salvo's aandacht getrokken door een verzameling visitekaartjes en ex-librissen in de etalage. Er stonden alleen buitenlandse namen op. Ook die van Joseph Brodsky, met de tekening van een poes. De tekening was van Brodsky zelf, vertelde Gianni, die de grote dichter meermalen op bezoek had gehad voordat hij zo droevig onverwacht overleed en vervolgens verhuisde naar San Michele.

Gianni is bezig een dikke laag pleisterwerk van de muur te hakken zodat de oude stenen en houten balken te voorschijn komen. 'Ik sla eerst een stuk van het huis kort en klein om me af te reageren,' zegt hij met een lachje. 'Daarna kan ik rustig werken.'

Onlangs heeft hij deze ruimte gekocht. 'Mijn vrouw komt uit Rome, maar is zo dom dat ze hier wil wonen. We maken er het beste van.' Hijzelf is geboren en getogen Venetiaan. 'Het moet zo puur en strak mogelijk zijn, want ik maak al rommel genoeg.'

Er staan een paar grote oude drukpersen en de wanden hangen vol met prenten. Overal liggen stapels kaartjes, gedrukt in donkerblauw, groen of Venetiaans rood. Tegen een lange zijmuur zijn kasten opgesteld met laatjes vol lettertjes. Alles is overgenomen van de Armeniërs die hem het vak hebben geleerd. Vijftien jaar heeft hij bij hen in de drukkerij van het klooster gewerkt op het Isola degli Armeni. Behalve de Romeinse en Griekse kent hij ook de cyrillische letters en ook daarvan heeft hij laden vol. De monniken stapten over op de computer, en ook alle vijfentwintig leerlingen. Gianni is de enige die trouw bleef aan de drukpers. 'Iemand moet toch de grote traditie van deze stad voortzetten.' Hij was voor zichzelf begonnen, wat in het begin niet eenvoudig bleek, maar nu komen ze uit alle hoeken van de wereld naar hem toe. Hij werkt vrijwel alleen voor buitenlanders. In de etalage ligt dan ook niet één Italiaans visitekaartje.

'Dat gezeur altijd over die buitenlanders. Deze stad bestaat bij de gratie van hen. We leven alleen nog van het toerisme.

Veel gebouwen worden door Amerikanen gerestaureerd. Zij houden van Venetië, laten ze hier maar komen wonen. Venetië is van iedereen geworden, zo is het nu eenmaal. De Venetianen zijn allemaal gondeliers en mensen die met handgeklap toeristen een restaurant in lokken. Zij laten de stad naar de bliksem gaan en tot het laatst willen ze haar uitbuiten. Ze behandelen haar zoals een pooier een hoer, met liefde heeft het niks te maken. Buitenlanders staan te dringen om te helpen bij het oplossen van het *acqua alta*-probleem. Maar waarom gebeurt er niks? Omdat dat hoge water een belangrijke toeristische attractie is. Na ons de zondvloed, denken ze. Tom was hier trouwens nog met een Amerikaanse museumdirecteur.'

Hij voelt even een steek in zijn borst.

'Wanneer?'

'Gisteren.'

En hij had niet gebeld om in de buurt iets te drinken? Dat deed hij anders altijd.

'Die man wist alles van de kerken hier. Amerikaanse vrienden van hem hebben de vloer in de San Donato op Murano laten verhogen zodat je niet meer met boten de hostie hoeft te gaan halen.'

'Hoe oud was die man? Hoe zag hij eruit? Misschien ken ik hem,' liegt Salvo. Natuurlijk logeerde die vent bij Flaminia. Ze stuurde Tom altijd met haar gasten op pad.

'Even in de vijftig. Een echte Amerikaan. Groot, blond, een open gezicht. Geen enkele gewichtigdoenerij waar die directeuren hier zo'n handje van hebben. Hij was ook zeer geïnteresseerd in het drukkersvak.'

Gianni heeft een doek gepakt en stoft de persen af.

'Na mijn dood wordt dit allemaal weggegooid,' zegt hij. 'Dan moet je naar New York om handgedrukte visitekaartjes te laten maken. De computer was hier een jaar later dan in Amerika en daar begrijpen ze dat er straks behoefte is aan ouderwets vakwerk.'

'Was hij hier voor het carnaval?'

'Hij kwam wel bij Nicoletta vandaan. Ze heeft het heel druk, ook bij haar is het een *va et vient* van Amerikanen en Fransen.'

Gianni heeft het nu ook extra druk. Japanse violisten, een Duitse dirigent, een Deense filmregisseuse stoppen voor hun vertrek graag een doosje met nieuwe oude visitekaart-jes in hun koffer.

'Maar ik laat me niet gek maken. Ook dat heb ik van de Ar-meniërs geleerd. Het waren heel bijzondere mensen met een grote innerlijke rust. Ook heel humoristisch trouwens en ongelooflijk geletterd, velen van hen beheersen meer dan zeven talen. Ze hebben me geleerd dat je je niet druk moet maken om onbelangrijke dingen. En dat je in moeilij-ke situaties niet meteen de boel moet forceren, veel heeft simpelweg tijd nodig.' Maar je kunt het goede moment ook voorbij laten gaan, denkt Salvo bij zichzelf. Als dit nog lang zo voortziekt met Flaminia valt er niks meer te redden. Grijp vrouwe Fortuna bij de kuif, haar achterhoofd is kaal, zei zijn moeder vaak.

Voor Salvo weggaat laat hij hem een paar nieuwe aanwin-sten zien: afdrukken van de originele Pinocchio-illustraties – de hele serie was meteen gekocht door een Russische uit-gever – en prenten van de oer-Topolino, Mickey Mouse. 'Daar was de museumdirecteur erg door geroerd, want het bracht hem terug naar zijn kindertijd.'

Die yankee zit Salvo zo dwars dat hij vergeet te vragen of er nog mooie antieke boekjes zijn die Gianni moet restaure-ren.

Zorzi staat gebogen over een werktafel. Hij kijkt verrast op als hij Salvo ziet. Bij de ingang ligt een grote marmeren graf-steen met een foto van een jonge vrouw in een mooie jurk, haar handen uitdagend in haar zij. Door een marmeren bloembak wordt haar steen verbonden met een andere waarop een foto van een ouder echtpaar staat. Op beide ste-nen is een lampje vastgemaakt.

Hij leest de data. De vrouw is vorige maand op dertigjari-ge leeftijd overleden.

'Ongeluk. Dat zijn de grootouders.'

'Ik wil je niet van je werk houden.'

Maar Zorzi vindt het leuk dat hij langs is gekomen. Hij was een bloemenrand aan het tekenen op een grafsteen. 'Die moet ik uitbeitelen en mijn zoon bedekt hem dan met bladgoud.'

Het atelier is eigenlijk van zijn zoon, maar die komt heel onregelmatig, hij wordt nogal afgeleid door de liefde, zegt zijn vader met enige zorg. 'Hij had een heel aardig vriendinnetje, ze heeft twee jaar bij ons in huis gewoond en was als een dochter. We hadden net kennisgemaakt met de ouders en toen werd hij ineens verliefd op een ander. Tja, wat doe je eraan?'

Er komt een man binnen met wie meteen een heftig gesprek losbrandt in Venetiaans dialect. Salvo kijkt intussen rond. Door een poort komt hij in een andere ruimte, met raadselachtige machines en een grote bak om in te polijsten. Op schappen staan beelden, van Maria, van Christus, van blije en verdrietige engeltjes. Alles is bedekt met marmergruis.

De man gaat weer weg. 'Zijn echtgenote was niet tevreden over de steen van haar zuster. Er zat een enkele rand om en ze wilde graag een dubbele.' Nee, het stoort hem helemaal niet dat het over moet. 'Die mensen gaan tien jaar lang elke week naar het graf. Als er dan iets niet klopt is dat erg.' Hij heeft Zorzi nog nooit geërgerd gezien. Tenzij het over de AMAV gaat.

Hij leidt hem langs zijn werkstukken, stenen met andere bloemenranden, een zerk met een toetsenbord, voor een pianist, een portret van paus Johannes de Drieëntwintigste, die bij Venetianen extra geliefd is omdat hij, voordat hij de plaatsvervanger van Christus op aarde werd, patriarch was van deze stad. Een beeld van een springend paard. Dat vindt hij de mooiste opdrachten. Dan haalt hij foto's te voorschijn van een steen met een reliëf van de Squero van San Trovaso, de gondelbouwplaats vlak bij bar La Cantina en het huis van Flaminia. De steen staat voor de beendernis van de vorige eigenaar.

'Deze hoort er niet tussen.' Het is een foto van drie jongens met een gitaar, en één achter een drumstel.

'Hé, dat ben jij!' Hij herkent Zorzi in de drummer. Jong, slank en met een bos zwarte krullen. Zorzi lacht verlegen.

'We hadden veel succes met die band, traden vaak op, het geld kreeg mijn moeder, want ik woonde nog thuis. Ik heb heel veel verschillende dingen gedaan, ben visser geweest, metselaar, maar beeldhouwen is mijn passie.' Op zijn veertiende was hij al assistent van een marmerbewerker. Als hij over een jaar met pensioen gaat als doodgraver kan hij zich helemaal aan het beeldhouwen wijden.

'Ben je blij dat je binnenkort stopt?'

'Ik heb daar altijd met plezier gewerkt.'

'Werd je er nooit treurig van?'

'Soms wel, maar het werk moet toch gedaan. Natuurlijk, het raakt je altijd, het verdriet van de mensen. Een kind, dat vind ik het moeilijkste. Laatst was er zo'n begrafenis. Jij was toen op Sicilië. De vader gaf me met trillende handen een klein wit kistje. Mijn handen trilden ook.'

Hij is even stil.

'Het is niet erg als ze je emotie zien, maar je moet je wel beheersen op zo'n moment, dat hoort bij het vak. Vorig jaar is er een ernstig ongeluk gebeurd waarbij drie jonge mensen zijn omgekomen. Twee jongens en een meisje. Eerst zouden we het meisje begraven. Ik keek naar het geboortejaar: hetzelfde als dat van mijn dochter. Toen kon ik mijn ogen niet droog houden. Ik zag die ouders staan.'

Hij is weer even stil en zegt dan: 'De ontwikkelingen van de laatste tijd bevallen me niks. De sfeer is erg verslechterd sinds de AMAV het kerkhof bestuurt. Dat pietluttige letten op de werktijden, het afschaffen van de maaltijd, maar voor- al dat snelle ruimen heeft een kwalijke invloed. Ze zeggen dat het ruimtegebrek is, maar het draait alleen om geld. Voor elk lijk dat verbrand wordt, krijgen ze een flink bedrag van de gemeente. Het is een industrie geworden. Vroeger ruimden we alleen totaal verteerde lichamen. Dat hele ge- doe met die enzymenvloeistof, ik moet nog zien of het werkt. Het is me ook een raadsel waarom dat spul niet ge- woon in het oude graf gegoten kan worden. Ik heb het voor- gesteld, maar ze wilden er niet van weten. Toen we de eerste keer zo'n ruiming deden, met de hand, bedacht ik meteen die metalen haken. Kan ik je een glaasje aanbieden?' Hij houdt een fles amaro omhoog. Salvo is daar wel aan toe. Zor- zi spoelt twee glazen om en schenkt in.

'Het is geen prettig werk. Het blijft een menselijk li- chaam. Ik probeer te helpen, zo veel mogelijk tegen de man- nen te praten. Vanwege dat ruimen melden die jongeren zich zo vaak ziek. Ze zeggen dat ze last van hun rug hebben. Ik heb ze al zo vaak voorgedaan hoe ze door hun knieën moeten zakken als ze kracht zetten, maar ze willen niet le- ren. Jij hebt een andere instelling. Die oudere mannen zeu- ren ook nooit, melden zich niet ziek, ze zijn gewend om te werken.'

Hij schenkt de glazen weer vol.

'Je zult zien dat de situatie verandert als er straks extra wordt betaald voor het ruimen, ook al is het niet veel. Nu klagen ze: "Altijd ik." Straks zeggen ze: "Altijd hij." De AMAV wil zich er vanaf maken door extra te betalen. Maar niet alles los je op met geld.'

Hij denkt dat over een poosje geen enkele Italiaan dit werk nog wil doen. 'Binnenkort werken daar alleen maar Albanezen.' Een oud dametje tikt tegen het raam en zwaait.

Zorzi zwaait hartelijk terug. 'Ze was lerares Frans, haar man ligt op San Michele. Elk jaar op zijn sterfdag staat er een paginagrote advertentie in de krant: PER IL MIO LAURO. Een paar jaar geleden heb ik het graf opengemaakt, het lichaam was volledig intact en daarom werd het weer gesloten. Zo waren de gebruiken tot voor kort. Cremeren is het beste. Het is moeilijker voor de nabestaanden. Maar het is een beetje onzinnig een lichaam te begraven dat tien jaar later alsnog wordt gecremeerd.'

'Ga je straks ook beelden maken die niet voor het kerkhof zijn bestemd?'

'Nee, alleen voor het kerkhof. Het betekent zo veel voor de mensen, je kunt ze echt helpen. Zoals de moeder van die vrouw.' Hij wijst naar de zerk met de foto van de jonge vrouw in de mooie jurk. 'Ze hield maar niet op met complimenten maken en bedanken.'

Salvo slentert door de stegen. Veel Venetianen gaan om een uur of vijf de deur uit en wandelen zomaar wat rond, nemen hier en daar een sprizz, komen elkaar tegen, veranderen van route. Daardoor heb je hier een directer en vanzelfsprekender contact, je groet ook onbekenden die soms geleidelijk bekenden worden. Ook na een avond uit, een diner of een voorstelling dwaal je door de stille stad die dan op haar mooist is. In Catania stapt iedereen in de auto en plonst in de heksenketel van het verkeer. Dit is de stad van de mysterieuze ontmoetingen, maar je raakt elkaar ook net zo mysterieus weer kwijt.

In de winkels, goedkope boetiekjes of dure ateliers, worden kostuums en maskers gepast. Hij ziet een dame die een hoed past met een zeilschip erop, een klein dik mannetje dat getransformeerd wordt tot zeeheld, een vrouw die ronddraait in een sprookjesjurk vol flonkertjes en strikken, maar als ze haar masker met de grote verleidelijke hertenogen afzet om een ander te proberen, komt er een lelijke kop achter vandaan. Flaminia's gezicht was mooier dan haar maskers. Maar dat lieve fraaie snuitje was dus net zo goed een masker. Het masker van een heks, die liefde veinsde. Die fijne trekjes en dat zenuwticje af en toe dat hij voor gevoeligheid gehouden had, blijken de vermomming van een snol. Zou ze echt met die museumdirecteur... Het hoeft natuurlijk niet. Ik moet even een pauze inlassen, zei ze. Maar je kunt toch iemand niet zomaar in de koelkast zetten. In elk geval moet ze niet verbaasd zijn als hij straks is verkild.

Er staan plassen op het San Marcoplein en de tafels die eerst opgestapeld waren, zijn nu als dominostenen achter elkaar gezet zodat ze loopbruggen vormen. De avond valt, het plein is bijna leeg. De mensen die er zijn, staan of zitten bij het grote scherm naast de klokkentoren en vergapen zich afgunstig aan de beelden van ruisende feesten in dure palazzi.

Op de muziek van een in kostuum gestoken strijkje dansen historisch uitgedoste gasten, weerkaatst door oude spiegels en bijna net zo naijverig begluurd door de klassieke goden en godinnen die zonder kleren de plafonds versieren.

Daarna volgen filmbeelden van de gondelstoet over het Canal Grande. Vorig jaar zat hij ook in zo'n door fakkels verlichte gondel. Maar verrek, dat is Flaminia, haar roze jurk, haar blonde pijpenkrullen onder de hoed. Wie is die vent die naast haar zit?

Dat is hijzelf, zijn rode pak onder de zwarte cape. Hij is het die haar hand vasthoudt, de zachte zijde van haar handschoen. Het is de stoet van vorig jaar! Even kijkt hij verdwaasd om zich heen. Die mensen moesten eens weten dat deze sombere figuur in spijkerbroek en regenjack dezelfde is als dat fatje daar dat met zijn in fluweel verpakte hand het handje van die mooie vrouw vasthoudt.

Ze waren toen een palazzo binnengevaren, waar mannen in achttiende-eeuws livrei hen hadden opgevangen. Ze waren over gebeeldhouwde trappen naar boven geklommen en in zalen beland die door kroonluchters vol echte kaarsen waren verlicht. Ze hadden gedronken uit antieke glazen en gegeten van antiek servies. Iedereen was in achttiende-eeuws kostuum en je geloofde werkelijk dat de tijd was teruggezet.

Het was hem alles meegevallen. Hij had verwacht naar hetzelfde smakeloze geneuzel over zaken en politiek te moeten luisteren als tijdens andere jetsetpartijen, nu alleen met verkleedkleren aan, maar dat was niet zo. Er gebeurde iets met de mensen, de kleren gaven hun een rol. Het was een subtiel gezelschapsspel en het viel hem op hoeveel de gasten wisten van de geschiedenis van deze stad.

Vanavond is er weer zo'n gondelstoet, leest hij op het grote scherm, en over twee dagen een feest in datzelfde palazzo. Er verschijnt een nummer dat je kunt bellen om te reserveren, gevolgd door het bedrag dat je mag betalen. Ongetwijfeld gaat dat het budget van de mensen hier te boven.

De feestbeelden worden weggedrukt door een reclame voor olijfolie en daarna wordt ons wijsgemaakt dat het carnaval niet af is zonder het Venetiaanse drankje Bellini. De flessen kosten hier driemaal zo veel als buiten Venetië.

Nee, hij gaat niet naar Florian. Dat doet hij pas als hij zijn cape en larva heeft. Het idee geeft hem een beetje rust. Hij loopt verder in de richting van het Canal Grande en maakt af en toe een stop in een café om aan de toog een sprizz te drinken. De drukte jaagt hem meestal snel de straat weer op. Het plaveisel is overdekt met confetti, maar er liggen ook aangekloven broodjes en stukken pizza. De schoonmaakdienst werkt in deze periode vierentwintig uur per etmaal, stond in de krant.

Hij leunt tegen een muur in een steeg die uitkomt op het Canal Grande, het water klotst tegen zijn laarzen.

Er vaart een volgepakte vaporetto voorbij, als een drijvende dikbelegde tramezzino, zo'n Venetiaanse sandwich waar de vettigheid uit druipt. Dat zal de laatste gewone boot wel zijn. Gek is hij om hier een beetje te staan loeren: als het te lang duurt gaat hij weg.

Maar daar komt de eerste gondel in zicht, zwart op het zwarte water. De gondel is verlicht door fakkels die een antieke gloed leggen over de kleurige zijden jurken en jassen, de pruiken, de steken en hoeden met veren. Alleen geluid van water klinkt er en soms wat zacht gepraat. Langzaam verschijnt een volgende gondel en een volgende. Ook de gondeliers zijn in ouderwetse kledij. Geruisloos steken ze hun lange stokken in de weerspiegeling van palazzo Salviati, dat hier glinstert in tegenstelling tot de dof geworden doodskapel van de Salviati's op San Michele.

Hij tuurt. Ze zal er vast bij zijn, maar ze draagt natuurlijk een nieuwe jurk, en misschien een maskertje. Het uitkleden was een hele toer geweest, met al die linten, knoopjes, strikken, kousen, al die lagen over elkaar. Ook haar ondergoed was in stijl, dat had ze even aan mogen houden, samen met haar maskertje.

In een van de langzaam voorbijglijdende gondels zit, tussen de frivool uitgedoste mensen, roerloos een klassieke bauta. Het witte masker onder de zwarte steek licht spookachtig op. De dood vaart mee.

Hij gaat hier niet een beetje staan kleumen. Als hij haar zou herkennen weet hij nog niks. Dan weet hij nog niet wie die vent is in dat Casanovapakje die naast haar zit: haar man, die museumdirecteur, Tom? Barst maar. Hij heeft honger.

Zwarte inktvisseninkt lekt op het witte tafelkleed. Zijn vork met *spaghetti alla Veneziana*, die trouwens in Messina net zo wordt gemaakt, blijft even hangen als hij ziet dat er gestaag water onder de deur van het restaurant door sijpelt.

Hij wijst de ober erop.

'De vloed is nu wel ongeveer op zijn hoogst,' zegt deze rustig. Dan loopt hij naar de telefoon, belt en komt even later weer terug.

'Ja, om drie over tien wordt het hoogste punt bereikt.' Hij kijkt op zijn horloge. 'Nog zeven minuten.'

Het staat hier eens in de zo veel tijd onder water. Dan moeten ze de tent sluiten. Er zijn ook klanten die erop inspelen, die mikken het zo uit dat er niets aan de hand is als ze de bestelling plaatsen, maar tijdens de maaltijd de vloer onderloopt, zodat ze met een welgevulde maag kunnen zeggen: 'Voor zo veel ongerief betalen we niet.' Anderen trekken hun schoenen uit en eten rustig door.

De ober doet laarzen aan en gaat naar buiten. Als hij even later terugkomt zegt hij: 'De Piazza San Marco staat blank.'

Juist de rust waarmee het gezegd wordt maakt het zo gek. Salvo heeft het al vaak meegemaakt, maar hij zal er nooit onverschillig voor worden, net zomin als voor de aslaag die soms alle straten, auto's en mensen van Catania overdekt, wanneer de Etna weer eens kuren heeft. Het bezorgt hem een gevoel van euforie, zo duidelijk te merken dat de natuur het altijd wint van mensenwerk.

Als kind hoefde hij soms niet naar school wanneer het water heel hoog stond en zelfs de bruggen bijna onder water waren verdwenen. Boven in zijn Arsenaal zat hij veilig, maar hij was wel eens jaloers op zijn vriendjes bij wie het huis onderliep.

Hij rekent af, doet zijn spijkerbroek in zijn laarzen en gaat naar buiten, het water in. De steeg is een beek geworden en mondt uit in het meer waarin de mooiste onoverdekte balzaal van de wereld is veranderd.

De mensen wandelen over de loopbruggen. Hij klimt er ook op en kijkt naar de weerspiegeling van de San Marco beneden zich.

Het water welt omhoog door gaten in het plein, als uit bronnen. Op sommige plekken zijn rimpelingen te zien. Overal staan schotten voor winkels en restaurants.

Hij stapt van de loopplank en wandelt door het water naar de klokkentoren om te kijken hoe hoog het nu staat. Daar wordt dat precies aangegeven. Het plein is niet waterpas, maar golft als de lagune: op sommige plekken staat het water een paar centimeter hoog, op andere komen de stenen alweer glanzend aan de oppervlakte.

Achter glas is een meetlat te zien, daarnaast geeft een pennetje met inkt de hoogte van het water aan op een rol papier, die langzaam draait zodat een golvende grafiek ontstaat. Om de zes uur is de golf hoog of laag, nu heeft hij de negenentachtig centimeter gehaald. Naast negentig centimeter zit een lampje dat gaat flikkeren als dat niveau is bereikt en de sirenes gaan dan automatisch loeien.

Jammer dat dat er voor vanavond niet meer inzit. Schoonheid die bedreigd wordt krijgt extra glans. Hij heeft zin in een noodsituatie. Al dat vrolijke gefeest werkt hem op de zenuwen. Hij kijkt omhoog langs de toren waar gisteren de duif van neerdaalde en denkt aan de zestienduizend boomstammen waar deze op steunt. Wat had het een indruk gemaakt toen zijn vader hem lang geleden had uitgelegd dat die bomen onder water veranderen in een soort cement, doordat mineralen er zich in vastzetten. Heel Venetië was erop gebouwd.

Het plein is toverachtig en in gedachten ziet hij het donkere sprookjeswoud eronder. Aan zijn voeten spiegelen zich Café Quadri en Café Florian. Nog dieper stralen de sterren.

Het plein is vrijwel leeg, een enkeling wandelt over de loopbrug. Hij blijft een meter lager door het water lopen in de richting van de Riva degli Schiavoni, die grenst aan de lagune.

Straks hoort hij een piano spelen. Die speelt altijd, het hele jaar door, ook als er niemand in het café zit. Ja, vanuit een lege bar klinken de klanken van een piano, het terras dat vanmiddag vol zat is leeggespoeld. Hij draait zich om, zoals Flaminia hem eens gezegd had te doen, en ziet de stenen engel op de voorgevel van de San Marco, met zijn schaduw iets groter daarachter afgetekend op de gouden basiliek.

De grens tussen droom en werkelijkheid wordt hier voortdurend uitgewist, net als die tussen kade en lagune. Je kunt haar slechts vermoeden bij de dobberende gondels waarin gondeliers op gedempte toon zitten te praten.

Bij het Dogenpaleis ligt een man op een bankje te slapen. Ze zeiden hem dat het een Franse edelman is, slachtoffer van een ongelukkige liefde. Hij huist daar al zes jaar, alleen als het water te hoog komt verlaat hij zijn bankje. Geld accepteert hij niet, eten en drinken wel.

Salvo loopt langs de Brug der zuchten, waar de veroordeelden hun laatste blik op de lagune wierpen voordat ze in de duistere kerkers werden opgesloten, en langs Albergo Danieli, waar hij vaak met haar kwam om te eten of een aperitief te drinken. Een enkele keer dansten ze daar, dat konden ze goed samen. Alles is verziekt.

De loopbruggen komen niet helemaal tot aan de ingang van het hotel. Duitsers en Amerikanen rollen zonder een kik te geven hun broekspijpen op, trekken hun schoenen uit en waden door het water, maar een mooie Italiaanse dame staat op de loopplank te roepen dat het een schande is. 'Ik heb hiervoor betaald, u moet me komen halen!'

Net als hij overweegt haar even naar binnen te brengen, verschijnt een grote man in livrei die de dame van de catwalk tilt en in zijn armen over de drempel draagt.

In de Calle del vin, de Steeg van de wijn, waar hij ooit een paar nachten had gelogeerd met Maria, die het hier maar een decadente boel vond, glanzen grote plassen. Toen stond het water ook heel hoog en kwamen de diensters met kaplaarzen het ontbijt serveren. Sommige gasten dronken koffie terwijl ze met hun blote voeten in het water zaten. Maria had de romantiek er niet van ingezien, eigenlijk was dat het breekpunt geweest, de waterscheiding.

Telefoon. Op dit uur, dat moet zij zijn!

'Ciao, sono Irina Kratkoroeki.'

'Principessa, wat een verrassing.'

'U zou bij me komen eten. Schikt het vrijdag of heeft u het te druk met carnaval?'

'Nee, nee, daar doe ik niet aan mee.'

'Groot gelijk. Het lijkt me leuk om verder te praten. Ik heb een paar mooie foto's van Strawinsky gevonden. Zijn er dingen die u niet lust? Houdt u van de Russische keuken?'

'Zeer.'

'Ik vraag het maar, want Italianen eten over het algemeen alleen wat ze van hun moeder kennen.'

Heel goed, dan kan hij van tevoren even bij Florian kijken in zijn vermomming. Door deze afspraak voelt hij zich onafhankelijker. Waar laat hij dat pak dan? Bij La Cantina. Nee, dan lekt het uit, komt Tom erachter. In een ander café.

Voor hij afslaat, een steeg in, staart hij nog even uit over de lagune en ziet een gondel door het donker varen. De gondelier houdt met de ene hand zijn stok vast en met de andere een telefoon.

Aan de overkant glinsteren de lichtjes van de Giudecca, waar prinses Irina nu rondschuifelt achter haar looprek.

Het zit er dik in dat die kapster kookt, bedenkt hij met schrik. Ze zal hem herkennen.

Vrijdag

De knalrode bal van de opgaande zon weerspiegelt zich in de ramen op de kade zodat het lijkt of het daarbinnen in lichterlaaie staat.

Salvo krijgt een tik op zijn schouder. Hij draait zich om. Het is Afro, een tijd lang zagen ze elkaar vaak, bij La Cantina of in een café hier vlakbij want ook Afro woont in deze buurt.

'Werk je nog steeds daar?' vraagt hij met een vies gezicht terwijl hij knikt in de richting van het kerkhof waar ze op af varen. 'Dat je het volhoudt. En hoe is het met je bella?'

'Niet best.'

Hij vindt het prettig om dat eens uit te spreken, tot nu toe heeft hij er met niemand over gepraat.

'Jij bent tenminste niet getrouwd, je kunt het roer nog

omgooien. Kom eens kijken in onze nieuwe werkplaats. Ik ben voor mezelf begonnen met twee vrienden. We zijn er elke dag tot een uur of vijf. Het is pal tegenover jouw werkplek, aan het begin van Murano. Door onze ramen zien we het crematorium. Kom wanneer je wilt, vanmiddag, morgen. Wij doen wat leukers met vuur.'

'Morgen misschien,' zegt Salvo terwijl hij uitstapt. Afro vaart verder naar de volgende halte.

Er zit één moeilijke ruiming bij vandaag. Naast het open graf ligt een berg aarde. Salvo kijkt naar de omgevallen steen. Een vrouw, tweeënzestig geworden, meer dan dertig jaar geleden begraven. Hij wil die meest elementaire dingen altijd weten van de dode die hij ruimt.

Ze staan met hun vijven in hun witte pakken om de kuil. Marco is ook weer terug van vakantie. Hij werkt hier bijna net zo lang als Zorzi, maar is een stukje ouder, de zestig voorbij. Een kleine iele man, die altijd een hoedje met een veertje op zijn hoofd heeft. Ook hij gaat volgend jaar met pensioen, maar hij kijkt er niet naar uit want hij werkt hier met plezier. 'De doden maken geen problemen,' zei hij, 'soms stinken ze een beetje, maar dat is alles.'

Dit lijk stinkt behoorlijk, daar kon het mandarijnenparfum weinig tegen beginnen. Gelukkig zijn er geen familieleden. Ze hebben laten weten dat het lichaam mag worden gecremeerd.

Het deksel van de kist, die gisteren is opengemaakt, ligt er los bovenop, het is niet verkruimeld, tot tabak geworden. 'Door de soort vernis,' zegt Zorzi.

Dino daalt af, met een maskertje voor. Hij tilt het deksel op. Marco en Salvo pakken het aan.

Ook de kist is intact, het lichaam kon geen kant uit. Vlees, kleren en aarde zijn een grauw geheel geworden. Alleen op de plek van het hoofd ligt een keurige kale schedel.

'Geef maar,' zegt Zorzi rustig. 'Waarschijnlijk hebben ze autopsie uitgevoerd, dan lichten ze de schedel en dat versnelt het verteringsproces, bovendien liet die nylon sluier het hoofd vrij.'

Het zal er ooit misschien vredig en geruststellend uit hebben gezien, deze ontslapen vrouw op een glanzend roze bed met een roze sluier toegedekt. Maar dat nylon moest verboden worden, zegt Zorzi, en die dure kisten ook. Linnen is veel beter, dat vergaat, maar dit vinden ze chiquer. Alleen de kistenverkopers varen er wel bij.

Marco legt de schedel in de nieuwe, nu uiterst simpele kist, die op een metalen wagen zo dicht mogelijk bij de kuil staat.

'Trek eerst het nylon los,' zegt Zorzi op kalme toon. Wat moeten ze straks zonder hem? Ook het nylon waar de kist mee was bekleed is grijs geworden. Hier en daar zitten nog wat vaalroze plekken.

Salvo gooit het nylon in een vuilcontainer.

Het lichaam zit vast aan de bodem van de kist. Met spaden en een pikhouweel maken ze het los. Salvo wordt misselijk van die weerzinwekkende cocktail van mandarijnengeur en lijklucht. En van de aanblik, maar hij doet zijn best niets te laten merken. Aan vier hoeken steken ze een lange metalen haak onder het lichaam, ze proberen het op te tillen, maar het zit nog vast. Uiteindelijk lukt het Dino door de schop eronder te schuiven. Het is een grijzige langwerpige plak geworden.

Er wordt een touw onder het midden door getrokken, van middel kan je eigenlijk niet meer spreken.

Nu zijn ze allemaal heel geconcentreerd, vier tillen met een haak, één met het touw.

'Kijk uit dat het niet uit elkaar valt.'

Ze moeten het wel vastpakken. Het vlees is wittig en zeepachtig geworden, het blijft aan de handschoenen zitten.

In de kist.

Deksel erop.

Ze verliezen wel eens een been of arm, zei Zorzi.

Goed dat er geen verwanten bij zijn. Salvo heeft al zijn concentratie nodig om niet over te geven. De anderen maken een kalme indruk, of doen die ook maar alsof? Hier kun je toch niet aan wennen? Hij niet in elk geval.

Hij denkt eraan hoe hij haar in zijn armen hield en ziet dan voor zich hoe ze in brokken uit elkaar valt. Een handje, een voetje. Een gruwelijker sprookje dan het echte leven bestaat niet.

Hij had haar wel eens verteld over die geliefden in *Wuthering Heights* die naast elkaar begraven wilden worden in kisten waarvan de zijkant was weggehaald zodat ze met elkaar zouden vervloeien. Ze was geschokt.

Vroeger kon hij zich alleen maar voorstellen dat dierbaren begraven werden, niet gecremeerd, maar in de aarde te slapen gelegd. Nu denkt hij daar anders over. Dit zijn mensen die hij niet kent, maar als het een geliefde was zou het hem achtervolgen, gek maken. Net als Dante Gabriel Rosetti. Toen die zijn vrouw begroef had hij de liefdesgedichten die hij voor haar geschreven had bij haar in de kist gelegd. Jaren later wilde hij die sonnetten toch graag uitgeven en in het holst van de nacht werd de kist opengemaakt. Bij het licht van de fakkels zag het lichaam er redelijk uit. Hij had zich groot gehouden, de gedichten waren eruitgehaald en ontsmet, maar kort daarna begon hij spoken te zien en uiteindelijk was hij, door middel van net zo'n brouwsel van laudanum als zijn vrouw had ingenomen, zijn graf in gevlucht.

Aan de andere kant is een oven in zo'n zaaltje zo kil, zo al te steriel. Een druk op de knop. Alsof je iemand uitwist.

Sommige mensen wis je niet, met aarde niet en niet met vuur.

Misschien zou hij dit werk beter aankunnen als alles goed was met Flaminia. Als hij straks een afspraak had, om met haar te eten, in haar armen te liggen.

Hij gaat een larva halen en hij zal zoeken tot hij haar te pakken heeft. Hij ziet voor zich hoe hij het masker van haar gezicht rukt, en van het zijne, haar beetpakt, strak aankijkt en op koele toon vraagt wat dit te betekenen heeft. Dat zou hij willen, maar hij weet dat hij het niet zal doen.

'Zo, nu hebben we wel een kopje koffie verdiend,' zegt Zorzi, die naar hem toe komt. Het is negen uur, het tijdstip waarop ze pauzeren in de kantine met koffie en een broodje. Sommigen nemen een glas wijn. Salvo is nog steeds misselijk.

'Je ziet grauw. Die mensen van de AMAV weten niet wat ze ons aandoen.'

'Ik wilde even gaan kijken bij het graf van Brodsky. Hij is een van mijn lievelingsdichters.'

'Ik heb hem begraven. Marco was er ook bij.'

Marco, die iets verderop staat, kijkt vragend.

'Brodsky heb jij toch ook gedaan?'

'Op het Campo Evangelico, met die nieuwe kuil, jaja.' Hij komt erbij. De anderen lopen al weg.

'Dat was een hele toestand,' zegt Zorzi. 'We stonden te wachten in de buurt van de kuil, die we net gegraven hadden. De dragers waren in witte pakken gestoken en hadden kappen over hun hoofd want de kist was een beetje opengegaan. Brodsky is pas een tijd na zijn overlijden overgebracht vanuit Amerika. Toen iedereen aanwezig was werd ineens geroepen door een van zijn vrienden: "Deze plek is niet goed." "Maar waarom niet?" vroegen we. "Daar ligt al iemand." Ik wist zeker dat dat niet zo was. Na een tijdje werd het duidelijk: hij kon niet naast Ezra Pound begraven worden. Wij dachten juist: twee schrijvers naast elkaar, dat is mooi, maar Brodsky bleek een enorme hekel aan Ezra Pound gehad te hebben. Omdat die een antisemiet was, geloof ik. Toen moesten we dus voor de ogen van al die mensen een nieuwe kuil graven.'

'Het was beestachtig warm, we zwommen in het zweet,' zegt Marco.

'De mensen bleven heel rustig en beschaafd. Het valt me op dat die protestanten altijd zo netjes gekleed zijn. De mannen in donkere pakken met das. Ook vrouwen die anders een minirok dragen zijn bij een begrafenis allemaal keurig in het zwart. De weduwe van Brodsky droeg trouwens een lange witte jurk. Ze bleef kalm. Ik geloof dat ze Italiaanse was, maar ze sprak goed Engels in haar *telefonino*. Er was een klein meisje bij, het dochtertje denk ik, met een bosje bloemen in haar handen.'

'Er zijn nog steeds veel mensen die naar dat graf gaan,' zegt Marco.

'De bezoekers laten van alles achter,' zegt Salvo. 'Ik ga af en toe de post lezen.' Het brengt hem misschien een beetje tot zichzelf. Bovendien heeft Brodsky in een lijkenhuis gewerkt, dus is hij ook een soort collega.

Tegen de zijkant van de steen ligt een bruin uitgeslagen sigaret. Salvo pakt hem op, behoedzaam, zoals je doet met een relikwie. Camelfilter. Zou dat zijn merk geweest zijn? Hij rookte ook MS, weet hij uit *Kade der ongeneeslijken*, Monopolo dello Stato, de goedkoopste Italiaanse sigaretten, en daarom vaak *Morte Sicura* of *Merda Statale* genoemd.

De sigaret zit onder het stof.

'Stof is het vlees van de tijd,' schreef Brodsky ook. 'Het vlees en bloed van de tijd.'

Brodsky moest stoppen met roken en drinken, maar daar had hij lak aan. Salvo ziet die uitdagende blik weer, zijn gedreven manier van praten, de sigaret in zijn hand.

Uit zijn vitaliteit sprak doodsverachting. Hij had in een lijkenhuis gewerkt, lichamen ontleed. In interviews vertelde hij daar heel laconiek over, net als over het kamp waar hij heen was gejaagd en waar zijn longen zo'n opdoffer hadden gekregen. Hij kende het harde en lugubere gezicht van het leven. Niet alleen het vertroetelde bestaan van de beroemde schrijver. Hij bestond niet louter uit papier. Die sympathieke arrogantie had hij niet door de Nobelprijs, maar die zat hem in het bloed.

Salvo had een grondig wantrouwen tegen een leven dat alleen uit papier bestond en boeken, uit rijtjes, regeltjes, lokalen, zalen. Hij wilde het echte leven, daarom had hij zich in de armen van vrouwen gestort en daarom werkte hij hier.

Hij gaat op de marmeren rand zitten die het perkje voor de steen omgrenst en steekt een sigaret op. Aan eten moet hij nog niet denken. Straks misschien, bij Monaco, waar Brodsky graag kwam. De zon schijnt op de zerken en het dorre gras, een eenzame vogel zingt.

Hij pakt de plastic zak die tegen de steen staat.

Het uitvouwbare stalletje dat in de kersttijd op het graf stond is een vochtige prop geworden. Hij stopt het weer terug in de zak en haalt er een grote map uit. Er zitten plastic bladen in waar je visitekaartjes in kunt doen. De helft is al bezet.

Veel Russische kaartjes met emotionele groeten.

Maar ook andere.

Van de Koninklijke Academie te Stockholm.

Van Ebraim Kapuko. Washington Moscow. 'Je buurman in N.Y.'

Van Jane Morgan, 'Love'. Misschien familie van Robert Morgan, de kunstschilder die hij wel eens ziet bij bar La Cantina, aan wie *Kade der ongeneeslijken* is opgedragen.

Voorin zitten stukjes wit papier en een pen. Een klimopblaadje waarop in het Russisch 'liefs' geschreven staat. Een stuk van een ticket Petersburg-Venetië. Een uitnodiging voor een concert van Sjostakowitsj door Russen, in Padua. Dat was het concert waar hij heen had gewild met Flaminia. Hij doet de map weer in de zak en zet die terug.

Tussen de bladeren van de klimop ontdekt hij een minuscuul flesje parfum. Hij pakt het op. Insolent van Charles Jourdan, met een dopje in de vorm van een zwarte das.

Hij dooft de sigaret en gooit hem weg. Dan staat hij op en loopt om de steen heen. Op de achterkant leest hij de tekst waar hij al vertrouwd mee is geraakt: LETUM NON OMNIA FINIT. Met de dood is niet alles voorbij. Of dat waar is? In elk geval heeft Brodksy hem over de dood heen een beetje opgebeurd. Hij zal zijn gedichten weer lezen.

Even leunt hij met zijn arm op de zerk. Alsof hij steun zoekt tegen zijn schouder.

Dan gaat hij terug naar zijn collega's.

Het water klotst alweer over de kade.

Op het kerkhof had hij zoals altijd al gedoucht, maar thuis doet hij dat nog een keer, langdurig en met veel zeep. Hij trekt alvast nette kleren aan voor de prinses en andere laarzen want als hij de deur uit gaat komt hij voorlopig niet meer terug. Even heeft hij zin om zijn antwoordapparaat kapot te slaan, zo ergert hij zich aan zichzelf dat hij het toch elke keer weer hoopvol afluistert. Hij pakt een bundel van Brodsky uit de kast, stopt die in zijn zak en verlaat het huis.

'Doe niet zo gek,' zegt Nicoletta lachend en ze laat de naaimachine even stoppen. 'Daar word je toch alleen maar ongelukkig van?' Ze is helemaal ingebouwd tussen de door haarzelf geschapen hoepelrokken, dogenpakken, hoeden met veren, maskers, mantels. De kasten puilen uit van kant en lint in alle kleuren. Vroeger werkte ze voor La Fenice, maar sinds die in rook opging heeft ze haar eigen atelier en maakt ze carnavalskostuums, eerst voor vrienden, maar nu komt heel de wereld via sluiproutes naar haar toe. Het heeft haar bescheidenheid, toewijding en zonnige humeur niet aangetast.

'Waarschijnlijk vind je haar niet eens en als je haar wel ziet, wat dan?'

'Ik wil weten hoe het zit.'

'Daar kom je wel achter. Misschien heeft ze gewoon problemen met haar man. Als jij leuke dingen doet, meefeest, gaat de tijd sneller en relativeer je het een beetje. Je kunt haar altijd nog een brief schrijven.'

De naaimachine ratelt weer, nog wat groene kant aan een lila jasje. Zelf is ze ingetogen in het zwart. Net als hij.

'Morgen ga ik naar Florian, met een stel heel aardige mensen, twee echtparen, Amerikanen en Nederlanders. Ga mee. Dat wordt een hartstikke leuke avond. En jij spreekt Engels. Die Nederlanders spreken wel Italiaans, maar de Amerikanen maken er nog niet veel van. Dat rode kostuum staat je zo goed, je bent de ster van de avond. Wie weet...'

'Wat?'

'Wie je tegenkomt. De mooiste vrouwen geven daar acte de présence. Scusa.'

'En als Flaminia er is?'

'Nou, dan ziet ze dat je niet bij de pakken neerzit en dat is alleen maar goed.'

Daar had ze gelijk in.

'Je bent veel te veel aan het tobben. En van dat nieuwe baantje van je word je ook niet vrolijker. Ga nou maar mee morgen en als je na morgenavond nog steeds zo'n bauta wil, zal ik er eentje voor je regelen. Zonder tegenbericht verwacht ik je om acht uur hier.'

Misschien heeft ze wel gelijk. Stel je voor dat Flaminia daar ook is. Ach, het is eigenlijk wel sterk van hem om daar gewoon heen te gaan. Hij zal heel hoffelijk zijn, net doen of er niks aan de hand is, de charmante heer spelen, misschien zelfs de Casanova, omringd door zijn buitenlandse vrienden.

Straks zal hij even bij Soffiato binnenlopen om verslag te doen van zijn bezoek aan de prinses en te vertellen dat hij vanavond weer naar haar toe gaat. Dan kan hij opnieuw zijn groeten aan haar overbrengen.

Door de stegen, die langzaam vochtig worden, loopt hij naar hotel Monaco. Overal zijn mannen bezig de houten tafels tegen elkaar aan te schuiven.

Op het terras aan het Canal Grande bestelt hij een wodka-ijs en een voorgerecht. Hij doet zijn jasje uit want het is warm in de zon. Hier logeerde Brodsky regelmatig, hier at hij en hier dronk hij. Hier keek hij naar het water, naar het licht, naar de Salute aan de overkant, de kerk die werd gebouwd als dank aan de Heilige Maagd, nadat de pestepidemie, die een derde van de Venetianen eerst naar de Kade der ongeneeslijken joeg en daarna de dood in, eindelijk voorbij was. Ook hier wordt één keer in het jaar voor een enkele dag en nacht een brug gebouwd, net als bij de kerk van de Redentore. Niet midden in de zomer, maar op 2 november, Allerzielen. Het staat nog scherp in zijn herinnering hoe hij lang geleden 's avonds laat met zijn moeder die louter door kaarsen verlichte brug over wandelde.

Brodsky hield zo van deze stad dat hij er bijna elke winter was. Hij zei: 'Je ziet jezelf altijd in een kader, als een hoofdfiguur van een film en ik zie dan Venetië op de achtergrond.'

Nu loopt Salvo door die film, Brodsky niet meer en hij voelt zich schuldig dat al deze schoonheid tegenwoordig aan hem is verspild.

Brodsky hield ook erg van simpele pensions, vertelde Robert Morgan toen Salvo een keer met hem aan de praat raakte in bar La Cantina, en van het eten van havenarbeiders, 'vet, kleverig, merg bijvoorbeeld,' zei hij met walging. Aan zijn gezondheid dacht hij niet. 'De filters brak hij altijd van zijn sigaret.' Salvo ziet de bruin uitgeslagen sigaret tegen de witte steen. Met filter.

Zelf steekt hij er ook een op en hij bladert in de bundel van Brodsky.

'Alleen zijn leert je het wezen der dingen, want hun wezen is alleen-zijn. Een eikenhouten glans valt over botjes van gewrichten. Een arm verhout ergens ver weg op een leuning. Tikkende hersens, als ijsblokjes tegen de rand van je glas.'

De grens tussen water en land begint weer te vervagen. Er staat meer wind dan gisteren. Misschien haalt de vloed straks de negentig centimeter en gaat de sirene loeien.

Vlak voor zijn voeten dobberen de gondels bij hun aanlegplek. Ooit hadden ze de bontste kleuren, maar na de pestepidemieën bleven ze zwart. Loom wachten de gondeliers in blauw-wit gestreepte hemden, een donker hoedje met lint op hun hoofd, op passagiers. De zon laat de ijzers glanzen die de voorstevens zo sierlijk maken. Die ronde boog symboliseert het hoofddeksel van de doge, en de zes tanden eronder zijn de wijken van Venetië. De zevende, die de andere kant uit steekt, staat voor de Giudecca. Het eiland waar de prinses woont.

Dit stille terras aan het Canal Grande is een van de vele plekken waar je de menigte kunt ontvluchten. Soms, als hij, na een tijd niet in deze stad te zijn geweest, aankomt bij de Piazza San Marco, raakt hij eerst in ademnood, vanwege de schoonheid, maar ook door die massieve menigte die het plein opvult, de wegen verstopt, herrie schopt. Dan haast hij zich een steeg in en verdwaalt, raakt klem, en denkt: ik wil ervandoor. Maar na een tijdje vindt hij een uitweg, een vluchtroute naar de stille gedeelten van de stad en de stille uren. Tegen zonsondergang vertrekken de horden naar het vasteland.

Aankomen hier was altijd een sensatie, de vertrouwde geur van gedroogd zeewier meteen bij het station.

Salvo ervoer een stil verbond met die enkeling die niet uit-stapte op het station in Mestre, maar bleef zitten en mee-ging de brug over, die mythische contouren tegemoet, naar die wereld van voetstappen, water en een ander tijdsbesef.

Ook met het vliegtuig was het of je een sprookje binnen-vloog, vooral 's avonds, als je eerst die glazen kathedralen zag, die bij daglicht gewoon fabrieken bleken aan de zoom van het vasteland, en dan, in de diepte, Venetië, als een stille glinsterende vis, een duiventil, volgens de dichteres Ach-matowa. Het kabaal van de motoren explodeerde nog even op de landingsbaan van het kleine vliegveld en dan voerde de boot je over de wijde vlakte van het water naar de stilte.

Het duurde altijd even voor hij het ritme weer te pakken had, maar nu is hij nog steeds niet aangeland, hij blijft een buitenstaander. Alleen op het kerkhof is er geen vervreemding. Dat is de enige plek waar geen maskers worden gedragen.

Hij bewonderde Brodsky's eigenzinnigheid en lef, en zelf laat hij zich ringeloren en gedraagt zich als een sukkel. Robert Morgan had hem trouwens verteld dat die vrouw in *Kade der ongeneeslijken* tevergeefs door Brodsky het hof was gemaakt.

Aan de overkant ziet hij een pierrotachtige figuur uit de Salute komen; Pulcinella, die in zijn wijde witte pak, witte muts op het hoofd, de trap af danst.

In gedachten ziet Salvo het woud van de miljoen in zoutpilaren getransformeerde stammen waar de kerk op steunt. Bomen worden cement en mensen modder. Maar Brodsky's woorden bieden hem weer wat houvast. Hij moet zich hernemen, weer lezen, aan de studie.

Een sirene.

Negentig centimeter?

Spetterend racet een rode motorboot voorbij.

De brandweer. Water hoeven ze niet mee te nemen, alleen een slang.

Even later vaart heel langzaam een platte schuit langs met een glanzend blauwe Fiat erop. 'Een auto op het Canal Grande.' Aan weerskanten zitten roerloze gedaanten in blauwe cape, witte larva en met blauwe steek op het hoofd. Op een groot bord staat de prijs van dit nieuwe model en het telefoonnummer van de dealer.

Nee, geen van de obers heeft van Brodsky gehoord. Maar de maître wel. 'Een geweldige man. Ik heb een bundel van hem met een opdracht. Hij had zeker tien jaar langer kunnen leven volgens de dokter. De hartoperatie heeft hij drie keer uitgesteld omdat hij bang was te bezwijken onder het mes. Nu is hij gegaan in zijn slaap. Hij hield zo veel van Venetië dat hij hier nooit meer weg wilde.'

Het was een besluit van zijn vrouw hem hier te laten begraven, had Robert Morgan hem verteld, omdat ze bang was dat de Russen hem in New York weg zouden komen halen en Brodsky wilde onder geen beding in een Russisch praalgraf belanden met chauvinistische praat, na alles wat hij van zijn vaderland te verduren had gekregen. In Venetië lag hij veiliger.

Elk jaar probeerde Brodsky op oudejaarsavond in de buurt van water te zijn om exact op het tijdstip van de jaarwisseling een wolk of schuimkop de kust te zien bereiken. Zo zag hij de tijd uit het water komen.

Het Canal Grande sluipt steeds dichter naar de tafelpoten.

'Ugolino kan elk moment hier zijn,' zegt de jongeman die iets zit te schrijven achter zijn bureau.

Er is een affiche tegen de ruit geplakt met een foto van de voetbalclubs van Soffiato. Op de borst van de spelers prijkt het insigne van dit bedrijf. Onder de foto staat een hartelijke uitnodiging voor het grote vastenavondfeest in het klooster van San Francesco della Vigna hier vlakbij, waar Salvo op school gezeten heeft.

De jongeman beantwoordt de telefoon en geeft vriendelijk en rustig gegevens door over een begrafenis.

'Word je nooit somber van dit werk?' vraagt Salvo.

'Nee hoor, er heerst een goede sfeer. Ugolino is een vriend, ik heb van jongs af aan bij hem gevoetbald. Hij is een goed mens, geeft heel veel aan de armen. Kijk, daar is hij.'

De begrafenisondernemer stapt binnen en drukt hem de hand.

'Zo jongen, hoe gaat het? Hoe was het bij de prinses?'

'Erg geslaagd. Vanavond ga ik bij haar eten.'

'Dus het klikt. Dat dacht ik wel. Je ziet hoe gemakkelijk en spontaan ze is. En ben je iets te weten gekomen over haar betrekkingen met Strawinsky?'

'Nee, er hangen wel portretten van hem en foto's waar ze samen op staan. Misschien hoor ik vanavond meer.'

De telefoon gaat. Soffiato neemt op en geeft korte, rustige antwoorden.

'Dat was een vertegenwoordiger. Hij wil me weer kisten aansmeren, maar ik heb net een nieuwe voorraad. Er is nu trouwens wel meer ruimte want sinds gisteren is mijn kantoor aan de overkant open. Zal ik het je even laten zien?' Hij haalt de sleutel uit zijn la en gaat Salvo voor.

Het is aan de overkant van de steeg.

Ze stappen een kleine, fris geschilderde ruimte binnen met prenten van Christus en Maria aan de muur in mooie glazen lijsten. Naast het bureau is een kar neergezet om kisten mee te vervoeren.

'Ik werk sinds kort samen met een kunstenaar uit Murano. Kijk, je kunt nu een foto in glas laten afdrukken.' Hij wijst op een tafel met een grote verzameling portretten in glas.

Op zijn bureau staat zo'n foto van een voetballer.

'Die leeft nog?'

Hij knikt.

'En die?' Hij wijst naar de afbeelding van een jonge vrouw, op de toontafel.

'Een Braziliaanse.'

'Dood?'

'Ja.'

'Wat erg.'

'Heel erg.'

Hij is even stil, dan loopt hij naar een deur en duwt die

open. 'Kijk, en hier hebben we nog een toonzaal.'

Ze staan in een grote ruimte met kisten.

'Wat een keus.'

'Ja ja,' zegt hij trots, en hij geeft uitleg over de houtsoorten, de prijzen en kleuren. Er zijn zware kisten en lichte, bewerkte en gladde, met koperbeslag en kale, donkerbruine en witte, grote en heel kleine. Ook de binnenkant kun je krijgen zoals je die hebben wilt, met roze satijn, wit, of hemelsblauw.

'En nylon?'

'Hebben we ook.'

'Dat vergaat niet en die dure kisten ook niet.'

'Maar de mensen vragen erom. Het troost ze als de kist extra mooi is.'

'Wat voor kist zou u zelf kiezen?'

'Ik laat me cremeren. Mijn vrouw is ertegen, maar ik heb mijn handtekening al gezet.'

'Wordt u nooit triest van dit werk?'

'Ik vind het fijn om iets te kunnen betekenen voor mensen op de moeilijkste momenten in hun leven. Ik had ook wel priester willen worden, maar ik kan niet leven zonder vrouw.' Er fonkelt even iets in zijn ogen, dan vervolgt hij ernstig: 'Het enige wat ik echt moeilijk vind is de dood van een kind.'

Zwijgend tuurt hij naar een glazen Madonna en zegt dan: 'Ik heb een zoon, die zal mij opvolgen. Hij werkt nu in de dependance op het Lido. Ik heb ook een dochtertje gehad, ze is gestorven bij de geboorte.' Hij kijkt Salvo aan en zegt dan kalm dat hij absoluut niet bang is voor de dood. Een paar jaar geleden heeft hij een infarct gehad doordat hij te hard werkte, maar angst had hij ook toen niet gekend.

'Nee, ik ging vroeger in de zomer zelfs slapen bij de overledenen, daar was het koel.'

Er stapt een dame binnen in bontjas. Ze is een eindje in de vijftig. Haar knappe trekken zijn aangezet door make-up, haar korte haren donkergeverfd. Ze kust Soffiato.

'Mag ik je voorstellen aan mijn vrouw.'

Hij vertelt dat Salvo Russisch studeert en vanavond gaat eten bij de prinses.

'Groet haar hartelijk,' zegt Soffiato, 'en zeg maar dat ik haar binnenkort weer eens op kom zoeken. Nu heb ik het, behalve met het gewone werk dat nooit respijt geeft, ook druk met de voorbereidingen van de bruiloft van onze zoon.'

Mevrouw Soffiato glimlacht blij. Ze gaan zo naar hotel Danieli om afspraken te maken voor het diner en het feest.

'Het mooiste hotel van de stad.'

'Ik ken daar veel mensen. Het heeft een beetje haast, want over vijf maanden komt de kleine.'

Salvo feliciteert de aanstaande grootouders. Mevrouw Soffiato straalt. Voor ze afscheid nemen vraagt ze of hij ook naar het vastenavondfeest komt, dinsdag in het klooster.

Hij gaat niet naar La Cantina, want hij heeft geen zin om Tom tegen het lijf te lopen. Dat gedoe met die museumdirecteur zit hem behoorlijk dwars.

Even blijft hij staan bij het huis van Robert Morgan. Voor deze deur stond Brodsky te wachten nadat hij had aangebeld. De trap op lopen was een te zware aanslag op zijn longen. Hier keek hij uit over de kade, het water, de Giudecca aan de overkant met het rode huis van de prinses. Misschien heeft hij hier Flaminia zien lopen. 'Wees maar blij dat je Brodsky niet hebt ontmoet,' had Robert Morgan gezegd, 'want hij zou het zeker hebben geprobeerd met je mooie vriendin.'

Dan stapt Salvo op de boot die hem het brede water overzet.

'U krijgt de groeten van meneer Soffiato.'

Ze schatert. 'O, ik heb zo veel succes bij mijn vrienden als ik vertel dat ik een nieuwe vriend heb via mijn begrafenis-ondernemer.'

En dan weet ze nog niet eens dat die nieuwe vriend haar misschien wel ter aarde bestelt.

Ze draagt een lange groene jurk en veel sieraden, het orthodoxe kruis hangt weer om haar hals.

'Hoe is het met hem? Hoe gaan zijn zaakjes?' vraagt ze een beetje ondeugend.

'Uitstekend. Hij heeft net een nieuwe dependance met een toonzaal voor kisten.'

'Heeft u de mijne ook gezien?'

'Dezelfde als Strawinsky?'

'Bent u mal.'

'Dat zei Soffiato.'

'Dan zal hij op zijn neus kijken. Nee, ik wil de simpelste, en het leuke is dat die *Americana* heet. Dat komt goed uit want ik ben heel gelukkig geweest in de United States.' Ze trekt haar Hollywoodsterrengezicht, dat diep verborgen is geraakt onder de jaren, maar waar af en toe iets van doorschemert.

'Ja, de steen, de tekst en de begrafenis zullen hetzelfde zijn, maar de kist niet. Dat vind ik zo'n onzin. Het liefst zou ik in een kartonnen doos begraven worden, zoals Barbara Cartland ook wilde. Laat meneer Soffiato het niet horen, want dan krijgt hij weer een hartaanval en wie moet me dan begraven?'

Nu zou hij 'ik' moeten zeggen, maar dat doet hij niet.

Hij moet het vertellen, straks. Zou die dame zo verschijnen, zelf kookt ze niet. Of zou alles klaarstaan?

De prinses neemt weer een portje, hij een wodka.

'Heeft u de luiken altijd dicht?'

'Bijna altijd, ja. Het is te veel moeite om ze telkens open en dicht te doen.'

'Het uitzicht moet schitterend zijn.'

'Dat zie ik toch wel, in mijn verbeelding. En ik word beroerd van die hijskranen bij La Fenice. Ik hield zo van dat theater. De restauratie ligt telkens stil als de bouwmaatschappijen weer ruzie hebben. De herrezen Fenice zou op 1 januari van het jaar tweeduizend worden ingewijd met *Tristan en Isolde*, gedirigeerd door Muti. Ik geloof dat de buitenmuren nog niet eens overeind staan en daarbinnen is alles weg.' Ze glimlacht moedeloos. 'Het proces over de brand begint een dezer dagen. Er zullen vijfhonderd getuigen worden gehoord en we weten nu al dat er tenslotte niets uit zal komen.'

Ze kijkt even naar de foto waar ze zelf Isolde is. Zou Strawinsky werkelijk haar Tristan zijn? Zo'n lelijke vent?

'Zag u dat op de televisie vanmiddag? Er was grote paniek omdat er rook uit de bouwkeet van La Fenice kwam. De brandweer rukte meteen uit. Bleek dat ze daar zaten te barbecuen.'

Ze lacht. 'Heeft u het druk met uw studie?'

Nu moet hij het zeggen. Eerst verzint en vertelt hij nog dat hij deelneemt aan een werkcollege moderne Russische poëzie. Vooral Brodsky.

'Ik heb erg genoten van dat boekje van hem over Venetië. Helaas heb ik hem niet ontmoet. Ik ben wel een keer uitgenodigd op een avond waar hij voorlas, maar toen was ik al heel slecht ter been.'

Als hij het nu zegt is het niet geforceerd: behalve in collegezalen ben ik ook op het kerkhof enzovoort. Zo'n kans krijgt hij niet meer en anders zit het hem de hele avond dwars. Het moet een beetje en passant, niet als een bekentenis.

'Een moedig man,' zegt ze. 'Toen een Russische rechter hem tijdens het proces vroeg: "Wie heeft u tot dichter gemaakt?", antwoordde hij: "En wie maakte mij lid van het menselijk ras? Ik geloof God." Prachtig.'

'Hij ligt ook op San Michele,' zegt hij en bouwt zo een brugje naar zijn werkterrein.

'Dat heb ik gehoord. Ik verkeer daar straks in goed gezelschap.'

Geklop.

'Avanti!'

De deur gaat open.

Dat is ze, in een zwarte jurk met witte schort. De haren net zo uitgesproken blond als die van de prinses donkerbruin zijn en in dezelfde onbeweeglijke watergolven.

'Het eten is klaar.'

Hij ziet even verwarring in haar ogen. Waarschijnlijk heeft ze hem herkend.

Ze knikt heel zwakjes in zijn richting en mompelt 'goedenavond'.

Het kan natuurlijk best dat zij ook niets gezegd heeft over haar bezoek aan het graf. Dat ook zij het impertinent vond.

De deur gaat weer dicht.

'Drinkt u uw glas maar op zijn Russisch leeg.' Hij slaat de wodka in één teug achterover. Zij laat haar port staan en vraagt hem haar looprek voor haar neer te zetten. Ze schuift haar pantoffels aan haar gezwollen voeten en hijst zich met veel moeite uit de kussens. 'Nee, u kunt me niet helpen. Gaat u maar voor. Door de gang, de deur naast de keuken.'

Heel langzaam zet ze de ene voet voor de andere. De voeten die op foto's en schilderijen hoog in de lucht worden gegooid, klein en smal in balletschoentjes met linten.

Hij gaat voor, misschien vindt ze het alleen maar pijnlijk als hij haar geschuifel begeleidt.

In het midden van een blauwe kamer staat een gedekte tafel met een grote kandelaar waar kaarsen in branden. In de hoek glanst onder een manshoge ouderwetse lantaarn een witte vleugel. Daarnaast staat een fauteuil met een muziekstandaard ervoor.

Ook hier hangen de wanden vol met foto's en ook hier zijn de luiken dicht. Ze heeft haar hele leven in decors en tussen coulissen doorgebracht.

Hij laat zijn blik langs de foto's en schilderijen flitsen.

Oude vergeelde portretten, misschien van de Kratkoroeki's. Een affiche met een tekening van Irina als Vuurvogel. Een grote foto van een zingende man. Irina in een blote, lichte jurk gezeten in een gondel naast een vrouw met een hoed, voor het Guggenheimmuseum dat toen nog geen museum was.

'Gaat u daar zitten.'

Haar armbewegingen zijn nog steeds krachtig.

Hij blijft achter zijn stoel staan tot zij zit. Tegenover hem.

'U speelt piano?'

'Nee, ik zing. De pianist van café Florian komt één keer in de week om me te begeleiden. Als ik dat niet meer zou kunnen zou het echt afgelopen zijn.'

De kapster komt binnen met een blad waar een grote schaal op staat.

'U zei me dat u van de Russische keuken houdt. Dat hopen we dan maar. Ik kan niet koken, zei ik al. Ze noemen me "de opwarmkoningin". Van 1 april tot 1 november heb ik geen problemen, want dan zorgt Harry's Dolce voor eten.' Dat is het restaurant hier vlakbij, waar hij lunchte met Flaminia na hun eerste nacht.

'Arrigo Cipriani heeft dat voor me geregeld. Voor ik me opsloot ging ik één keer in de week met hem lunchen in zijn Harry's Bar. In deze periode maakt Anna dingen klaar die ik alleen maar in de oven hoef te zetten.'

Hij herkent de beroemde rode bietensoep.

'Borsjtsj.' De naam voor koolsoep kende hij ook, sjtsji. Bijna de eerste woorden die hij leerde omdat beide soepen die onmogelijke letter in zich hebben.

'Bravo.' Dan wenst ze hem smakelijk eten in het Russisch.

''t Is een lust voor de tong.'

'Maria heeft het geleerd van mijn voormalige kok. Een Georgiër, die hebben het meeste kooktalent.'

'Wat zingt u?'

'Russische liederen, Franse chansons, liederen van Strawinsky. Dingen die ik vroeger voor zalen deed. Ik heb ook nog een tijd optredens thuis georganiseerd, maar dat doe ik ook niet meer, vanwege mijn gebit. Er is niet één tandarts die hier wil komen. Nou ja, dan niet. Ik heb wel videobanden, ook met opnames van balletoptredens. Paolo, de pianist, heeft die nu om er kopieën van te maken, maar hij brengt ze morgen weer mee.'

'Die wil ik graag een keer bekijken.' Hij is benieuwd naar haar vroegere glorie.

'Is dat Peggy Guggenheim, op die foto?'

'Ja, ze was een goede vriendin. Ze had een eigen gondel en ik was de enige vrouw die mee mocht, want gewoonlijk maakte ze die tochtjes in herengezelschap. Op het eind dronk ze te veel, door een ongelukkige affaire met een veel jongere man. Ze scheelden meer dan dertig jaar. Als ze dronk, werd ze vreselijk.' Irina imiteert de ongeprononceerde geluiden. 'Dan zei ik: "Peggy, ik ga alleen met je uit als je niet drinkt." Later is die jongen verongelukt en ging ze nog meer drinken. Ze had geen gevoel voor humor, maar ze was wel interessant. Haar vader is omgekomen met de Titanic. Jammer dat ze haar oude inrichting hebben opgedoekt. Vroeger liep je eigenlijk gewoon door haar huis, haar slaapkamer was prachtig. Nu is het een echt museum. Dat hoedje dat ze draagt is trouwens een creatie van de vrouw van Strawinsky, Vera.'

Nu moet hij iets zeggen over Strawinsky en zo kan hij weer op zijn kerkhof komen.

'Een andere dierbare vriendin, Barbara Hutton, raakte ook aan de drank door een ongelukkige liefde. Ze was vier keer getrouwd geweest en steenrijk. Na haar laatste mislukking, ook met een veel jongere jongen, begon ze te drinken. De directeur van Hotel Gritti, waar we toen allebei logeerden, kwam een keer naar me toe gesneld en deelde zenuwachtig mee: "Mevrouw Hutton staat op haar balkon en gooit haar juwelen in het Canal Grande." Ik ging meteen naar mijn vriendin en zei dat ze daar beter mee op kon houden. Ze was volstrekt onverschillig. Ik heb haar mee moeten trekken. Een paar jongetjes zijn het water in gedoken, hebben die juwelen opgevist en teruggebracht. Ik zei dat ze die jongens wat moest geven. "Ik heb toch niet gevraagd om ze op te duiken? Nou ja, geef maar wat je wil."'

Het troost hem dat hij niet de enige is die zijn leven laat verzieken door een ongelukkige liefde.

'Het waren prachtige tijden, de jaren vijftig in Venetië. Iedereen was zo blij na de oorlog. We dachten allemaal dat het nu alleen maar beter werd.'

De kapster zet de volgende Russische schotel op tafel. Deegballetjes, gevuld met lamsgehakt, overdekt met zure room.

'Laten we hopen dat het u smaakt. Ik eet alleen zachte dingen, vanwege mijn tanden.'

De kapster schenkt wijn in glazen waar het familiewapen in staat gegraveerd.

'U had liefdesperikelen, zei u?'

'Ach...' Hij wordt wat overvallen door haar directheid. 'Het is allemaal een beetje onduidelijk. Er is eigenlijk niets gebeurd, maar ineens laat mijn vriendin niks meer horen, terwijl we elkaar elke dag zagen.'

'Ze heeft niets gezegd?'

Hij moet maar gewoon open zijn, dat is zij ook. 'Ze is getrouwd.'

'U maakt het uzelf wel gemakkelijk,' zegt ze spottend.

'Ze leidden allebei hun eigen leven, haar man was altijd weg.'

'Is ze net zo jong als u?'

'Een beetje ouder.'

'Italiaanse?

'Ja, Venetiaanse.'

'Italiaanse vrouwen zijn berekenend, hebben neiging tot spelletjes. Misschien wil ze u op de proef stellen. Kijken of u echt om haar geeft.'

'Dat weet ze.'

'Dat denkt u.'

Zou ze daar werkelijk aan kunnen twijfelen?

'Italiaanse mannen schrokken vaak van mijn directheid. Russische vrouwen zijn veel kameraadschappelijker en dat hoeft niet ten koste te gaan van de passie. U bent een mooie jonge man. Ik raad u aan niet te piekeren over wat zij op dit moment doet. U houdt van haar. Laten we hopen dat het goed met haar gaat.' Ze knipoogt naar hem.

Zou ze dat zeggen omdat ze van Strawinsky hield terwijl hij een vrouw had? Tja, hij zou dat misschien ook kunnen als hij begreep wat er aan de hand is.

'Ik heb dat geleerd,' zegt ze droog.

Zou ze nu over Strawinsky beginnen? Op de drempel van de dood heb je niets meer te verliezen. En waarom zou je niet altijd open zijn, alles blijft nog raadselachtig genoeg.

'Dat is mijn echtgenoot.' Ze wijst naar de foto van de zingende man.

'Een zanger?'

'Een groot operazanger. Oostenrijker. Ik ontmoette Bernardo hier in Venetië na een optreden van hem in La Fenice. Het was liefde op het eerste gezicht, maar hij was twaalf jaar jonger dan ik. Toen een fotograaf een foto van ons wilde maken, na afloop in een restaurant, dacht ik bij mezelf: als het leeftijdsverschil duidelijk te zien is, vlucht ik morgen naar een ander land. Maar het was helemaal niet te zien.' Ze slaat haar oogleden even langzaam neer om daarna des te triomfantelijker op te kijken.

'Hij moest stoppen met zingen om gezondheidsredenen. Dat vond ik vreselijk want ik genoot als ik hem op het podium zag. Hij was altijd al erg religieus en dat werd sterker na zijn ziekte. Hij heeft zich een tijd teruggetrokken op de berg Athos in een orthodox klooster. Daar word je in cabines omhooggetakeld. Ik mocht niet mee, want vrouwen zijn daar taboe. Vrouwtjesdieren ook. Je ziet daar geen geiten, alleen bokken,' zegt ze lachend. 'De Griekse pope die Strawinsky heeft begraven, heeft hem daar mee naartoe genomen. Dat was ook een heel mooie man met veel charisma. Hij heeft een keer tegen mijn echtgenoot gezegd dat het mondaine leven van Venetië te gevaarlijk voor hem was. Mijn man voelde zich uiteindelijk toch meer aangetrokken tot het boeddhisme.'

Ze is even stil.

'We zullen elkaar in dit leven nooit meer zien. Maar we

zijn verbonden. Het gaat om de ziel, waar ze ons Russen vaak zo om bespotten. Laatst was Gorbatsjow in Italië. Ik zag hem in een talkshow en de interviewer vroeg hoe het was zonder vrouw, na eenenveertig jaar huwelijk. Hij antwoordde dat het grootste deel van hem zelf weg was. En daar voegde hij aan toe: "Voor ons Russen komt eerst de ziel, dan het hart en dan het lichaam." Dat verraste me van zo'n ouwe bolsjewiek.'

'Is uw man allang overleden?'

'Hij is niet dood! Gelukkig niet. Hij is lama geworden en leidt sinds vijf jaar een boeddhistische gemeenschap bij Los Angeles.'

'Waarom kunt u elkaar dan niet zien?'

'Door onze zwakke gezondheid. Maar we schrijven, en eens per maand bellen we. Ook zonder dat zijn we heel verbonden. En ook in de dood zullen we dat zijn.'

Ze nipt van de wijn.

'Natuurlijk zou ik hem vaker willen spreken, maar de communicatie is moeilijk, want hij woont in een camper zonder telefoon. Ik heb hem alles uitgelegd, dat hij in een hotel kan bellen, een bepaald nummer kan draaien zodat ik betaal. Hij doet het niet. Zo is hij.'

'Maar u kunt toch met een mobiele telefoon bellen?'

'Dat werkt niet met Amerika. Dat heb ik allemaal uitgezocht.'

Er ligt even iets droefs in haar grote zwarte ogen, maar dan zegt ze weer stoer en opgewekt: 'We zijn toch heel erg verbonden.'

Het moment dat hij niet meer bij haar kwam en dat ze zich opsloot vallen wel frappant samen.

'Met de post loopt het ook niet altijd soepel. Weet u waar de post uit Amerika heen gaat? Naar een aardig plaatsje op uw eiland, Palermo. De helft wordt daar weggegooid. Maar laatst ontving ik een mooie foto van hem, een fotomontage, die zal ik laten zien als u de video's komt bekijken. Ik heb hem gezegd dat hij zijn brieven met speciale post moet sturen, dan betaalt hij maar een beetje meer, maar dan komt het tenminste aan.'

Zou ze nooit denken dat hij alleen maar zegt dat hij post stuurt?

'Wij kunnen niet naast elkaar begraven worden, daarom wilde ik graag dat plekje naast Strawinsky. Ze kenden elkaar goed.'

'Ik werk er.' Zelf is hij nog het meest verbaasd door deze plotselinge bekentenis.

'Op het kerkhof?'

'Ja.'

'U studeerde toch Russisch?'

'Ook, ja.'

'Wat doet u daar dan?'

'Doodgraver.'

Ze spert haar ogen open, niet geschokt, maar verrast. 'Nou zeg, nou wordt het nog grappiger. Ach, dan begraaft u me misschien. Dan kunt u een Russisch gedicht voorlezen. Ja, dat is wel een mooie gedachte.'

Hij legt haar uit hoe het zo gekomen is. Ze kijkt er in het geheel niet van op. Het is een baantje als een ander. Maar zo'n chique Venetiaanse dame als Flaminia zou het wat luguber kunnen vinden, dat denkt ze wel.

'Italianen zijn zo bijgelovig en zien overal voortekenen. Maar als je niet met de dood om kunt gaan, kun je niet ten volle leven, zeg ik altijd. De dood houdt je wakker. Maar u moet wel doorgaan met uw studie hoor, tenzij u meneer Soffiato op wilt volgen.'

'Dat doet zijn zoon al.'

Ze moet zich nu gaan uitstrekken op bed, zegt ze, want ze heeft last van haar benen, maar ze spreken af dat hij binnenkort de video komt bekijken.

Hij vaart weer naar de stad over het Canale della Giudecca waar een lichte nevel boven hangt. Nevel was haar eerste rol, een sliertje ochtendnevel, in *Morgenstimmung* van Grieg. Deze nevelige stad was om haar heen gevallen als een vertrouwd kostuum. Nu zinkt ze er zachtjes in weg, lost erin op. Zou die man werkelijk onder de oceaan door zo diep met haar verbonden zijn of had hij een nieuw en geheim leven in Amerika? Het leidt hem even af van zijn eigen drama.

Hij gaat niet met de vaporetto naar huis, want hij heeft zin in een wandeling. Hij loopt door de donkere, stille calles waar hem af en toe een gemaskerde passeert.

Venetië is nog mooier in de schemering, net als mensen. Alhoewel. Hij had Flaminia eens in een steeg, voordat ze afscheid moesten nemen, stevig vastgepakt onder een neonlamp. Ze wendde haar gezicht af, hield haar hand voor haar ogen, was waarschijnlijk bang dat hij de fijne lijntjes zag, maar hij had haar twee polsen omvat met zijn ene hand, haar hoofd met zijn andere, en zo had hij een tijd lang naar haar mooie gezicht gekeken. Toen hadden ze elkaar heftig gekust.

Hij loopt langs de enorme stellages die rond de lege plek staan waar theater La Fenice eens voor de zoveelste maal zal herrijzen.

Hier dirigeerde Strawinsky ooit zijn eigen muziek, hier danste de prinses en hier ontmoette ze haar grote liefde. Salvo is de enige op het stille plein.

In de vitrine van de winkel die Fenice-snuisterijen verkoopt, cd's, historische affiches, bouwplaten, T-shirts, zijn op een scherm beelden te zien uit oude journaals, van loges vol vuurwerk, rood fluweel dat wordt verzwolgen door de rode vlammen, kleurige schilderingen die verkolen, verguldsel dat zwart opkrult in een laatste stuiptrekking, kroonluchters die uiteenspatten.

Bij het ochtendgloren filmt een vliegtuig het gapende gat in het hart van de stad, en de grachten vol wrakhout en as.

De nacht dat La Fenice in rook opging was de nacht waarin Brodsky overleed.

Zaterdag

Het water heeft zich weer even teruggetrokken uit de stegen in de moederschoot van de lagune en wat achterbleef is verdampt tot nevel. Het is vroeg en de stad lijkt uitgestorven. Het enige geluid is dat van zijn voetstappen, tot hij na een tijdje een licht gezoem hoort, dat langzaam aanzwelt. Een vuilnisboot doemt op uit de mist, met de mannen in hun groene broeken en hun bordeauxrode hemden.

Hij kon niet slapen en is maar opgestaan, hij lag toch weer te piekeren. Hij miste de omhelzing in de nacht. Haar geluk moest hij willen, zei de prinses, maar moest hij dan wensen dat ze zo in de armen van een ander lag? Ze had eens gezegd dat ze zich soms, als ze stil tegen elkaar aan lagen te ademen, uitgeput na de extase, één lichaam met hem voelde. Hij gaat nu even naar de markt, om wat leven en kleur te zien en eten te kopen voor hij weer naar zijn werk moet. De veerdienst over het Canal Grande is al actief. Zijn Siciliaanse vrienden vonden het zo mooi, dat je je hier voor een paar centen door een gondel naar de overkant kunt laten brengen. Hij is de enige passagier. Staand in de boot vaart hij tussen kleurige, met groente, fruit en vis beladen schuiten door, langzaam in de richting van de Pescaria, dat paleisachtige gebouw waar al eeuwenlang vis wordt verkocht. Aan weerskanten van de grote gotische arcaden zijn de rode gordijnen opgehaald, als bij een toneeldecor.

Hij drukt de gondelier wat muntjes in de hand en stapt op de wal. Op het podium van de vishal wordt de ene onthoofding na de andere voltrokken, vissenkoppen liggen met de blik op oneindig aan zijn voeten en schubben spatten rond als zilveren sterretjes. Mannen bedekken tafels in de kramen met ijs, als frisse baar voor de dode vissen, de bergen *caparozzoli*, de inktvissen in alle maten, maar niet zo groot als die hij eens zag op de markt in Catania. Het Scyllaachtige monster werd door twee mannen omhooggehouden en daarna in mootjes gehakt voor de klanten.

De tentakels van de octopus, het totemdier van de maffia, reiken letterlijk tot hier: iedereen weet dat de maffia La Fenice af liet branden om die daarna tegen astronomische bedragen weer te kunnen doen herrijzen.

Hij koopt geen vis, want vandaag eet hij weer niet thuis. Koken voor zichzelf vindt hij vervelend. Vroeger bereidde hij wel eens een Siciliaanse pasta voor Venetiaanse vrienden, voor Afro bijvoorbeeld, maar met Flaminia was dat allemaal versloft.

Vissen maken plaats voor biefstukken en karbonades, parmaham en salami, halve koeien, varkens, een rij geplukte kippen, eenden. Sinds hij de lucht kent die soms uit het crematorium komt heeft hij moeite met het eten van vlees. Veel van zijn vakbroeders zijn vegetariër geworden. Dino en Zorzi niet, die kunnen de zaken scheiden.

Hij loopt verder naar de Erberia waar groente en fruit worden opgetast. Iedereen draagt laarzen want sommige plekken staan blank. Ook de advocaten, rechters en maffiosi die in deze periode het gerechtsgebouw naast de markt in- en uitlopen voor het proces rond La Fenice, doen dat met grote laarzen aan. Soms zie je ze hun toga omhooghouden zoals een dame haar avondjurk. Dit is een van de laagste gedeelten van de stad en het komt voor dat de boten met groente en fruit van Sant'Erasmo, het eiland van akkers en boomgaarden, door kunnen varen tot aan de kraampjes. Hij gaat een bar in voor een espresso. Sommige marktlui verwarmen zich al aan een sprizz of iets sterkers.

Wat verborgen geraakt tussen de marktwaar staat het kerkje van San Giacomo. Daar huist de Confraternità San Cristoforo della misericordia, had Zorzi hem verteld. Ze hebben ook een kapel op San Michele. Als je lid wordt van die broederschap en een bedrag betaalt, zorgen zij voor je begrafenis en daarna voor je graf. Signor Ausonio vertegenwoordigt deze zorgzame instelling op het kerkhof, een vriendelijke oude man die ook kerkmuziek componeert en hem laatst het graf liet zien van de componist Ermanno Wolf Ferrari, voor wiens muziek hij toch wel veel meer bewondering kon opbrengen dan voor die herrie van Strawinsky.

Nu bouwt de broederschap een kapel op Sant'Ariano. Ook wel Isola delle ossa genoemd, het beendereiland, want nadat Napoleon had verordonneerd dat de doden niet meer in de stad begraven mochten worden, maar allemaal op San Michele, zijn de kerkhoven leeggehaald en is het gebeente dat niet werd gebruikt voor de versteviging van de verdedigingswerken, gedumpt op Sant'Ariano. Er woont niemand. Een enkele liefhebber van zwarte romantiek maakt daar wel eens een wandeling en kan tussen boomwortels en takken beenderen en schedels zien glanzen.

Als de kapel klaar is, zullen ze daar elk jaar een mis opdragen voor al die naamloze doden.

Salvo koopt wat brood, kaas en olijven en laat zich dan weer door de gondel het Canal Grande overzetten.

Nadat hij de boodschappen naar huis heeft gebracht haast hij zich naar de vaporetto. Hij kan er nog net op springen. Een tijdje geleden was hij op de verkeerde gestapt, dat merkte hij toen hij zag dat geen enkele opvarende bloemen bij zich had. Hij staart in de nevel die straks wordt weggevaagd door de zon die al veelbelovend aan de horizon staat.

Hij stelt zich voor hoe een engel opdoemt uit de mist met wijd gespreide vleugels. Achter de hemeling die ontspannen op de voorplecht ligt, priemen vier mannen, gehuld in zwart en goud, hun lange stokken geruisloos in het water. Elk aan een hoek van een baldakijn dat de met bloemen overdekte simpele, door gouden leeuwen geflankeerde kist overkoepelt. De lange sluier zwarte tule deint zachtjes op het water. Daarachter, als het visioen van keizer Constantijn, verschijnt een kruis. Het komt langzaam dichterbij en wordt vastgehouden door een man in een gouden mantel, een ronde mitra op het hoofd.

Hij zelf staat bij de poort.

Welk gedicht zou ze willen dat hij las? Dat zal hij morgen vragen.

Er zijn drie begrafenissen vanochtend. Gelukkig kunnen de kuilen allemaal met de graafmachine worden gemaakt. Dat gaat niet wanneer het graf tussen twee grafstenen in ligt, dan moet het met de hand en dat is vooral in de winter, als de grond bevroren is, heel zwaar werk.

'Salma Campo A,' galmt het door de luidsprekers. Even later begint de klok te luiden.

Ze wachten op enige afstand van de kuil. Na een tijdje komt de stoet in zicht. De kist wordt voortgeduwd op een rijdend onderstel, door vier mannen in blauwe pakken. Dragen gebeurt nog maar zelden. Een flinke drom mensen volgt de kist, onder wie hij ook Soffiato ontdekt. Als ze dichtbij zijn knikt hij naar Salvo bij wijze van groet. Er gaat iets vaderlijks van hem uit, hij is altijd vriendelijk en kalm en geeft de indruk dat hij echt betrokken is.

Als de kist is afgedaald zegt padre Angelo, die een paarse stool draagt over zijn bruine pij, een gebed. De weduwe gooit een bloem in het graf.

Voordat de nabestaanden zwijgend wegwandelen, drukt een van hen Zorzi een geldbiljet in de hand 'voor een *ombra*'. Bij elke begrafenis krijgen ze iets toegestopt, wat na afloop wordt verdeeld.

Vier mannen pakken een schep en gooien de kuil dicht met regelmatige langzame bewegingen. Dan zet Zorzi er een wit houten kruis op dat over een poosje vervangen zal worden door een steen.

Ze moeten meteen door naar een andere hof. Dino heeft de kuil al gemaakt. Terwijl de klokken opnieuw beieren, wachten ze op de dode. Paolo toont trots zijn nieuwe fiets, die hij vlakbij tegen een muur heeft gezet. De anderen kijken wat sceptisch. Wat moet je ermee in deze stad? Hij racet er de Zattere mee op en neer, de enige kade die niet voortdurend wordt onderbroken door bruggen, en hij gebruikt hem ook hier op het kerkhof.

De graafmachine staat er nog, voor het derde graf. Soms is er dagen geen begrafenis en dan zijn er ineens weer een heleboel tegelijk, in extreem warme tijden bijvoorbeeld of met de feestdagen.

In de verte komt Ausonio langzaam aanschrijden, gestoken in een keurig zwart pak, een wit overhemd en witte handschoenen. Een zwarte pet op het hoofd. Hij houdt een groot vaandel omhoog, donkerrood als Salvo's carnavalskostuum, waar met gouden letters op staat geschreven: CONFRATERNITÀ SAN CRISTOFORO DELLA MISERICORDIA.

Er zijn maar twee mensen bij, ze lijken onbewogen.

Ausonio neemt zijn pet van het hoofd en spreekt plechtig de naam uit van de overledene.

Paolo stoot Dino aan. Ze onderdrukken een lach. Als de mensen vertrokken zijn, wordt de kuil weer dichtgegooid met diezelfde langzame, ritmische bewegingen van de spaden.

'Wat was er net zo leuk?' vraagt Salvo, terwijl hij rustig doorschept.

'Vorige zomer had Ausonio een keer drie klanten achter elkaar. Toen hij zijn pet afnam bleef het spiekbriefje met de namen aan zijn voorhoofd kleven.'

'Je maakt hier alles mee,' zegt Dino. 'Er ontstond een keer ruzie in de rouwstoet, toen een dochter het tasje van haar overleden moeder aan de arm van een schoonzuster zag bungelen.'

Als ze klaar zijn komt de graafmachine in actie en maakt pal ernaast een volgende kuil.

Metalig klinkt over het kerkhof: 'Salma Campo C. Zo, dat heb ik goed gedaan hè?'

Ze kijken elkaar geschrokken aan. Dan lachen ze. Een nieuweling, die nog niet weet hoe hij de intercom uit moet zetten.

Daar verschijnt de volgende stoet met de volgende kist, weer begeleid door gebeier van de kerkklok.

Een gebed. Een zegen. Tranen. En zij pakken hun scheppen weer.

Het kerkhof is inmiddels zonoverstraald en op veel plekken zijn mensen bezig met harkjes en groene gietertjes die ze van een rek af kunnen halen. Een moeder verzorgt zoals bijna elke dag het graf van haar jonggestorven dochter. Er staat een foto op van een meisje in een wijd uitstaand balletjurkje en aan het marmer zijn in goud gegoten balletschoentjes vastgeklonken.

Vandaag neemt Salvo de vaporetto de andere kant op, naar Murano.

De laatste keer dat hij hier heen ging was met Flaminia en Tom. Tom had hen rondgeleid door de San Donato, die met hulp van Amerikaanse vrienden van hem was gerestaureerd. De dertiende-eeuwse mozaïekvloer was er in honderdzestig stukken uitgehaald en later weer ingelegd. Flaminia had toen die hemelsblauwe glazen gekocht waarvan ze er een had stukgegooid tijdens hun ruzie.

In twee minuten is hij er. Via borden, affiches en lichtreclames wordt hij uitgenodigd winkels en toonzalen te bezoeken, de meesterglasblazers te komen bewonderen op hun werkplek. Een paar mannen staan een sprizz te drinken buiten voor een barretje bij de halte.

Hij gaat het eerste grote gebouw binnen, zoals Afro hem had gezegd, en belandt in toonzalen vol glazen beeldhouwwerk, dieren, schepen, juwelen, menselijke figuren, mannen en vrouwen innig versmolten.

'Welcome, *benvenuto*.' Een man in een net pak en das komt vriendelijk glimlachend naar hem toe. 'Kijkt u rustig rond. Als ik u ergens mee van dienst kan zijn.'

Hij bedankt hem en loopt verder langs vitrines vol glazen, vazen, kandelaars, serviezen met goud en flonkertjes, die niet zouden misstaan op de tafels van sjeiks, door zalen vol kroonluchters in alle kleuren en formaten, aan alle kanten vermenigvuldigd door spiegels. Hij draait zich om en het duizelt hem, alsof hij alleen gelaten is in een oneindige balzaal.

'Don't worry about the price,' hoort hij een man zeggen tegen een groep Amerikanen.

'Special price for you,' zegt een andere man tegen hem.

'Ik kijk alleen wat rond.'

'Not buy, only look,' zegt de vent met een ironisch lachje. Spreek toch gewoon Italiaans, man, denkt Salvo geërgerd.

'Ik zoek een vriend, een meesterglasblazer.'

'Het een hoeft het ander toch niet uit te sluiten.' Hij pakt een spiegel, omzoomd door glazen duifjes. 'Een cadeautje voor een aardige dame misschien?'

Voor de prinses. Lang geleden ja, om haar goddelijkheid te weerkaatsen, nu is het pijnlijk. Een hemelsblauw glas voor Flaminia, of zo'n glazen omhelzing, die ze dan weer aan scherven kan smijten.

'We hebben ook heel mooie fotolijsten,' zegt de man terwijl hij met een zwierig armgebaar wijst.

Het zijn dezelfde die Soffiato tegenwoordig verkoopt.

Salvo loopt door naar een andere zaal om zich van deze vent te bevrijden, maar daar komt meteen een volgende gladjanus op hem af.

'Kijkt u rustig rond. Als u informatie wilt, sta ik tot uw

beschikking. Alles kan worden aangepast, de kleur, de vorm...'

'Ik ben op zoek naar een meesterglasblazer. Afro.'

'Ken ik niet. Maar hierachter hebben we een werkplaats waar demonstraties worden gegeven.'

De man wijst hem de weg.

Via gangen en trappen, met om de paar meter een brandblusser, langs magazijnen volgestapeld met glaswerk, komt hij ten slotte in een grote, donkere ruimte, met wanden en plafond grijszwart van het roet. Door de grote Romaanse ramen, waar een grauwe aslaag overheen ligt, ziet hij de lagune en San Michele: achter de rode muur rijzen de torens op van de kerk en van het crematorium.

In het midden van de ruimte loeit een oven. Door het open luik kijk je in de rode gloed. Het geluid klinkt vreemd vertrouwd: het is hetzelfde gerommel dat uit de Etna komt.

Op een kleine tribune kijkt een groep Japanners, al dan niet door een lens, naar de kunsten van de glasblazer.

De maestro, een oudere man in een hemd met korte mouwen, steekt een lange metalen staaf in de oven en doopt hem in de vloeiende, withete massa. Dan trekt hij de staaf terug met een klont glas rood als een gloeilamp. Hij loopt naar een emmer, gooit wat water over het gedeelte van de staaf dat hij vasthoudt, rolt vervolgens de vuren bol over een metalen tafel om hem iets te vormen en gaat dan naar een ander laag metalen tafeltje, waar hij op een kruk naast gaat zitten.

Het gereedschap op het tafeltje lijkt het nagelgarnituur van een reuzin. Hij pakt een grote pincet en daarmee begint hij de gloeiende klomp te vormen, hij trekt en duwt, snel en zeker: pootjes, een hoofd, manen, een staart, ogen, neusgaten.

Het zweet gutst van zijn gezicht. Mensen zijn indrukwekkend als ze zich volledig concentreren.

En daar is het, uit het vuur getoverd: 'Een van de paarden
van de San Marco,' zegt de man in het nette pak die de Japanners begeleidt.

Ze klappen.

Langzaam trekt de rode gloed weg uit het paardje en
blijkt het blauw.

De Japanners worden weer meegenomen terwijl hun gids
praat over heel bescheiden prijzen, speciaal voor hen. Ze
hoeven geen gedachte te wijden aan het vervoer want er zal
voor gezorgd worden dat hun kroonluchters en theeservie-
zen zonder barstjes aankomen in Tokio. De man begint
zelfs te buigen net als de oosterlingen.

Salvo loopt in de richting van de oven en kijkt naar het
witte vloeibare glas dat eigenlijk blauw is. Hij deinst terug
voor de hitte.

'Dertienhonderd graden,' zegt de man.

Salvo vertelt dat hij dit voor het eerst ziet en complimen-
teert hem met het paardje. Tom had indertijd naar een de-
monstratie gewild met Flaminia en hem, maar het was aan
het eind van de middag en de ateliers waren net dicht.

'Routinewerk,' zegt hij en hij veegt met een lap het zweet
van zijn gezicht. 'Ik val in voor een zieke. Dit is voor de toeristen. Dat bent u niet, neem ik aan.'

'Ik werk daar.'

Hij wijst door het raam.

'Ach, dat vind ik altijd een geruststellend uitzicht. Een
goede vriend van me doet de crematies, één keer per week.
Vroeger werkte hij bij de glasovens.' Salvo kent hem, een
vriendelijke, stille man.

De maestro heeft een aardig gezicht, met diepe lijnen. Hij
beweegt zich kalm en zeker.

'Ik was op zoek naar een collega van u, Afro.'

'Dat is een eindje verder, in ditzelfde complex. Hij is voor zichzelf begonnen, met twee vrienden. Dapper, ik hoop voor ze dat ze het redden. Zij zijn uitzonderingen.'

Salvo kijkt vragend.

'Het is een aflopende zaak. Jongeren willen dit vak niet meer leren. Je moet doorzettingsvermogen hebben en offers brengen, tegenwoordig willen ze weinig werken en veel verdienen. Twintigers zijn er niet. Ja, er is een school maar daar leer je niks. Het is de ervaring. Ik ben op mijn tiende begonnen, bij mijn vader.

Die Japanners van net leggen straks kapitalen neer voor een kroonluchter die misschien wel in Japan gemaakt is door een machine en hier als handwerk wordt verkocht met het haantje van Murano erop.'

'Wat?'

'Het is een maffiose bedoening geworden. Veel glas dat in Murano verkocht wordt is gemaakt in het buitenland: Bulgarije, Roemenie, Algerije, Canada, Venezuela, Nederland, Zweden. Overal zijn centra. Veel maestri zijn hier weggegaan en hebben goud verdiend in het buitenland. Niet voor niks was het vroeger verboden voor de glasblazers van Murano om te reizen. Hun kennis moest geheim blijven. Japanners hebben jarenlang alles gefotografeerd, de mensen uitgehoord en maken het nu na en beter, machinaal of met de hand.'

Hij pakt een biertje uit de ijskast en biedt Salvo er ook een aan. Eerst veegt hij het glas schoon met een doek.

'Iets waar ze in het buitenland vijftigduizend lire voor betalen, verpatsen ze hier voor zeven miljoen. Over twintig jaar word je rondgeleid in Murano en zeggen de gidsen: "Hier maakten de maestri ooit glas."

Het zou beschermd moeten worden door de gemeente, maar dat gebeurt niet. Integendeel, onze bestuurders maken het nog moeilijker door allerlei regeltjes. Fabrieken moeten aan heel veel eisen voldoen, ze moeten bijvoorbeeld speciale filters in de schoorstenen hebben tegen de gifstoffen en die zijn erg duur. Als een gepensioneerde maestro betrapt wordt op werken, gaat de fabriek dicht. Een goede vriend van me is een paar dagen geleden gestorven, gewoon omdat hij zijn vak niet meer mocht uitoefenen.

Dertig jaar terug stond er een lange rij glasblazers voor de deur van elke werkplaats, om in te vallen als er een ziek werd.

Ze huilen als het te laat is, zoals altijd. Als de laatste walvis dood is richten ze een comité op om de walvis te redden. Niet bij de laatste, die eten ze nog op.' Hij kijkt somber. 'Er is ook te veel rivaliteit. De maestri hadden moeten samenwerken en elkaar verdedigen. Nu is het te laat en zijn we in handen van de Venetiaanse maffia, die vroeger de sigarettensmokkel bestierde.'

Hij doet deze demonstraties in opdracht van de eigenaars van de toonzalen, om de mensen kooplustig te maken, maar het liefst maakt hij beelden. 'Dit bijvoorbeeld.' Van een beroete kast pakt hij een doorzichtig glazen voorwerp. Een rabbijn, met hoed, peies en een vrome, ernstige uitdrukking, een ware sculptuur van kristal.

'Het glas blijft je nieuwe dingen leren. Je hebt een idee, maar het glas doet altijd weer iets anders. Het is controle en loslaten, het leven zelf.'

Daar komt weer een nieuwe kudde toeristen aanzetten achter een geparfumeerde heer.

'Een moment,' zegt de maestro tegen hen. Hij zal Salvo

eerst even begeleiden naar zijn vrienden. Intussen kan de nette meneer wat uitleg geven.

Ze lopen door een lange middeleeuwse gang, waarvan de ramen blijven uitkijken op San Michele.

'Dit was een clarissenklooster. Er zal hier vurig zijn gebeden.'

Misschien dat menig gemaskerde monnik dit water overstak om een Clarisje te verrassen. Niet alleen de aristocratie en de gewone burger bedienden zich van maskers voor hun overspelige escapades.

Ook de oude kloosterzaal, die is omgetoverd tot het atelier van Afro, biedt uitzicht op het kerkhof. Roet en as hebben nog niet veel kans gekregen, de muren zijn onlangs geschilderd.

In het midden loeit de oven. Enorme buizen lopen omhoog naar het plafond. Daardoor wordt de helse hitte de winterlucht in gejaagd. Langs de wanden staan andere ovens, waarvan de luiken gesloten zijn.

'Hé Salvo, wat leuk! Ciao Antonio!'

Drie mannen lopen rond met metalen stokken. De andere twee zijn iets jonger dan Afro.

Afro komt naar hem toe, drukt hem de hand en houdt zich daarna weer bezig met de gloeiende klomp glas die aan de stok wiebelt.

Antonio gaat terug naar zijn eigen oven.

'Als je wat wilt drinken, pak maar uit de ijskast.'

Zijn dorst is net gelest, hij gaat zitten op een soort tribune die tegen de wand staat en kijkt naar het mysterieuze ballet. Ze bewegen ontspannen, soepel, bijna loom. Alle concentratie zit in armen, handen en blik. Ze dragen t-shirts die nat zijn van het zweet. Ieder gaat zwijgend zijn gang in de grote ruimte. Soms lopen ze elk met een staaf een andere kant op en lijken ze alledrie bezig met iets anders. Maar er is een raadselachtig samenspel, zonder woorden nemen ze de staaf met de gloeiende klomp van elkaar over, of drukken gesmolten glas van verschillende staven tegen elkaar.

De oven loeit, zweet druppelt, metaal tikt op glas.

Ze zwaaien met de stokken, blazen erop, rollen de vuur-bol over een tafel, soepel van het ene been op het andere, de staaf in de ene hand, in de andere een sigaret.

Glas valt rinkelend op de grond, de gymschoenen sloffen.

De jongste man zet muziek op: 'Questa notte ti penserò!' klinkt het uit de radio. Af en toe zingen ze die regel mee. Vannacht zal hij aan haar denken, ja, elke nacht en elke dag. Af en toe kijken ze in de ovens en controleren ze de waan-zinnige temperaturen op de meter. Het glas danst en deint en wiegt en draait op de toppen van hun stokken.

Afro gaat bij het lage tafeltje zitten, pakt de pincet, veegt die langs een gele, zeepachtige klomp en maakt de opening van de gloeiende vaas groter. Als Carlo de stok overneemt en die met een zwierig gebaar weer in het vuur steekt, laat Afro Salvo ruiken aan de pincet: zoet.

Het is honing gemengd met was om de instrumenten nog gesmeerder over het glas te laten glijden.

Afro krijgt de stok terug, knipt een randje van de vaas af dat kronkelend in de bak rolt als een vurige slang. Nog een randje, smaller, het lekt op de grond als een straal kokend bloed.

Uit de oven druipen draden van kristal.

Het leek of ze elk met hun eigen kunstwerk bezig waren, maar ten slotte blijken het allemaal onderdelen voor het-zelfde object.

De vaas, die effen rood leek, verandert langzaam van

kleur tot er groene, blauwe en gouden strepen overheen lopen in grillige kronkels.

Afro doet het luik open van een van de ovens die tegen de muur staan. Salvo loopt mee en kijkt in een grote lichte ruimte vol kleurige vazen en schalen. Door een heel licht tikje laat de vaas los van de stok.

'Dit is de afkoeloven, zo'n zevenhonderdvijftig graden. Hier moeten de voorwerpen langzaam afkoelen want als je dat niet doet, barsten ze uit elkaar. Als je hier een lijk inschuift is het zo gecremeerd.'

Ze hebben de stokken neergezet.

Afro stelt zijn medewerkers voor. Lucca en Carlo. Lucca haalt een fles *prosecco* uit de ijskast en laat met een knal de kurk ervanaf schieten. Dan schenkt hij vier plastic bekertjes vol.

'*Salute!*'

'Salvo werkt daar,' zegt Afro en hij wijst door het raam naar San Michele.

'Gezellig.'

'Lijkt me niks, opstaan en weten dat je een paar doden onder de grond moet stoppen,' zegt Afro. 'Niet dat ik er moeite mee heb om lijken te zien, ik was brandweerman in militaire dienst en bij rampen heb ik heel wat slachtoffers uit het vuur gehaald.'

'Ik laat me niet onder de grond stoppen,' zegt Carlo, 'een mooie vlam erbij en boem. Met al die drank die ik tot me neem zal het een flinke knal worden.'

'Eigenlijk studeert hij Russisch,' zegt Afro.

De andere twee vinden dat minstens zo vreemd als zijn baan op het kerkhof.

Ze hebben hun drankje snel op en schenken meteen weer bij. Afro had hem verteld dat glasblazers veel drinken en dat ze daar 's ochtends om zeven uur al mee beginnen om wat losser te worden. De ouderen drinken om een vaste hand te krijgen.

Alledrie zijn ze stevig, met neiging tot een buikje.

Er komt een groep mensen binnen, Amerikanen, begeleid door een Italiaan.

Nog snel een laatste bodempje voor ze hun kunsten gaan vertonen. Intussen vertelt de toeristenbegeleider over de geheimenissen van het glas, dat het ontstaat uit zand en vuur en soda, dat rood het duurste is omdat het wordt gemaakt van goud. Koperkleurig glas noemen ze ook wel sterrenpasta of 'het avontuurtje', omdat je nooit zeker weet of het in goud verandert, wat de bedoeling is. Het kan verbranden of groen worden als haar door henna.

De Amerikanen nemen naast Salvo plaats op de tribune en de trage vuurdans begint weer. Afro doopt de stok in de oven. Hij vormt en draait de gloeiende klomp, legt de stok schuin naar beneden over de uitstekende staaf van zijn tafeltje, doet zijn mond om de bovenkant van de buis die hol blijkt te zijn en blaast erop zodat de klomp zwelt. Hij pakt de pincet, strijkt hem langs de honing, knijpt in de vuurbal en laat zo in een regen van vonken een hals ontstaan.

Salvo kijkt naar de bewegingen van de stokken en denkt aan de spaden van vanochtend, ook langzaam en beheerst. Maar dit is opwindend, door de hitte, de geboorte uit vuur. Werken met sterrenpasta en honing, met goud dat rood wordt, en rood blauw. Hij moet weer terug naar het leven, de warmte, de kleuren. Even ziet hij die hemel weer voor zich, vol kleurig vuur dat neerspatte toen ze elkaar voor het eerst aanraakten, de sterren onder hun voeten op de ondergelopen Piazza San Marco.

Straks steekt hij zich in zijn rode pak.

Lucca vormt een ander stuk gloeiend glas en drukt het tegen het glas van Afro: het oor van een prachtige ronde karaf die, nadat hij met een kristallen tikje is losgemaakt van de staaf, van rood oranje wordt en uiteindelijk doorzichtig als kristal. De mensen klappen.

Carlo heeft ingedoopt en geeft de staaf met de vuurklomp aan Afro, die nog bij zijn werktafeltje zit. Als een dompteur die dieren door een brandende hoepel laat springen tovert hij, onder de verrukte kreten van de Amerikanen, het ene beest na het andere uit het vuur, een paardje, een tijger, een eekhoorn, een vis, een olifant.

Een enorme knal.

Het publiek veert op.

De ronde karaf ligt aan gruzelementen.

De maestri kijken er niet anders van. Het hoort bij de show. Dit gebeurt als het glas niet in de afkoeloven wordt gezet. Jaren later kan zulk glas nog plotseling aan scherven breken bij bruuske wisselingen van temperatuur.

Als de toeristen weer worden afgevoerd laat Afro zien wat ze de afgelopen dagen hebben gemaakt: grote en kleine vazen met grillige kleurige motieven, een techniek die hij leerde van de wereldberoemde Pino Signoretti, die nog met Dalí heeft gewerkt en dat beeld heeft gemaakt van een vrijende Jeff Koons en Cicciolina. Zij deden het met elkaar tussen de ovens terwijl hij door hen geïnspireerd het gloeiende glas kneedde.

Lucca komt naar Afro toe en laat zijn hand zien. Afro steekt een stok in het vuur, wrijft met de klomp gloeiend glas kort langs de hand van Lucca. Er zit een glassplinter in die op deze manier smelt en aan de klomp blijft kleven.

Voor ze weggaan geeft Afro hem een elegant rood schaaltje. Dat zal hij meenemen voor de prinses.

In dezelfde bar waar hij ooit met Tom en Flaminia stond, drinken ze een koel glas prosecco en eten wat inktvisjes en sardines. Door het raam kijken ze uit op de San Donato.

'Daar was gisteren de uitvaartdienst van een goede vriend. Alle glasblazers krijgen er hun laatste eer. Wij ook.'

'Jullie hebben daar toch je eigen madonna?' Die had Tom hun toen laten zien. Er lag een stapel bidprentjes bij met het gebed van de glasblazers.

'*La Madonna delle grazie*, ja.' In koor zeggen ze op: 'O Maria, geef ons, die in het vuur van onze ovens de materie omzetten en haar doorzichtig en stralend maken in dienst van de medemens, eenvoudige ogen om God te zien en een zuiver en goed hart, dat van zijn broeders kan houden. U, die onze dagelijkse inspanningen kent, zegen ons werk en bescherm ons tegen het kwaad.'

'Met de liefde is het dus pet?' zegt Afro.

'Ze laat gewoon niks horen.'

'Ik zei toch, geniet van je vrijheid. Als die meid je niet meer wil, neem je een ander. Ik zie zo veel loslopende lekkere meiden.'

'Afro zou wel willen, maar hij kan niet,' zegt Lucca plagerig.

Hij is getrouwd en heeft twee dochtertjes. 'Ik hou van mijn vrouw, maar het avontuur is er wel af. Dat is het nadeel als je zo jong trouwt.'

Carlo heeft net een ernstig liefdesdrama beleefd.

'Een jonge meid, het ging van haar uit. Maar ineens stond ze bij mijn vrouw op de stoep. Het was zo erg voor haar. Ik heb het uitgemaakt, met die meid ja. Hierdoor besefte ik hoe veel ik van mijn vrouw houd.' Ze hebben het nu weer heel goed samen. 'Zulk verdriet wil ik haar nooit meer aandoen. Dat heb ik er dan weer van geleerd.'

Lucca heeft deze problemen niet, hij is een vrije jongen en pakt alles wat hij pakken kan.

'Ach ja, soms heb ik wel even een vast vriendinnetje, maar als ze gaat zeuren en me in gaat perken heb ik het weer gezien. Had jij iets met een ander?' vraagt hij aan Salvo.

'Absoluut niks.'

'Venetië is de allergrootste roddelstad,' zegt Carlo. 'Hier hebben ze het uitgevonden. Zodra je je met iemand vertoont gaat de tamtam alle calles door.'

Ze nemen nog een prosecco en dan moeten ze weg, naar een afspraak met een Franse galeriehouder. Ze hopen zich te bevrijden van de tussenhandelaren. 'Voor zo'n vaas die we net maakten, betalen die lui zuchtend en steunend 500.000 lire en verkopen hem even later voor het tienvoudige.'

Salvo moet zich gaan verkleden. 'Komen jullie ook naar Florian vanavond?'

Afro kan zijn gezin niet alleen laten, Lucca heeft een afspraak met een meisje en Carlo houdt niet van carnaval. 'Het is een excuus om dronken te worden, tegen de muren te plassen, de boel onder te kotsen.' Misschien komen ze wel naar het vastenavondfeest van Soffiato in het franciscaner klooster.

Bij de vaporetto drinken ze nog een glaasje, dan steekt hij met hen over. Aan de horizon versmelten kleuren.

Vorig jaar had Flaminia hem bijgestaan met aankleden, het was een hele klus geweest. Hij had haar ook geholpen met het dichtrijgen en insnoeren.

Hij zet muziek van Mondeverdi op en haalt zijn kostuum uit de kast. Alles was vorig jaar na de feestelijkheden door Tom in plastic verpakt. Hij trekt de zijden kousen aan, het hemd, wat een nichterige roesjes, het vest, dat is wel mooi. God, wat een werk om al die knoopjes dicht te krijgen. De kanten jabot. Wie heeft deze mode in vredesnaam verzonnen? De Fransen natuurlijk. Het was in de achttiende eeuw, tijdens de laatste stuiptrekkingen van de Serenissima, dat de mensen er hier zo bij liepen. Voor vrouwen is het wel mooi, maar voor mannen kan het eigenlijk niet.

De pruik met de zwarte strik. Wat een aanstellers. De steek heeft wel iets stoers.

Wie zou haar nu helpen insnoeren, dichtknopen? Laat ze erin stikken. O nee, hij moest haar het beste gunnen, zei de prinses. Misschien ziet hij haar straks. Toch wel goed deze actie, beter dan stiekem loeren en rondsluipen. Waardig moet hij zijn. Eigenlijk is dit de ideale situatie voor een weerzien. Een klein masker zou het nog gemakkelijker maken. Dat heeft Nicoletta misschien en die kan ook kijken of hij zich goed heeft aangekleed.

Tja, de schoenen. Het is gek om hier rubberlaarzen onder te dragen, maar het water zal wel weer hoog staan. Om een uur of tien wordt het maximum bereikt, dan moet hij maar zorgen dat hij nog hoog en droog bij Florian zit.

Vorig jaar had Flaminia hem geschminkt; dat spul heeft hij niet en hij weet ook niet hoe het moet.

Hij zwaait zijn zwarte cape om, o god die speld, hoe krijgt hij dat rotding vast? Uiteindelijk lukt het voor de spiegel. Handschoenen, van witte zijde, en daar moeten dan nog ringen overheen, ja het is wel goed, laat maar. Zijn collegae van het kerkhof zouden hem eens zo moeten zien.

Hij zet zijn zwarte steek op en verlaat het huis.

Onwennig zet hij zijn schoenen op de kade want er zitten kleine hakjes onder.

Aan de overkant ligt zijn Dodeneiland en daarachter branden de ovens van Murano, zacht rommelend, de hele nacht.

'Bellissimo!' roept Nicoletta, die zelf ook een spektakel is. Ook zij is in Frans kostuum, lichtgroen met overal watervallen kant en stroken. Een grote pruik met witte krullen om haar ronde gepoederde gezicht.

'Jij moet ook nog even in de make-up gezet. Kom hier.' Met kordate bewegingen maakt ze zijn gezicht wit en smeert iets op zijn ogen en lippen.

'Niet te veel!'

'Wees maar niet bang. Zo hoort dit nu eenmaal.' Een maskertje, ja dat heeft ze ook, zwart is het mooist. 'We moeten opschieten, die mensen zitten al bij Florian.' Ze pakt een klein fluwelen buideltje, dat als tasje dienst doet, en zet een grote hoed met veren op haar hoofd. Hij helpt haar met het omdoen van haar 'Domino', een wijde zwarte cape met enorme capuchon die zelfs over de hoed heen kan.

Nicoletta dooft de lichten en laat de kostuums, die niemand hebben gevonden om ze tot leven te roepen, achter in het donker.

Ze zwaaien naar Gianni, die nog in zijn gewone kloffie achter zijn drukpers staat.

Dan biedt Salvo haar zijn arm en ze schrijden door de stegen, waarbij haar wijde rokken soms zijn benen raken. Als ze mensen tegenkomen in hetzelfde rococokostuum, groeten ze elkaar in de stijl van die tijd, hij met een lichte buiging, zij met een langzaam en elegant knikje van het hoofd.

'Jammer dat je er niet bij was gisteren. We hebben opgetreden met La Bauta.' Het carnavalsgezelschap waar ze lid van is. 'Gedichten van Baffo.'

'Die achttiende-eeuwse pornodichter?'

Ze lacht. 'Ja. Het was een groot succes. In Palazzo Vendramin.' Het paleis waar Wagner zijn *Tristan en Isolde* schreef en jaren later stierf, en waarin nu het casino huist. In gedachten ziet hij het Canal Grande in de nacht, zwart van de gondels, want alle gondeliers van Venetië kwamen Wagner de laatste eer bewijzen.

Een voorvader van Flaminia was bevriend met Baffo en ze bezat een paar mooie oude uitgaven. Ze hadden er veel grappen over gemaakt. Al zijn gedichten hadden als moraal dat alles, welke ellende ook, goed kwam door 'la mona', het Venetiaanse woord voor het vrouwelijk geslacht. O kutmeid, waar zit je?

Hij ziet zichzelf lopen met die lieve Nicoletta aan zijn arm. De labyrintische wandeling brengt hen ten slotte bij de Piazza San Marco, waar een bleke maan boven staat. Afwisselend spelen de strijkjes van Quadri en Florian, hier en daar zijn paren aan het dansen, in spijkerbroek of in kostuum. Schoonheid bestaat ook zonder Flaminia, maar vorig jaar leek dit plein voor hen gebouwd. Vorig jaar ging hij op in het moment, zag hij Flaminia en was elke afstand weg.

Uit de openstaande deuren van Florian klinkt Vivaldi hen tegemoet. Het in rokkostuum gestoken vierkoppige orkest, dat gewoonlijk buiten in de gaanderij speelt voor de mensen op het terras, heeft nu een knus hoekje binnen. Zou die man achter de vleugel Paolo zijn, de pianist van de prinses. Mensen verdringen zich, maar zonder fraai kostuum en reservering kom je hier niet binnen.

Ze worden bekeken en gefotografeerd.

'*Signora Nicoletta, benvenuta!*' De ober maakt een buiging en gaat hen voor.

Op het rode pluche zitten prachtig uitgedoste mensen, met of zonder masker. Sommigen zijn in gesprek, anderen kijken rond en begluren elkaar via de door ouderdom dof geworden, door bronzen lijsten omrande spiegels. Een donkere prins met een tulband drinkt een Bellini onder de schildering van net zo'n donkere prins met ook zo'n exotisch hoofddeksel. De pasteltinten van een ander schilderij harmoniëren met die van de jurk van de dame eronder, die babbelt met twee vrouwen in petticoat en wild bewerkte kousen. De een draagt het masker van een breed lachende negerin, de ander van een varkentje. Op de oude parketvloer glanzen mannenschoenen met strikken en alles wordt in een gouden licht gezet door cherubijntjes op één been, die een lamp omhooghouden die lang geleden is geblazen in Murano, of onlangs op Taiwan.

Er wordt schaamteloos gekeken, ook van buitenaf door de ramen heen, met of zonder camera, en ook door hem: terwijl ze achter de ober aan lopen door de kleine aangrenzende ruimtes, flitst zijn blik achter zijn masker langs de mensen, op zoek naar haar.

Daar is hun hoekje. De buitenlandse vrienden zijn er al, beide paren in een Frans kostuum, gemaakt door Nicoletta. De dames dragen kleine maskertjes, de mannen niet. Ze zijn wel gepoederd en hebben een pruik op net als hij. Hij kust de handjes van de dames, drukt de handen van de mannen en neemt plaats naast Nicoletta.

'Champagne!' roept de lange elegante Nederlander.

Salvo heeft zin om zich te verdoven.

Met zwierige bewegingen zet de ober even later de glazen neer, ontkurkt de fles en schenkt in.

'Doge!' roept Nicoletta en ze strekt haar armen uit.

Daar staat hij, fier rechtop, in lange rode mantel afgezet

met hermelijn, het mutsje met de krul op het gepoederde hoofd. Salvo herkent de oude Franse hertog wiens in achttiende-eeuwse stijl gehouden palazzo hij ooit bezocht met Flaminia. Waarschijnlijk is die oosterse prins in de andere ruimte zijn butler en nog veel meer.

'Mag ik u voorstellen aan Salvo,' zegt Nicoletta. 'Hij is geboren in het Arsenaal.'

'En is de vloot bijna gereed?' vraagt de doge ernstig. 'De Genuezen worden nu wel erg opdringerig.' Hij doelt op de eeuwenlange rivaliteit van Venetië met de andere grote zeemacht Genua.

De doge schuift bij hen aan.

Via de spiegels ziet Salvo twee schitterende vrouwen binnenkomen aan de arm van een kardinaal. De een is in het roze, de kleur van Flaminia, de ander in het groen, hun gezichten ingelijst door lange witte pijpenkrullen waar linten doorheen zijn gevlochten. Ze gaan zitten op een plek waar ze via de spiegel zichtbaar blijven. Het lijkt of de vrouw in het roze even naar hem kijkt, maar ze draagt een masker dat een groot deel van haar gezicht bedekt.

Het gezelschap aan zijn tafel heft het glas.

'Op de nederlaag van Genua,' zegt Salvo tegen de doge. Dan raakt hij in gesprek met het Nederlandse koppel. Ze komen al heel lang in Venetië, hadden nooit gedacht dat ze nog eens mee zouden doen met carnaval, maar dit is het tweede jaar en ze zijn totaal gewonnen. Ze hebben zich erg verdiept in de kostuumgeschiedenis.

'Ik ben een leek vergeleken met hen,' zegt Nicoletta. 'Behalve dit hebben we ook nog een ander kostuum,' zegt de Nederlandse, een mooie meid van zijn leeftijd, 'mijn man dat van de pestdokter, dat masker met die lange snavel, en ik een mannenkostuum met bauta en larva.'

'Ze heeft ook een moretta. Een klein maskertje, net zo klassiek als de larva, maar alleen voor vrouwen. Het is rond en zwart, bedekt net niet het hele gezicht en wordt vastgehouden door de mond, zodat de draagster niet kan praten.'

De Amerikaanse slaakt een kreet van verontwaardiging.

'Casanova beschrijft al hoe betoverend het staat,' zegt de Nederlander plagerig. 'Maar voor vanavond leek het ons een beetje ongezellig. Het is jammer dat je steeds minder van die klassieke maskers ziet en bijna geen figuren meer van de commedia dell'arte. De meesten kleden zich Frans, rococo, omdat het zo flatteus is. Of fantasie, dat gaat snel vervelen en het historische element is juist zo interessant.'

'Of we het ene kostuum dragen of het andere maakt een enorm verschil,' zegt de Nederlandse. 'Met deze kleren glimlachen de mensen, groeten en vragen of ze een foto van ons mogen maken. Wanneer we als pestdokter en larva rondlopen vragen ze dat nooit, ze doen het tersluiks, van achteren of van opzij.'

'Mijn man is veel hoffelijker tegen me als ik dit kostuum draag,' zegt de Amerikaanse in haar eigen taal.

Even voelt Salvo zich eenzaam tussen deze gelukkige paren, hun spel met elkaar. Hij neemt een grote slok van zijn spumante.

'Als zij haar mannenkleren draagt,' zegt de Nederlander, 'voel ik me anders ten opzichte van haar, het heeft bijna iets homoseksueels. Kleren doen iets met je.'

'Hebben jullie die negerin en dat varkentje zien zitten?' vraagt Nicoletta. 'Ze zijn er elk jaar en lange tijd wist niemand wie het waren. De ene is een man van tweeëntachtig, de andere een vrouw van dertig. Duitsers. Ze kwamen elkaar toevallig tegen in hun vaderland en toen heeft hij voorgesteld om samen carnaval te vieren, hij betaalt de reis en zorgt voor de kostuums. Verder hebben ze niks met elkaar. Hij is psychiater.'

De Amerikanen vinden het allemaal prachtig. Beiden zijn architect en komen uit New York, waar ze een appartement bewonen tegenover het Metropolitan Museum, en al twintig jaar brengen ze elke winter een maand in Venetië door om uit te rusten van hun hectische bestaan. Voor de eerste keer doen ze mee met carnaval. 'Het is heel dubbel,' zegt de Amerikaan. Een stevige man met een donkere ringbaard die wit gepoederd is. 'Aan de ene kant schaam je je ervoor, aan de andere kant geniet je ervan, van het verkleden, het gluren, de partijen. De stad komt nog meer tot haar recht, dit feest zou niet kunnen in New York. De palazzi, de interieurs, de stilte, het water, de gondels, alles werkt mee aan de betovering.'

De hertog, die geboren is in Parijs maar al heel lang hier zijn domicilie heeft, is al decennia een toegewijde carnavalsganger. Hij bezit een collectie van meer dan honderd kostuums en soms verkleedt hij zich drie keer per dag.

'De mensen zijn zo aardig hier,' zegt hij. 'Een vriendin van me, een oude dame, regelrechte afstammelinge van een doge, bestelde nog een koffie in een bar. Die kreeg ze niet, want de ober wist dat het slecht was voor haar wankele gezondheid. Een Fransman zou er rustig tien gegeven hebben. Alle gondeliers groeten me, ook al maak ik nooit van hun diensten gebruik.'

De roze dame kijkt van boven haar waaier in zijn richting. Daarna legt ze haar in zijden handschoen gestoken hand even op de mouw van de prelaat, fluistert iets in zijn oor en lacht. Ze kijkt weer vluchtig in zijn richting en schudt haar krullen. Of zou ze gewoon naar het groepje kijken, of naar de doge? Salvo is blij dat hij een masker draagt.

Ze heeft dezelfde maniertjes als Flaminia, maar ze lijkt ietsje langer. Hij kan niet zien hoe hoog haar hakken zijn onder de wijde rok.

Het orkest speelt, het ene glas champagne volgt op het andere, begeleid door kleine hapjes. Natuurlijk hoopt hij dat ze binnenstapt, maar hij voelt zich niet zielig. Dat zou ook belachelijk zijn, die trut laat hem gewoon zakken. Hij zal zich vermaken vanavond, hij zal zich overgeven aan de roes van het gezelschap, de drank en de muziek. Deze mensen zijn aardig. Nee, hij vergist zich niet, de vrouw kijkt en lijkt te glimlachen. Hij kijkt terug. Zal hij een buiginkje maken?

'Ik geloof niet dat Flaminia hier is, hè?' zegt Nicoletta zacht, terwijl ze zich iets naar hem overbuigt.

Zou de roze dame denken dat Nicoletta zijn vriendin is?

'Je hebt haar niet op andere feesten gezien?'

'In elk geval heb ik haar niet herkend. Tom zag ik wel vanmiddag, hij vroeg ook naar jou. Ik vertelde dat ik met je naar Florian ging.'

Verdorie, dat heeft hij misschien doorgekletst aan haar en dan komt zij juist niet.

'Hij had haast, ik heb niet naar Flaminia kunnen vragen.'

Het orkest pauzeert, nu kan hij even naar die pianist, dan zal hij meteen rondkijken of ze misschien toch ergens, goed vermomd, in een hoekje zit.

Nog snel een glas champagne. De kleren en het masker geven hem moed.

Nu raken hun blikken elkaar echt van achter de maskers. Even ziet hij haar ogen glanzen.

'Belissime, eminenza,' zegt hij in het voorbijgaan met een snel buiginkje. Hij loopt door naar de pianist, die op zijn kruk een glaasje drinkt, en stelt zich voor.

'Ach, u bent Salvo. La principessa heeft het over u gehad. U werkt op het kerkhof.'

Hij gaat twee keer in de week naar haar toe, al jaren. 'Eigenlijk heeft ze geen stem meer, maar ze wil doorgaan en ik kan haar niet in de steek laten.'

Vandaag heeft hij de videobanden met fragmenten van haar optredens teruggebracht.

'Wat een schoonheid is ze geweest.'

De pianist schudt meewarig zijn hoofd. 'Ongelooflijk, *divina*.'

'Waar, wie, welke schoonheid,' vraagt de violist opgewonden alsof hij meteen de jacht wil openen.

'Vroeger, je bent te laat.' Dan richt hij zich weer tot Salvo. 'Als je haar ziet dansen is het nog indrukwekkender. Er zijn ook opnames van haar man bij.'

'Triest dat ze elkaar niet kunnen zien.'

'Tja.'

'Ze zegt dat ze verbonden zijn als Tristan en Isolde. Of zou hij daar een nieuw leven...'

'Ik weet het niet. Hij ziet er nog steeds uit als een filmster naar de foto's te oordelen, maar Anna, haar kapster, denkt dat het fout is gegaan omdat ze altijd zo vol was van Strawinsky. Dat ze per se naast hem begraven wil worden gaat wel ver.'

Ze moeten weer spelen. Salvo gaat terug naar zijn plek, hij kijkt naar de vrouw en zij naar hem. Hij voelt zich steeds roeziger worden, zijn bloed stroomt sneller, zijn hoofd is licht. Mensen praten luider, lachen meer, staan op, lopen rond, raken in gesprek met onbekenden en sommige paren beginnen te dansen in de nauwe ruimtes. Een wals, een menuet, gewoon close, het varkentje met de negerin, Arlecchino met Colombina, de oosterse prins met een oude dame die eruitziet als een koningin, in glanzend blauw, flonkerend van de juwelen, een torenhoog kapsel op het geschminkte hoofd.

De Nederlander heeft de Amerikaanse ten dans gevraagd, de Amerikaan de Nederlandse en zelf buigt hij voor Nicoletta. Als ze samen over de parketvloer schuiven, zijn arm om haar royale lijf, fluistert ze in zijn oor: 'Je hebt sjans. Die roze dame gluurt voortdurend naar je.'

De dame danst met de prelaat, af en toe zeggen ze iets tegen elkaar, ze lacht, kijkt dan weer in zijn richting, soms iets van opzij, uitdagend, katachtig. Direct of via spiegels.

De paren dansen dicht tegen elkaar en wisselen als vanzelf van partner.

Nog een kurk knalt van een fles.

Vivaldi, Andrea Bocelli, 'Con te partirò', andere zwijmelnummers, meer drank, de spumante bruist in gouden droppen over de rand van de glazen.

Ook zij drinkt van die wulpse bubbels.

De doge danst met de vrouw in het groen. Het duizelt hem, hij ziet geen verschil meer tussen de gekostumeerde mensen op de schilderijen en die van vlees en bloed. Dansen moeten we, drinken, lachen, leven. Moe is hij van het getob.

En ineens danst hij met de roze vrouw. De kardinaal duwde haar zacht in zijn armen en maakte een zegenend gebaar. Nicoletta gleed als vanzelf in de armen van een stoere kapitein. '*Professore*,' groet die hem terwijl hij zijn hoed even optilt. Het is Afro.

'*Maestro, capitano!*'

Haar ogen zijn blauw, ziet hij als de lamp van een cupido er even in schijnt, en achter het masker bewegen lange wimpers.

Met zijn zijden hand heeft hij de hare vast, de andere om haar met baleinen ingesnoerde rug. Haar witte krullen ruiken zoet. Ze glimlacht en zegt niets. Dat hoeft ook niet. De mensen kijken, camera's flitsen. Hij heeft zin om haar te kussen, haar fel gestifte mond. Vergeten wil hij, zich onderdompelen, in haar zoete haren, haar ruisende rokken, haar kant, haar glimlachende stilte.

'Kom, laten we even naar buiten gaan,' fluistert hij in haar oor. Daar worden ze niet begluurd door Afro, Nicoletta en haar vrienden. Zwijgend en zonder aarzeling volgt ze hem. Ook onder de arcaden dansen paren, want via boxen klinkt de muziek ook daar.

Dit is pas een echte balzaal, de oude lantaarns vormen sidderende zuilen van licht in het water dat in grote plassen op de Piazza glinstert. Boven hen hangt de immense kroonluchter van het hemelgewelf, die net zo toverachtig straalt diep onder hun voeten.

Ze dansen, en het plein draait om hen heen als een carrousel. De gordijnen tussen de arcaden zijn opgehaald, hij staat weer op het podium, eindelijk is de afstand weg en doet hij mee. Hij streelt haar rug, zijn handen dalen af naar haar heupen maar die zijn vijfdubbel verpakt in een staketsel van metaal bedekt met heel veel rokken.

Het orkest speelt een wals van Tsjaikowsky.

Wat ruikt ze lekker. Even beroeren zijn lippen de hare. En dan langer, ze beantwoordt zijn kus, eerst aarzelend, dan krachtig en vol hartstocht. Wat een temperament zindert onder dat roze kant. Ze dansen door terwijl hun monden versmelten.

Op het grote scherm glijden de beelden langs van vorig jaar, ook vaart die gondel weer voorbij waarin hij het handje vasthoudt van Flaminia. Hij heeft op haar gewacht, hij heeft haar gezocht en gebeld, maar kennelijk wilde ze niet. Ze zal zich wel vermaken nu. Hij ook. Dit broze, korte leven moet geleefd. Zijn wangen gloeien onder het masker, zijn vingers tintelen.

Hij maakt zich los en kijkt naar dat mooie gemaskerde gezicht met de grote kattenogen.

'Hoe heet je?'

Ze glimlacht.

'Zeg me hoe je heet.'

Ze legt haar vinger tegen haar lippen.

Wil ze een geheimzinnige fee blijven?

'Wat ben je mooi, o lieveling, ik hoef niet te weten hoe je heet, ik wil je zien.'

Hij trekt zijn masker af.

'Nu jij.'

Ze schudt haar hoofd.

'Ik zal je helpen.'

'Non non!' kreunt ze.

Hij kust haar weer.

'Ik zie je ogen, ze zijn blauw.'

Als hij haar een pirouette laat maken onder zijn arm door, ziet hij dat het masker op haar achterhoofd met een strikje is vastgemaakt.

Ze dansen weer lijf aan lijf, op de muziek van Tsjaikowsky. Hij wil haar masker pakken.

'Non!' Beide handen schieten naar haar gezicht.

Die stem...

Ze slaat haar gehandschoende hand voor haar mond.

'Wie ben je?'

Twee handen tegen haar gemaskerde gezicht.

Ze begint te schokschouderen.

'Stil maar.'

Ze slaat haar armen om hem heen en kust hem.

Intussen streelt hij haar schouders, haar nek, woelt hij door haar haren en maakt hij het lintje los.

Dan deinst hij achteruit.

'Tom!!!'

Luifels van kunstwimpers, poeder, rouge, lippenstift.

'Liefste!' Tom slaat zijn armen om Salvo's hals maar Salvo pakt ze en duwt ze weg.

'Ik ben je liefste niet! Wat is dit?!' roept hij verbluft, geschokt. Hij is totaal in verwarring. Snel kijkt hij om zich heen of mensen hen zien. Hij schaamt zich, hij heeft zich zo laten gaan. Het suist in zijn hoofd, ook van de drank.

'Ik deed het niet expres, het ging vanzelf.'

'Jij wist wie ik was!' roept Salvo kwaad. Straks zegt hij nog tegen Flaminia dat hij homo is. 'Je zet me voor gek voor al die mensen!' Hij schopt tegen een muur.

'Kom, kom even mee,' zegt Tom smekend. Hij pakt Salvo's hand. Salvo trekt die meteen los, maar loopt wel mee terwijl hij om zich heen blijft kijken of iemand hen ziet. In een schemerige hoek van de galerij blijven ze staan.

'Alsjeblieft, wees niet boos.'

'Je hebt me belachelijk gemaakt!' Driftig loopt hij weer weg. Tom stuift achter hem aan en pakt hem vast. Salvo maakt zich geërgerd los.

'Ik ben te ver gegaan, maar...' Hij begint te huilen. 'Ik was...'

'Wat?' Ze lopen weer terug naar de donkere hoek. Tom is behoorlijk beneveld, hij praat met dubbele tong en kan haast niet meer op zijn benen staan. Langs de muur zakt hij naar beneden tot hij op de treden onder de arcaden zit. 'Mijn schoenen...' Salvo gaat ook zitten, op enige afstand van hem. Tom pakt een witte kanten zakdoek uit zijn tasje en veegt zijn tranen af. De make-up is uitgelopen.

'Ik voelde me zo eenzaam, al die mislukte liefdes, de dood van mijn ouders, mijn zuster. Ik dacht dat ik nooit meer...'

'Nooit wat?'

'Verliefd zou kunnen worden.'

'...'

'Tot ik jou tegenkwam.'

Hij is even stil. 'En jij hebt me aan Flaminia gekoppeld!'

'Dan had ik je in de buurt.'

'Maar...'

'En ik had het gevoel dat het tussen ons...'

'Dat het tussen ons wat?'

'Dat wij ook iets hadden.'

'Ik mocht je, maar...'

'Dat voelde ik.'

'Maar niet op die manier. Ik ben niet zo, dat wist je.'

'Dat weet je nooit.'

'Nou, dan weet je het nu,' zegt hij verstoord, maar tegelijk heeft hij ook met hem te doen, zoals hij daar zit met zijn uitgelopen make-up, de pruik, het tasje.

'Heb je iets tegen Flaminia gezegd?'

'Niks.'

'Waarom doet ze zo?'

'Weet ik niet, ik denk vanwege haar man.'

'Haar man? En die museumdirecteur?'

Hij kijkt glazig.

'Je was met hem bij Gianni in de drukkerij. Is dat haar nieuwe vriend?'

'Nee, hij valt op mij. Ik niet op hem.'

'Vertel het me, waarom doet ze zo?' Hij pakt hem bij zijn in roze zijde gehulde schouders. Nou wil en zal hij het weten.

'Ze past niet bij je.'

'Ik pas ook niet bij jou!'

Tom begint weer te huilen.

'Heb je gezegd dat wij iets hebben? Vertel!' Hij schudt hem door elkaar omdat hij ineens vermoedt waarom Flaminia hem zo raar behandelt.

'Nee, nee, echt niet. Je vriendin op Sicilië.'

'Wat is daarmee?'

'Daar ging je toch heen?'

'Wat?! Ik ging naar mijn familie! Heb je dat gezegd? Dus ze denkt dat ik haar bedrieg?'

'Nee.'

'Als jij dit soort dingen... Godallemachtig. Waar is ze nu?'

'Met haar man.'

'Dus het is weer goed met die man?'

'Niet echt. Ik weet het niet.'

'Slapen ze in dezelfde kamer?'

'Ja.'

'Dus ze liegt tegen me!' Of liegt Tom?

'Je moet maar met háár praten.'

'Ja, maar dat lukt dus nooit.'

'Ik zal het wel regelen,' zegt hij en hij legt even zijn hand op die van Salvo. 'Vergeef me. Ik wil je niet kwijt. We kunnen ook gewoon vrienden zijn.'

Salvo heeft geen zin om terug te gaan naar Florian, want hij weet niet hoe hij dit zo snel uit moet leggen. Hij voelt zich behoorlijk voor schut staan. Hopelijk heeft niemand gezien dat ze elkaar kusten.

Ze drinken nog één glas in een bar tegenover het Dogenpaleis, beiden met hun masker weer op. In het helle licht ziet hij Toms baardgroei onder de witte schmink.

'Toch jammer dat je bent gestopt met je acteercarrière,' zegt Salvo met een zweem van een glimlach. 'Je had het ver kunnen brengen.'

Hij begeleidt Tom naar een taxi en kijkt hoe hij, staand op het achterdek, met wapperende jurk over het water verdwijnt in de nacht. Dan slentert hij door de donkere stegen naar huis.

Zondag

In de kiosk bij de aanlegsteiger koopt hij een krant en op het deinende, overdekte vlot verzinkt hij in een artikel dat op de voorpagina staat onder de titel: 'Eenzaam of vrij?' Als hij opkijkt, schrikt hij: een doodskop.

Het masker is van een klein jongetje, ziet hij aan de spijkerbroek en stoere schoenen die onder zijn zwarte cape uit komen. Door middel van een spuitbus verfraait het ventje de wand en het plafond met blauwe slierten. Er belandt per ongeluk ook zo'n blauwe worm op de jas van een oude dame met een bos bloemen. Zijn moeder roept hem tot de orde.

'Geen maskers op het kerkhof,' zegt Geremia als ze stil blijven staan bij de receptie. 'Dit is een heilige plek.'

Het jongetje trekt het masker van zijn hoofd en lacht vrolijk. Zijn moeder wil het graf bezoeken van een familielid, maar weet niet waar het ligt.

Geremia vraagt de naam en het sterfjaar en pakt vervolgens een groot boek van een van de stapels. De overledenen worden er per jaar op alfabetische volgorde in geschreven.

De stoffelijke resten van degene die de vrouw zoekt, rusten in een familiegraf, op de plattegrond geeft Geremia aan waar de dame dat kan vinden. Er moet ook wel eens worden meegedeeld dat het graf dat gezocht wordt helaas is geruimd.

Het jongetje loopt mee aan de hand van zijn moeder, in de andere hand bungelt de doodskop.

Kostuums zijn wel toegestaan, zegt Geremia, het hangt er een beetje van af, ze moeten niet al te dol zijn, geen harlekijnen met belletjes bijvoorbeeld. Maar Franse kostuums en steken, dat is geen probleem. Alle maskers zijn taboe.

Salvo wil even kijken wanneer Strawinsky en Brodsky precies begraven zijn.

'Welk jaar?' vraagt Geremia.

'1971.'

Geremia pakt het boek. Zijn vinger glijdt langs de s.

'Ja, hier, Strawinsky: 15 april.' Geremia was daar niet bij geweest, want toen werkte hij hier nog niet. 'Ik heb wel zijn vrouw begraven, een paar jaar later. Er was veel chic, rijk volk uit Amerika, en een orthodoxe priester.'

Vervolgens zoeken ze bij het jaar 1996 naar Brodsky, maar vinden hem niet.

Salvo kijkt bij het jaar erna. 'Ja, kijk, Brodsky, 18 juni 1997.' Ook hier blauwe balpenblokletters.

Dat was dus anderhalf jaar na zijn dood.

Dan legt Salvo de boeken weer op de stapel.

Ze zouden met hun tweeën zijn vandaag, maar Zorzi heeft

onverwacht extra dienst omdat morgen de vrouw van een vooraanstaand politicus wordt begraven en de AMAV heeft opdracht gegeven dat hoekje van het kerkhof extra goed schoon te maken.

Hij vraagt of Salvo, die de receptie zou doen, hem even kan helpen.

'Schandalig, die speciale behandeling,' zegt Zorzi, terwijl ze over de stille paden lopen die al beschenen worden door de eerste zonnestralen. 'Dat gaat keer op keer zo. Als het graf van een gewone sterveling vol water blijkt te staan moet de kist er gewoon in, en ze worden kwaad als een begrafenisritueel uitloopt. Of dat komt door oude mensen die niet zo snel ter been zijn of doordat de emoties hoog oplopen, kan ze niks schelen. Maar voor hotemetoten is geen moeite te veel. Het mag rustig eindeloos duren, de ene speech na de andere. En nu moet de aarde rond het nieuwe graf vervangen worden omdat die stinkt.' Dat zullen ze straks doen met de graafmachine.

'Misschien kun je me ook nog even helpen een dode in de koelcel te leggen. Een jongeman die ze hebben gevonden bij de aanlegsteiger van een vaporetto, waarschijnlijk drugs.'

Hij is gisteravond gebracht, en de dokter komt nog even langs voor de lijkschouwing.

Het is een formaliteit, maar er komt altijd een dokter aan te pas om te kijken of de doodsoorzaak niet bij een medemens ligt.

Ze hebben de hof bereikt waar de vrouw van de belangrijke man morgen begraven wordt. Tussen de deftige zerken liggen bladeren en afgebroken takken. Die moeten bij elkaar geveegd. De graven in de buurt van het nieuwe graf moeten ontdaan worden van onkruid en sommige stenen moeten nog schoongeboend.

'Kijk, daar ligt de moeder van de burgemeester. Daar werd ook zo'n drukte om gemaakt. Drie mannen hadden extra dienst. Ook toen moest de aarde worden vervangen en vermengd met zand. En we kregen op ons hart gedrukt dat we er zo netjes mogelijk uit moesten zien.'

'Salvo in de receptie,' klinkt het metalig door de intercom. 'Signor Salvo in de receptie.'

Wat kan dat zijn? Geremia weet dat hij hier bezig is. Flaminia, nee, die heeft zijn mobiele nummer. Iets met zijn familie?

'Ik ben zo snel mogelijk terug,' zegt hij tegen Zorzi.

Over de knerpende grindpaden haast hij zich naar de receptie.

'Wie is het?'

Geremia weet het niet.

'Pronto, met Salvo.'

'Met Ugolino Soffiato.'

'Hé, ciao Ugolino.'

'Ik heb een droeve mededeling.'

Hij verkrampt. 'De prinses?'

'Nee, de butler van signora Flaminia.'

'Tom. Wat is er met hem?'

'Ze hebben hem gevonden, vanochtend.'

'Wat!'

Hij valt neer op de stoel.

'Vlak achter de voordeur. Een hartstilstand waarschijnlijk. Het zat in de familie.'

Het wordt hem zwart voor ogen.

'Ja ja, weet ik. Wat vreselijk. Ik heb hem gisteravond nog gezien.'

'Misschien kun je straks even langskomen, ik moet nu naar de signora.'

'Flaminia? Ik moet haar bellen.'

'Wacht daar maar even mee.'

'Waarom?'

'Ik had haar echtgenoot aan de telefoon.'

'Het was nogal heftig gisteren... ik... hij had veel gedronken. God, wat erg.'

'Kom straks langs. Over twee uur ben ik zeker weer op mijn kantoor.'

'Jaja, natuurlijk.'

Hij blijft roerloos op de stoel zitten. Hij voelt zich misselijk. Tom. Hij ziet zijn droeve gezicht, met de uitgelopen make-up. Hij ziet hem zoals hij hem de eerste keer zag, alleen aan de bar. En weer en weer, altijd alleen, met een glas prosecco en een sigaret. Vriendelijk, elegant. Was het zijn schuld? Ze hadden aardig afscheid genomen, godzijdank. Maar de emoties waren hevig, de drank had rijkelijk gevloeid. Zijn zuster was ook plotseling dood. Tom heeft nooit iets gezegd over een eigen kwaal. Hij had altijd dat waas van melancholie om zich heen. Dat had Salvo gefascineerd. Hij had iets kwetsbaars, die eerste keren in de bar en gisteren ook. Tegelijk was hij zwierig en sterk. Hij was gelukkig geweest en was dat geluk kwijtgeraakt. Dat herkende hij. Tom was een buitenstaander, ook daarmee voelde hij zich verwant. Eigenlijk was hun vriendschap verstoord door Flaminia. Daarom ging hij niet meer naar La Cantina, hij kon niet vrij met hem praten omdat zij zo gek deed. Tom hield van hem, zij niet. Een droeve grap, het leven. 'Ik wil je niet kwijt,' zei hij. 'We kunnen ook vrienden zijn.' Dat had waarschijnlijk echt gekund. Ze konden lachen samen, hij had humor en zelfspot. Het was een wanhoopsdaad geweest, gisteren, maar Tom had tenminste gedurfd. Hij zal er uren mee bezig zijn geweest. De voorbereiding van zijn dodendans.

Geremia stapt binnen en kijkt hem onderzoekend aan.

'Gaat het?'

'Een goede vriend is dood.'

'Ach jongen.' Geremia is altijd wat stug, maar nu kijkt hij hem zo droevig aan dat Salvo de tranen achter zijn ogen voelt branden.

'Totaal onverwacht, ik heb hem gisteren nog gezien.'

Hij staat op, hij moet terug naar Zorzi. Terwijl hij langsloopt, legt Geremia even een hand op zijn schouder.

Zijn dood is voor Flaminia ook een ramp, ze leunde zo op hem. Daar had ze nu haar man weer voor. Nooit kon hij Tom meer vragen hoe het nou echt zat.

Moet hij haar toch bellen, gewoon spontaan? Door Tom kenden ze elkaar. Hij gaat even zitten op een bankje in de kloosterhof en pakt zijn telefoon.

Soffiato is nu bij Flaminia.

Hij kan ook een briefje schrijven en laten bezorgen.

Gekraak. Hij kijkt omhoog, waar het geluid vandaan komt en ziet padre Angelo die net een luik opendoet.

'Buongiorno Salvo. Aan het mediteren?'

Het doet hem goed het vriendelijke gezicht van padre Angelo te zien.

'Een vriend is dood.'

'Ach, wat erg voor je. Ik moet zo de mis celebreren, maar wil je vanmiddag langskomen?'

Ze spreken af om vier uur.

Hij loopt terug naar de plek waar Zorzi bezig is. Tom zal wel hier op San Michele begraven worden. Dan ziet hij Flaminia. Zou zij iets weten van wat er is gebeurd, van Toms gevoelens voor hem? Vlak achter de voordeur was hij gevonden. Lag hij daar sinds gisteravond? Hij had langer bij hem moeten blijven, samen doorzakken. Als hij dit geweten had.

Maar je kunt toch niet leven alsof elk moment het voorlaat-ste is.

Uiteindelijk waren ze allebei weer rustig geweest, hij had hem zelfs gecomplimenteerd met zijn acteertalent.

Je denkt altijd dat je tijd hebt, om te praten, dingen te laten rijpen, even op hun beloop te laten, weer goed te maken. Maar voor je het weet is alles voorbij, te laat, voorgoed.

Zorzi is al bezig met de graafmachine. Hij stopt als hij zijn sombere gezicht ziet.

Salvo vertelt wat er is gebeurd.

Zorzi fronst geschokt en stapt uit de wagen. Hij haalt een pakje sigaretten te voorschijn en biedt er een aan. Ze gaan even op twee zerken zitten, tegenover elkaar.

Salvo vertelt ook van gisteravond.

'Tja, dat is Venetië,' zegt Zorzi. 'De mooiste vrouwen blijken mannen en de mooie meiden lopen in een versleten spijkerbroek.'

'Ik had langer bij hem moeten blijven, praten. Maar ik was ook kwaad, voelde me voor gek gezet.'

'Logisch. Je moet je niet schuldig voelen, je kon niet weten dat het zijn laatste avond was. Zo kun je niet leven.'

Dat zou misschien wel moeten, met mensen omgaan alsof er geen volgende keer is.

'Jullie hebben vredig afscheid genomen.'

'Ja, dat wel.' Dat beeld zal zijn verdere leven op zijn netvlies staan gegrift, hoe Tom verdween in de nacht. Glamorous. Hij had niet meer omgekeken.

'Als je weg wilt?'

'Nee, nee. Ik ga straks langs Soffiato, maar die is nu bij Flaminia.'

'Ga dan maar wat bladeren harken. Geremia helpt me wel even met de koelcel.'

Terwijl Salvo, als in trance, met armen die niet van hemzelf lijken, de bladeren bijeen harkt, herinnert hij zich dat hij die avond een afspraak heeft met de prinses.

'Ze was erg overstuur. Hij lag in een lange jurk in de gang.' Soffiato zit achter zijn bureau in een donker pak en kijkt hem ernstig aan. De jongeman die hem condoleerde, telefoneert aan een ander bureau.

'Heeft zij hem gevonden?'

'Een dienstmeisje.'

'Wat is er gebeurd? De doodsoorzaak?'

'Een hartstilstand. Mevrouw Flaminia wist van zijn zuster, maar Tom leek zo gezond.'

Salvo vertelt hem wat er gisteravond is voorgevallen.

Soffiato luistert zwijgend en aandachtig. Salvo voelt zich op zijn gemak bij hem.

'Tja, ik begrijp dat je geschokt bent.' Hij lijkt even in gepeins en zegt dan: 'Ik heb een idee. Misschien moet jij helpen dragen. Ze willen een grote mis in Murano. De San Donato was zijn lievelingskerk. Het is niet goed dat jij hem begraaft, maar dragen is mooi. Daar zou Tom blij mee zijn. Zo bewijs je hem de laatste eer en je kunt ook bij de dienst zijn. Ik regel dat wel met de AMAV.'

Die prachtige kerk waar hij gisteren nog heen had gewild, met de mozaïeken en de madonna van de glasblazers die hij voor het eerst zag met Tom. Hij hoort zijn vrienden weer bidden: 'Geef ons een zuiver en goed hart, dat van zijn vrienden kan houden. En bescherm ons tegen het kwaad.'

Na de rouwdienst in Murano wordt hij begraven op San Michele, aanstaande woensdag.

'Dan zie ik haar ook.'

'Je hebt wel smaak, een prachtige vrouw.'

'Was haar man erbij?'

Hij knikt.

'Tja jongen, onmogelijke liefdes zijn de mooiste.' Dat heeft hij al eerder gezegd.

Voor Tom niet.

'Ik wilde bellen maar misschien kan ik beter een briefje sturen. Het is raar als ik niks laat horen.'

'Ik zie haar vanmiddag weer in verband met de begrafenis, dan kun je het mij meegeven.'

Hij wandelt weer terug naar huis om dat kaartje te schrijven maar stapt eerst even binnen bij Bar Cavallo tegenover de grote kerk van Santi Giovanni e Paolo, waar de onsterfelijken begraven liggen, dogen en grote kunstenaars, en waar de rouwdienst voor Strawinsky gehouden is.

'Ja, het hele plein stond vol, tot hierbinnen,' zegt de robuuste kastelein, die ook een bar drijft in het bejaardenhuis schuin aan de overkant. 'Ik had dit café net gekocht. Zo veel klandizie heb ik sindsdien nooit meer gehad.'

Salvo bestelt een sprizz en een stuk pizza.

'Werk je nog steeds aan de overkant?'

Salvo knikt en drinkt zwijgend van zijn roze drankje. Het leven neemt je altijd bij de neus. Hij dacht dat hij de prinses zou begraven en nu dit.

Door het raam kijkt hij naar de kerk. Strawinsky's eigen requiem was daar gespeeld tijdens de rouwdienst. Wat zouden ze spelen voor Tom? Vroeger zou Flaminia dat zeker met hem hebben overlegd.

Als hij naar buiten gaat, zegt de barman: 'Wanneer je daar weer aan het harken bent, doe dan de groeten aan mijn moeder.'

Over de Kade van de Bedelaars loopt hij verder langs het

ziekenhuis waarvoor een hele rij ambulanceboten ligt te dobberen. Door een open raam kijkt hij in een kamer met flesjes en buisjes. Achter het volgende raam bevindt zich een grote vierkante ruimte met wanden en een plafond van steen en een vloer van klotsend water. Hier kunnen de ziekenboten binnenvaren, er is daar een aanlegplek met een trapje dat in het donkere water verdwijnt.

Ook de overledenen zullen hier wel aan hun overtocht beginnen.

Waar zou Tom worden opgehaald? Thuis?

In het kanaal zijn ze aan het baggeren. Het grijsgroene water kleurt zwart alsof er inkt in leegloopt. Mannen op een grote platte schuit laten een grijper het water in zakken en gooien die leeg in de boot. Langzaam zal de zwarte modder bezinken en het water weer helder worden.

Venetië is een spiegel, al je emoties kaatst ze terug, en heviger. Als je gelukkig bent, kun je hier uitzinnig gelukkig zijn, maar ben je hier triest, dan is het bijna ondraaglijk.

Zijn carnavalskostuum ligt door de kamer verspreid.

Vorig jaar lagen de kledingstukken zo in de slaapkamer van Flaminia en had Tom ze bij elkaar geraapt.

Hij zoekt de handgeschepte kaartjes die hij ooit van haar kreeg, pakt er een uit het fraaie doosje en schrijft dat hij in gedachten bij haar is. Hij stopt het in de envelop, likt over de klevende rand en plakt hem dicht.

Dan herinnert hij zich dat ze hem lak heeft gegeven en een zegel. Voor het eerst zal hij die gebruiken.

Hij houdt een aansteker onder de rode staaf en kijkt hoe de vlam de lak langzaam laat smelten. Dan duwt hij het stempel met zijn initialen erin en drukt deze vervolgens op de envelop. Mooi.

Speeksel en bloed.

Hij verzamelt kousen, jabot, schoenen, hemd, handschoenen, steek en legt ze op een stapel. Over de leuning van de stoel ligt het plastic waar Tom het kostuum vorig jaar zo zorgvuldig in had opgeborgen.

Nu heeft hij een dragerskostuum nodig. Daar zal Soffiato wel voor zorgen. Achttiende-eeuwse pakken zou Tom mooier hebben gevonden.

Hij gaat de deur weer uit, heeft geen rust om binnen te blijven, hoewel hij dat wel weer zou moeten proberen. Muziek luisteren.

Het is een stralende dag. Op de bankjes aan de kade zitten mensen in de zon. Een vrijend paartje, drie oude dames, een grootvader met zijn kleindochter.

Hij gaat ook op een van de bankjes zitten en luistert naar het geklots van de golven en het gekraak van de boten uit Burano, Torcello en andere eilanden, die hier aangemeerd liggen.

In de zomer zat hij hier vaak de krant te lezen, een boek, gewoon wat te staren over het water, en een enkele keer had hij voor de deur van zijn huis met Flaminia bij het vallen van de avond gekeken hoe alles van kleur veranderde, de lucht, de huizen, de boten, het Dodeneiland, zijzelf. Eén keer ook met Tom, die verrukt was van de plek.

Het is een bijzondere hoek van Venetië. Aan de ene kant de stad, aan de andere de grote vlakte van het water, die een gevoel van vrijheid geeft, door de weidsheid, de verre luchten waaronder je op heldere dagen zelfs de Dolomieten kunt zien liggen, en doordat je elk moment weg kunt varen, nieuwe einders tegemoet. Tom had veel gereisd en kon daar zo over vertellen dat je meteen je koffers wilde pakken. Tom had voorgesteld om eens te gaan lunchen op het Lido, of in die tent op het eiland Torcello waar Hemingway vaak zat. Ongetwijfeld zou dat heel bijzonder zijn geweest, maar Salvo werd te veel in beslag genomen door Flaminia.

Nu zou hij wel op zo'n boot willen stappen naar een van de eilanden, weg, uitwaaien. Vanmiddag is er geen tijd, morgen misschien.

In de verte ziet hij de rook kringelen uit de glasovens, meeuwen vliegen op of strijken neer op een paal. Vaporetti varen voorbij in strakke regelmaat, de hele dag door dezelfde voorspelbare rondjes, als ezels in een tredmolen, punctueel als een uurwerk.

Lawaai. Een enorme golf slaat over de kade. Net op tijd kan hij zijn benen optillen, anders waren zijn broekspijpen doorweekt geweest.

Het weer slaat duidelijk om.

Boven de grote oude deur hangt een stenen reliëf van twee armen die elkaar kruisen, de ene arm is van Jezus, de andere van Franciscus.

Hij belt aan.

Na een tijdje gaat de deur met een zwaai open. Daar staat padre Angelo, zoals altijd in zijn bruine pij, maar zonder kalotje.

'Welkom,' zegt hij opgewekt.

Ze staan in een ruime, hoge hal met een groot beeld van hun heilige.

'Wat een imposant gebouw.'

'We hebben de ruimte met ons achten. Koffie?'

'Graag.'

Hij gaat hem voor met kwieke stap.

De keuken is enorm. Oud, rommelig, maar schoon, met een heel groot fornuis en planken vol kolossale pannen. In het midden staat een oude marmeren tafel.

Achter de ramen ligt een grote ommuurde tuin.

'Dat is de moestuin,' zegt padre Angelo. 'Vroeger stonden daar vijf huisjes van heremieten, het enige wat ze samen deden was bidden. Kom, ik laat het je even zien.'

Hij vraagt niet naar Tom. Is hij het vergeten, of wacht hij tot Salvo er zelf over begint? Wil hij hem even afleiden?

Na de dood van zijn grootmoeder, van wie hij heel veel hield, en ook na de dood van een schoolvriendje, had hij het zo gek gevonden dat het leven doorging als daarvoor, dat de aarde niet stilstond, dat hij weer vocht met zijn zusje en dat hij sommen moest maken. Toch was de vanzelfsprekendheid even weg. Het leven was nooit vanzelfsprekend, en eigenlijk moest je dat altijd beseffen.

Er is een vrouw aan het werk in een lange grijsblauwe jurk, een schort voor en een mutsje op het hoofd. Ze trekt dingen uit de grond.

'Dat is broeder Pietro,' zegt padre Angelo vrolijk. Het carnaval begint me naar het hoofd te stijgen, denkt Salvo bij zichzelf.

'Hij kan alles, hij onderhoudt de moestuin, kookt fantastisch, weet alles van elektriciteit.' Hij pakt de mouw van zijn pij en zegt: 'Dit heeft hij geweven. Al onze pijen. Het is heel goede kwaliteit, niet stuk te krijgen. Zelf draagt hij ons oude nachtgewaad. Kom, we gaan hem even begroeten. Pietro!'

Die maakt een afwerend gebaar.

Padre Angelo lacht. 'Zo doet hij altijd.'

Ze lopen naar hem toe. 'Dit is Salvo, hij werkt op het kerkhof.' Broeder Pietro drukt een vluchtige hand en gaat door met waar hij mee bezig was. Er zitten nog wat winterwortels in de grond en die haalt hij eruit.

'Kijk eens wat een brandnetels,' zegt padre Angelo.

'Die heeft de duivel geplant,' mompelt broeder Pietro, 'maar ik laat ze staan voor de vlinders.'

Hij verbouwt hier alles, kool, spinazie, bonen, aardappelen, alle soorten kruiden. Maar in dit seizoen valt er niet veel te beleven. Er staat nog wel iets in de kas.

'Ik hoor dat u een geweldige kok bent,' zegt Salvo.

'Nee, hij, Angelo, is een groot kok.'

Angelo lacht. 'Vroeger, ja, toen deed ik nog wel eens mijn best,' zegt hij, terwijl hij ook een paar winterwortels uit de grond trekt.

'Ze zien er wat vreemd uit.' De een maakt een bijna rechte hoek, de andere is dubbel. 'Maar ze smaken heel goed, heel zoet.' Hij houdt er een onder Salvo's neus.

'Kook je zelf?'

'Soms.'

'Dan geef ik je er een paar mee.'

Aan het eind van de tuin staat een kapelletje met een beeld van Maria. Ze lopen erheen.

'Het lampje brandt altijd. Hier gaan we vaak heen om te bidden.'

Boven de kleine poort prijkt in steen het franciscaanse wapen met de gekruiste armen.

'Er staat geen kruis tussen, dat betekent dat het van voor veertienhonderd is. Dit is een plek met een heel lange geschiedenis, waarschijnlijk is Franciscus hier zelf geweest.'

Hij wijst op plantenbakken in de serre, met miezerige margrieten die in de zomer heel weelderig worden en dan een maand lang de kerk opluisteren.

'Ik had je koffie beloofd.'

Er loopt nog een monnik door de tuin. Padre Angelo groet hem niet. 'Hij is doof. Hij komt uit een zigeunerfamilie. Het is gek: zigeuners zwerven, maar sinds twee jaar zit hij hier. Hij gaat de kippen voeren.'

Padre Angelo wast de wortels, snijdt het loof eraf en stopt ze in een plastic zak. Dan zet hij met dezelfde doortastende gebaren twee kopjes koffie.

Salvo ziet Tom weer in de luxe keuken van Flaminia, hoe hij met zijn Franse koksschort voor snel en elegant de heerlijkste ontbijten op tafel toverde, omelet met zalm, luchtig roerei, toast met kaviaar. Zijn gezelschap was altijd aangenaam, hij was bescheiden maar toch aanwezig. Soms kwam hij er even bij zitten en dronk een kopje koffie of een glas spumante mee.

Uit de kast pakt padre Angelo een stenen beeldje van een weldoorvoede monnik in bruine pij. Het blijkt de suikerpot.

'Heb je vandaag dat trieste bericht gehoord?'

Salvo vertelt hem het verhaal.

Padre Angelo luistert aandachtig.

Salvo vertelt over Toms achtergronden, zijn ouders en zijn zuster die hij vroeg verloor, zijn jetsetleven als acteur en begeleider van de rijken, zijn belangstelling voor mensen en voor kunst. Hij vertelt over hun ontmoetingen in de bar, en over gisteravond.

'Heel schokkend voor je. Ach, de arme jongen. Maar jullie hebben in vriendschap afscheid genomen, dat is belangrijk. Het kan ook anders.' Hij heeft veel van dit soort drama's meegemaakt en die eindigden ook wel eens in moord. Deze monnik is vertrouwd met het volle leven en met de dood, want hij was twintig jaar ziekenbroeder op allerlei plekken in Italië. Salvo ziet hem regelmatig door de stad lopen, altijd in zijn bruine pij.

'Een zeer Venetiaanse geschiedenis. Hier zijn meer homo's dan in welke andere stad ook. Het komt door de schoonheid.' Met een fonkeling in zijn ogen vervolgt hij: 'In de zestiende eeuw werd de muziek van de mis zo belangrijk hier in de San Marco, dat priesters een boete konden krijgen als ze erdoorheen spraken. De boodschap werd opgeofferd aan de esthetiek.' Hij lacht. 'Bij La Fenice werkte letterlijk geen enkele man die op vrouwen viel. En daar kwamen me een schoonheden voorbij.'

Padre Angelo vindt het mooi dat Soffiato hem heeft gevraagd als drager. 'Hij heeft gevoel voor die dingen.' Salvo zegt niets over Flaminia, hij merkt dat hij er zelf een beetje moe van is en hij moet eerst maar eens afwachten wat er woensdag gebeurt.

'Elke dood is anders,' zegt de oude monnik ernstig, 'als ziekenbroeder heb ik meer dan vierduizend mensen dood zien gaan. Soms heel harmonieus, geleidelijk, dan ging iemand stapje voor stapje naar de andere wereld, soms in een zware strijd, soms wreed en in onze ogen onrechtvaardig, soms ook als de enig denkbare finale van dat leven. Het klinkt gek misschien, maar op een bepaalde manier is het wel een dood die bij jouw vriend Tom paste. Weemoedig maar stijlvol.'

Salvo knikt peinzend en ziet de slotbeelden weer voor zich, onwerkelijk en aangrijpend als in een droom, een film. Hun dans in het mooiste decor dat er bestaat. Zijn verdwijnen in de nacht.

'Tom heeft kunnen zeggen wat hem op het hart lag en jij hebt geluisterd. Daar gaat het om.'

'Ik heb hem begeleid naar de taxi.' Naar de dodenboot.

'Hij had veel gedronken, zei je, dan heeft hij misschien niet eens gemerkt dat hij stierf. Een plotselinge dood is voor de persoon zelf vaak een zegen, maar voor de achterblijvers moeilijk.' Hij is even stil en vraagt dan: 'Zal ik je toch de bibliotheek laten zien, of liever een andere keer?'

Salvo wil de bibliotheek graag nu zien.

Hij volgt padre Angelo de trap op, die leidt naar een brede, lange gang met eindeloos veel deuren. Door een raam aan het einde van de gang valt licht naar binnen dat de oude stenen vloer laat glanzen. Tweehonderd cellen liggen hier op een rij, waar eeuwenlang is gebeden en ook gestorven. Nu zijn er nog maar acht bezet.

'Dat zal een drukte zijn geweest.'

'Ik heb een tijd op een eiland doorgebracht met duizenden geestelijken. Het was er altijd rustig, ordelijk, vredig. Kijk,' hij wijst op het portret van een man in pij. 'Hij was abt, of, zoals wij zeggen, gardiaan van dit klooster, voordat hij veranderde in paus Gregorius de Zestiende.'

Hij opent de deur naast de paus en ze stappen een ruimte in met kasten vol boeken en tijdschriften. Dit zal de bibliotheek toch niet zijn?

Het is de leeszaal. Op tafel liggen alle belangrijke dagbladen van het land. Hij wijst op een artikel: 'Twee franciscanen kardinaal'. 'Nu zijn het er samen vijf.' In de kast staan de tijdschriften van hun orde.

Ze lopen weer verder door de lange verlaten gang met al die deuren waarachter over een poosje ook het laatste gebed verstomt. Het maakt hem treurig.

'Dit is de salon.'

Hij opent een deur en ze staan in een grote ruimte vol lage tafeltjes en luie stoelen. Aan de wanden hangen prenten en schilderijen met religieuze voorstellingen en allesoverheersend is daar het glimlachende gezicht van paus Johannes de Drieëntwintigste.

'Hij was de grootste,' zegt padre Angelo, die wel een beetje op hem lijkt.

Ze gebruiken deze ruimte niet meer, ze zien elkaar in de

refter voor het eten en dan trekken de mannen zich terug in hun cel.

Hij zegt alles op nuchtere, rustige toon, zonder enige sentimentaliteit.

'En dan nu waar het om ging.' Hij haalt een volle sleutelbos uit de zak van zijn pij en opent de deur van de bibliotheek.

Langs hoge, lange wanden staan eindeloze rijen boeken in antieke kasten. De parketvloer is die van een balzaal, maar de glans is eraf. De leestafels zijn leeg.

Zijn blik glijdt langs de bordjes boven de kasten. Dogmatiek, Ethiek, Canoniek Recht, Moraaltheologie, Boeddhisme, Hindoeïsme, Islam, Hagiografie, Filosofie, Literatuur. Die kast bekijkt hij met extra aandacht. Allemaal oude bandjes naast elkaar. Ovidius' *Metamorfosen*, Tacitus, Propertius, de wulpse gedichten van Catullus zelfs, Montaigne, Goethe, Rilke, Gide. Dat staat wat vreemd door elkaar.

'Indrukwekkend.'

'Na de bibliotheek van de San Marco is dit de belangrijkste.'

Langzaam loopt hij langs de kasten, langs werken van Anselmus en Bonaventura, van Thomas van Aquino en Augustinus, Meister Eckhart en Teresa van Avila.

En al die boeken gaan in wezen over de vraag hoe te leven en hoe te sterven.

Hij ziet de pijen, de sandalen op de houten vloer, de oude handen die de bladen omslaan, de lezende ogen. Mooi, deze verstilde wereld. Even heeft hij dat geluksgevoel dat hem wel eens overviel als hij in de bibliotheek van Catania zat te studeren. Tom zou dit ook mooi gevonden hebben, steekt dan weer door hem heen. Hij had gevoel voor deze dingen, want hij wilde hem meenemen naar de bibliotheek op het

Eiland van de Armeniërs waar Byron zich vaak terugtrok om te bekomen van zijn liefdesavonturen. Begreep hij dat Salvo zich te veel liet verdoven door Flaminia?

'Ze hebben me verteld dat hier een bijzonder exemplaar van de koran is.'

'Ja, er is er maar één van op de wereld.'

Padre Angelo wijst op een kast met houten deuren die gesloten zijn. Hij pakt de sleutel uit een la.

De planken achter de deuren staan vol oude bandjes.

Salvo beklaagde zich er wel eens over dat er in deze stad geen antiquariaten zijn, maar nu begrijpt hij het, alle boeken staan hier. Veel Latijnse en Griekse schrijvers die in de zestiende eeuw zijn gedrukt door de grote drukkers van Venetië. En zelfs nog wiegendrukken van daarvoor.

'Kijk eens wat een juweeltje.' Het is een heel oud uitgaafje van de *Fioretti van Sint Franciscus*. Hij geeft het even aan Salvo terwijl hij verder zoekt.

'Ja, dit moet hem zijn.' Het boek zit in een doos. Een eerste en enige druk van de uitgever Paganino Paganini.

'Er stonden fouten in, zei men, ik geloof dat de naam van Allah niet goed was gespeld, dat zou de muzelmannen kwaad kunnen maken en dat zou schadelijk zijn voor de Venetiaanse handel met de Arabieren en Turken. De hele oplage is vernietigd behalve dit exemplaar.'

Salvo kijkt naar de elegante, raadselachtige lettertjes, de subtiele versieringen, het goed bewaarde perkament. Deze letters zitten vermoedelijk niet in de laatjes van Gianni.

Padre Angelo zet de koran terug tussen Augustinus en Erasmus.

'Veel schrijvers kwamen naar Venetië vanwege de drukkerijen, Erasmus heeft meer dan een halfjaar bij Aldus Manutius gelogeerd.' De grote drukker voor wie een gedenksteen beneden in de kerk hangt. Midden in het rumoer van de drukkerij zat hij te werken terwijl voortdurend nieuwe Griekse teksten werden aangedragen. Hij voelde zich met die drukpers, dat bijna goddelijke werktuig, zoals hij het noemde, rijk, machtig en gelukkig. Het wond hem op dat alles wat hier van de persen rolde meteen in heel Europa gelezen kon worden. Een grotere revolutie dan e-mail en internet.

'Wat een schatkamer,' verzucht Salvo. En alles staat hier maar zonder dat iemand de boeken inziet.

Padre Angelo wijst naar het portret van een oude monnik. 'De schatkamer werd door hem beheerd, padre Teofilo. Hij zat altijd hier en kende elk boek, niet alleen het bandje, maar ook wat ertussen zat.' Ook hij laat zijn blik langs de wanden glijden en verzucht: 'Er moet iets gebeuren. Het moet in de computer gezet. Sommige boeken zijn aan restauratie toe en alles moet worden beschermd tegen stof en vocht. Ook de houtworm is geloof ik al aan een feestmaal begonnen. Heb jij verstand van computers?'

Dat heeft hij wel.

'Denk er maar eens over na.'

Boeken redden in plaats van mensen begraven. Deze tombe weer leven inblazen.

'Er is hier niet alleen gelezen en gestudeerd,' zegt padre Angelo met een geheimzinnig lachje, terwijl hij een heel klein oud boekje uit de speciaal vergrendelde kast pakt. Het is een bijbeltje. 'Een damesbijbeltje.' Hij doet het open en er blijkt een minuscuul pistooltje in te zitten, geen sierpistooltje maar wel degelijk echt. Hoe het hier komt, weet niemand. 'Misschien heeft zich hier een crime passionel afgespeeld. Niet de eerste geestelijke die sneuvelt in een liefdesdrama. Zullen we nog even een wandeling maken buiten? Dit is het mooiste uur, tegen het vallen van de avond. En ik moet nog een dode zegenen.'

Hij sluit de kast en de deur van de bibliotheek en dan lopen ze weer door de gangen en over de trappen naar beneden.

'Je moet je wortels niet vergeten.'

Voor ze naar buiten gaan, laat hij hem nog even de refter in kijken. Een donkere ruimte met een houten vloer en houten lambriseringen. Op de eenvoudige kale tafels staan acht borden, acht glazen en een paar karaffen met olijfolie. Heel veel tafels zijn leeg. 'Vroeger hadden we regelmatig gasten, maar omdat de gemiddelde leeftijd achtenzeventig is, hebben we ook geen gastenverblijven meer. Er zijn geen monniken die ze kunnen onderhouden.'

Hij sluit zorgvuldig af, want mocht er iets gebeuren dan krijgt hij als gardiaan op zijn kop.

Het kerkhof is al schemerig.

'Ik hoop dat er een opleving komt, je weet maar nooit. Er zijn vaker donkere tijden geweest. Alles draait om geld. Ook hier, je weet het. De mensen moeten zes miljoen lire betalen voor een graf waar ze na tien jaar uit worden gehaald terwijl er allang geen ruimtegebrek meer is. De planten gaan dood door de spuitmiddelen, de kisten worden zo chic dat de lichamen niet meer kunnen verteren. Er is geen goede drainage, daar is geen geld voor, zeggen ze, maar er is wel geld om land in te polderen en het terrein te vergroten. Vroeger hadden wij de verantwoordelijkheid voor het kerkhof.'

Ze lopen langs het crematorium. 'Hier wordt het steeds drukker, eerst waren het vooral communisten die zich lieten cremeren. Dat was een spektakel. De kist was altijd gewikkeld in een rode vlag en er liep ook iemand aan het begin van de stoet die een vlag omhooghield met een grote hamer

193

en sikkel erop. Als ze langs de kerk kwamen, keken ze de andere kant uit.' Hij lacht. 'De Internationale schalde over het kerkhof. Soms door het gebed van de monniken heen. Tja, zelfs dat is verleden tijd.'

Padre Angelo doet de deur open van het gebouw waar de overledenen naar toe worden gebracht als ze niet thuis of in het ziekenhuis zijn gekist.

Ze lopen door de kale aula waar afscheid genomen kan worden voordat de kist wordt gesloten. Dan komen ze in een ruimte met een metalen tafel in het midden waarop vroeger autopsie werd verricht. In de wand zitten zes koelcellen. Achter een van die metalen deuren zal de jongen liggen die ze vonden op de aanlegsteiger.

Vervolgens gaan ze een derde ruimte binnen waar vier verrijdbare bedden staan, waarvan een voor het grootste deel aan het oog onttrokken is door een gordijn.

Padre Angelo gaat er heel rustig heen en schuift het gordijn opzij. Op het bed ligt een zeer oude vrouw in pyjama, star en bleek als een wassen pop.

'Ze is vanmiddag gebracht. De buren hebben haar gevonden, maar geen enkel familielid of vriend heeft zich gemeld.'

Hij blijft een tijdje zwijgend naar haar kijken. Dan vouwt hij zijn handen en verzinkt in gebed. Vervolgens zegent hij haar en maakt een kruisteken op haar voorhoofd. Weer kijkt hij even zwijgend en aandachtig naar de dode vrouw en dan sluit hij het gordijn.

Hij wordt hiertoe niet verplicht, maar doet het altijd. 'Elk mens is heilig en niemand mag als afval worden opgeruimd.'

Ze lopen weer over de grindpaden, er waait een lichte bries en de hemel begint roodachtig te verkleuren.

'Steeds meer ouderen worden alleen gelaten en sterven van eenzaamheid. Je ziet vaak advertenties tijdens vakanties en feestdagen met de aansporing: "Vergeet uw hond niet." Natuurlijk moeten we lief zijn voor dieren, voor onze hondjes en onze broeder wolf, zoals Franciscus ons leerde, maar zo'n advertentie zou ook wel eens mogen luiden: "Vergeet uw opa of oma niet."'

Hij zoekt veel eenzame mensen op. 'Maar het is nooit genoeg.'

Salvo denkt aan Tom. Zou hij thuis zijn bij Flaminia? Dat zal ze wel goed verzorgen. Tom had zich ook alleen gevoeld zonder dat iemand dat werkelijk besefte. Erg dat je soms zelfs heen kunt leven langs mensen die je het naaste zijn.

Het is heel stil, alleen het geluid van hun stappen over het grind, en soms klinken ook die niet meer als ze gedempt worden door gras. De contouren van de zerken worden zachter, de kleuren van de bloemen minder fel. De bomen lijken al te slapen.

Dit is een plek zonder tijd, een plek waar levenden en zij die geleefd hebben elkaar ontmoeten.

Ze wandelen langs een hof vol beeldjes van engeltjes. Enkele hebben een blauwe sliert uit een spuitbus op het hoofd.

'Allemaal kinderen in de knop gebroken,' zegt padre Angelo. 'Gelukkig gebeurt dat veel minder dan vroeger. We wandelen met de dood. Hoe meer je met hem omgaat hoe vertrouwder hij wordt, hoe vrijer je je voelt en hoe dieper je het leven ervaart. Er zijn mensen die de dood in vluchten uit angst voor de dood, dat is droevig. De dood helpt juist te leven. Gisteren was ik bij een vrouw die stervende is, maar ze zei dat elke dag zijn verrassingen heeft. Elke dag valt het licht anders, zei ze en er was een vogeltje geweest dat kruimeltjes pikte die ze gestrooid had op het balkon. Telkens als

hij wat had genomen, keek hij haar een tijd lang bewegingloos aan.'

Hij wijst op een graf dat met bloemen is overdekt.

'Aids,' zegt hij. 'Dat grijpt om zich heen, ook hier. De
nieuwe pest.' Die graven met bergen bloemen zijn vrijwel
altijd aids-slachtoffers, vertelt hij.

Hij steekt zijn vinger op. 'Hoor je dat gefluit? Een late me-
rel.' In de verte onder de rode hemel beginnen de klokken te
luiden.

'Hier gaat het om, dat je deze momenten ten volle kunt ervaren. Die zijn heilig, maar wij weten het vaak niet meer.'

Salvo loopt eerst even langs huis om de wortels weg te brengen, die kan hij moeilijk meenemen naar de prinses.

Hij zet het Requiem van Verdi op, schrapt een wortel en
neemt een hap. Die heremietengrond heeft inderdaad een
zeer geconcentreerd aroma meegegeven. Hij snijdt een
homp kaas af en een stuk brood en zet die op zijn werktafel,
waar zijn studieboeken liggen te verstoffen.

Ze heeft niet gebeld. Toch zal ze dat kaartje nu wel hebben
ontvangen. Hun verbondenheid is niet zo diep als hij dacht,
daar moet hij zich maar eens bij neer gaan leggen. Het doet
pijn, maar tegelijk voelt hij zich sterk.

Een glas wijn, daar is hij wel aan toe.

Hun levens zijn niet te verenigen. Dat is een illusie geweest. Hij denkt aan de regels van Brodsky: *Wat jammer dat
wat jouw bestaan voor mij geworden is niet mijn bestaan geworden is voor
jou.*

Laat ze maar bij haar man blijven, hij kan haar dat society-
leven bieden waar ze, ook al zegt ze dat ze er moe van wordt,
niet zonder kan. Salvo had zijn studie verwaarloosd, zijn
boeken, zijn vrienden. Ook aan Tom had hij geen aandacht

besteed omdat hij te veel in de ban was van haar. Liefde moest de blik en de geest verruimen maar ze was een zwart gat geworden waar hij in weggezogen en verdwenen was.

Als ze dacht dat hij zich aan haar vastklampte, vergiste ze zich. Hij was niet op zoek naar vastigheid, maar naar beweging en dynamiek, passie. Dan moest hij zich maar weer met passie op andere dingen storten.

Over een paar dagen zal hij haar zien en dat maakt hem nu rustiger, want dan zal er iets duidelijk worden. Zijn wereld zal niet instorten, voelt hij, maar weer ontstaan, nadat die verdwenen was in een mist van tobberijen, veranderd in een labyrint van twijfels.

Wel vaker had Salvo gedacht dat het uit was, terwijl hij eigenlijk wel wist dat dat niet zo was, dat het weer goed zou komen, en inderdaad waren door één blik, een enkel woord al die stoere voornemens om ermee te kappen weer verdwenen en vergeten. Verbazingwekkend was het hoe dan ineens die hartkloppingen, die troebelheid in het hoofd plaatsmaakten voor serene vrede en gelukzaligheid.

Nu is dat anders.

Hij tilt de stapel boeken op, haalt haar foto eronder vandaan en draait hem om.

Wat een lieve, mooie glimlach. Hartje, wat is er gebeurd? Niet zeuren. Hij schuift de foto weer onder de boeken. Wat erg dat hij soms zo verbitterd over haar denkt. Dat wil hij niet.

Beangstigend is het dat ze zo dichtbij kon lijken terwijl ze het niet was. Dat die gebaren die heilig leken, hol blijken. Ongemerkt drinkt hij met flinke teugen van de wijn.

'Je moet mijn grote liefde zijn.' Hij dacht dat hij dat was geweest. Als hij tegenviel, of als het om een andere reden niet kon, waarom verliet ze hem dan niet met wat meer allure en zorgzaamheid? Waarom troostte ze hem nu niet om Tom? En waarom wilde ze niet door hem worden getroost?

Niet zomaar 'lieveling' lispelend verdwijnen.

Hij zou een leven moeten leiden van marmer, van glas, van boeken. Niet van vlees en bloed, dat gekwetst kan worden en weg kan stromen. Een leven van muziek en letteren. Maar die voeden zich ook met tranen en bloed. Hij moet weer aan de studie, boeken lezen. Misschien moet hij die bibliotheek op orde brengen.

Ze hadden in elkaars armen moeten liggen nu, hun wangen hadden tegen elkaar aan moeten gloeien. Hij had haar tranen willen drogen, haar hand op zijn gezicht willen voelen, en overal. Hij heeft haar verdomme toch niks aangedaan? Hij stond altijd klaar, hij koesterde haar, hij streelde en kuste haar handjes, haar voetjes, haar hele lijfje. Hij overweldigde en mangelde haar, dat wilde ze. Hij luisterde ook als hij het geklets vond. Hij ging mee naar die saaie vrienden.

Hij had haar willen vertellen over het klooster, over de prinses.

En Tom had hij erover willen vertellen. Door haar had hij Tom verwaarloosd. Door haar was Tom nu... Nee, dat is onzin. Stop met dat getob. Basta!

Hij staat op en kijkt uit het raam naar de watervlakte van de Misericordia, die meestal een kalmerende werking op hem heeft. Niks en niemand wil hij meer verwaarlozen om haar.

Hij zal zijn ouders bellen, zijn zusje, zijn vrienden, Maria.

Maar niet nu. Nu moet hij naar de prinses. Hij moet zich zelfs haasten. Snel verkleden, zijn zwarte pak maar weer, en het handgemaakte overhemd dat zij hem gaf. God, wat waren ze toen gelukkig. Een slok. *Merda!* Op zijn overhemd.

Wat doe je met zo'n vlek? Witte wijn. Heeft hij niet. Onder de kraan.

Het wordt roze. Warmer water misschien, wrijven. Nee, dat verrekte ding blijft roze. Meteen naar de stomerij. Ander overhemd. Nettere laarzen en de deur uit.

Op de kade is zaagsel gestrooid. Bloed, is zijn eerste gedachte, maar hij beseft dat dat door Sicilië komt, waar je regelmatig van die hopen zaagsel op straat zag liggen die de sporen van een afrekening niet altijd helemaal bedekten. Er zal wel olie of benzine zijn gemorst.

Er gaat rust uit van het stemmig verlichte Dodeneiland, dat steeds vertrouwder voor hem wordt nu hij voor zich ziet hoe de monniken daar zitten te eten in de refter, hoe de boeken daar in hun stille rijen staan. En straks wordt er zelfs een vriend begraven.

Uit het palazzo van de Franse hertog, die gisteren als doge bij hen aan tafel zat, klinkt muziek en door de openstaande deuren kijkt hij in de door oude lantaarns verlichte hal waar mannen in livrei de laatste voorbereidingen treffen voor een ontvangst. Als hij niet zo overhaast vertrokken was uit Florian zou hij waarschijnlijk ook uitgenodigd zijn, maar de hertog zal ongetwijfeld hebben gedacht dat Salvo het geluk gevonden had en zijn gezelschap was vergeten.

Hij loopt door de calles, langs mensen op weg naar dit of naar een ander feest, langs karretjes volgeladen met aquarellen en maskers, die naar hun donkere bergplaats worden geduwd, langs een oude dame met een hondje dat een hoedje draagt.

SINDS 1971, staat er op de stomerij. Dat is vertrouwenwekkend. De oude baas kijkt fronsend naar de vlek. 'Ik zal mijn dochter vragen haar best te doen.'

Langzaam glijdt de boot over het zwarte water naar het rode palazzo, dat nu donkergrijs is.

Daar zit ze in haar heremietenvertrek, op haar vaste plaats, de luiken dicht. Ze draagt een lange wijde witte jurk, pantoffels aan haar opgezwollen voeten, het hoofd fier geheven.

Hij geeft haar het rode schaaltje van zijn vrienden uit Murano. Ze vindt het mooi en weet er meteen een goede bestemming voor, die ze hem straks zal laten zien.

Hij vertelt van Tom. Ze vindt het erg voor hem, natuurlijk, en voor Tom. Maar ook zij ziet een zekere schoonheid in dit droeve, plotse einde. Misschien had ook zij wel willen bezwijken na haar laatste dans in plaats van dit leven voort te slepen.

'Al mijn familie en vrienden zijn dood,' zegt ze luchtig. 'Natuurlijk mis ik ze, ja, maar klagen brengt ze niet terug. Ik koester mijn herinneringen aan al die dierbaren, ben dankbaar voor wat ik met hen heb mogen beleven. Het troost me ook dat zij geen verdriet meer hebben.'

Hij denkt aan al die doden om haar heen. Haar vader, haar moeder, haar eerste man, al die familie die niet op tijd uit Rusland vluchtte, haar danspartners die haar in de lucht gooiden en opvingen, Strawinsky.

'In de wereld van het ballet had je voortdurend homodrama's. Denk maar aan Diaghilew en Nijinsky. Diaghilew was verpletterd toen Nijinsky ineens trouwde, maar hij vermande zich en stopte zijn passie weer in zijn voorstellingen. Dat is altijd het beste, doorgaan, mooie dingen maken. Je moet de liefde voor het leven niet verliezen. Het is zo kort.'

De port en de wodka staan klaar en hij schenkt in.

De video zit al in het apparaat.

Ze drukt op de knop van de afstandsbediening. *De schilderijententoonstelling* van Moessorgsky klinkt, de muziek van zijn mobiele telefoon, de melodie waarvan hij zo hartstochtelijk gehoopt had dat die Flaminia's stem zou inluiden. Nu begeleidt die de foto's van een minuscuul prinsesje.

Een zwartharig meisje met een blonde pop onder haar arm kijkt met grote donkere ogen verwachtingsvol de wereld in. Het meisje is een jaar of drie, met mollige armpjes en beentjes. Een pop met een pop.

Moessorgsky wordt opgevolgd door Rachmaninow.

'Paolo, mijn pianist, heeft de muziek eronder gezet.'

Salvo kijkt naar een meisje in witte balletkleren, dat vijf is, negen, veertien, zestien. Vormen worden ronder, ogen glanzend en verleidelijk, haren lang. Een knop die openbloeit.

Op een wals van Tsjaikowsky.

Het schokt hem.

'Dit speelde Paolo toen ik met Tom danste.'

'Niet eens de *Symphonie Pathétique*? Die kondigt de dood aan.' Ze zegt het rustig. 'Strawinsky zette hem op, toen hij al heel zwak was. Vera, zijn vrouw, schrok vreselijk, vertelde ze me. Inderdaad was hij even later dood. Kort na het componeren van die symfonie, stierf Tsjaikowsky, doordat hij door cholera besmet water had gedronken. Misschien per ongeluk, maar het kan ook zijn dat hij tot zelfmoord was gedwongen omdat hij de zoon van een edelman had verleid.'

Foto's van haar eerste optredens rijgen zich aaneen, de nevelflard uit *Morgenstimmung* zweeft voorbij, een zwaan drijft op *Het Zwanenmeer*.

En overal steken die smalle voeten onder haar jurk of rok vandaan, met linten om haar ranke enkels. Sierlijk en licht.

Met zo veel gemak staat ze op de tenen van één voet, alsof ze gewichtloos is, ontroerend volmaakt.

Doe het niet, denkt hij bij zichzelf. Dat meisje besefte niet dat ze haar voeten stuk danste.

En dan beginnen de beelden te bewegen, tule golft om de soepele leden van een trage, dromerige fee, de schone slaapster, een stervende zwaan, Giselle die opstaat uit haar graf.

Dan is ze wulps en wild, een buikdanseres, Carmen, een bacchante op blote voeten die zijn versierd met kettinkjes. Ook haar handen zijn smal en bewegen als vlinders. Opgetild wordt ze, in de lucht gegooid, ze lacht, ze straalt, als een godin, een diva, als een ster.

Ze is betoverend met die fluwelen blik. Hij is verliefd op dat meisje, die vrouw. Ze is zo mooi, zo blij, zo stralend, ze spant zich in, gaat tot het uiterste.

Ze springt als Scheherazade, in harembroek, een pluim op het hoofd, uitdagend, sterk. En dan maakt ze net zo'n spagaat hoog in de lucht, hier op het strand van het Lido, in bikini, vrij en aanstekelijk vitaal.

'Schitterend!'

Ze schopt haar sloffen uit en gaat met veel moeite op de bank liggen. Hij durft niet te kijken, de vorige keer had hij al gezien dat haar voeten waren ingezwachteld.

Daar klinkt de krachtige muziek van *Le sacre du printemps*. Zij danst de maagd die zich offert voor een nieuwe lente, nieuw leven.

'Ik had ook wel gewild dat mijn laatste dans een dodendans was geweest, zoals van uw vriend,' zegt ze op kalme toon. Hij kijkt haar aan, haar gezicht verraadt geen melancholie. Dan volgen scènes uit films: een fatale, onweerstaanbare Messalina, in een tunica en een Romeins diadeem op het weergaloze hoofd, die de ene na de andere man door de beweging van haar duim de dood injaagt. Een vrouwelijke zeerover in piratenkostuum. Wat een meid!

Vervolgens staat ze in een lange jurk van zwarte tule op een groot terras.

'Is dat bij Des Bains?'

Dat heeft hij goed gezien. Hij had er gedanst met Flaminia tijdens het festival.

De laag uitgesneden hals toont een gedeelte van Irina's boezem. Ze loopt snel en geëmotioneerd naar een man toe, waarbij de zwarte stof golft als de sluier achter de doden-gondel. Ze valt neer aan zijn voeten, slaat haar armen om zijn benen. Hij trekt haar omhoog, kijkt haar aan, zij hem, vol smartelijke overgave, en dan geven ze elkaar een kus, een filmkus zoals die alleen wordt gegeven in Hollywood. En in Venetië.

In het volgende fragment herkent Salvo haar met moeite, want haar haren zijn kort en grijs.

'Mijn laatste rol, met Monicelli. Daarvoor hebben ze me twintig jaar ouder gemaakt. Mijn tegenspeler zei: "Ik benijd je want jij wast na de opnames je rimpels af." Ik heb nog steeds niet veel rimpels. Dat komt door een advies van Marlene Dietrich. Ze zei me dat je je gezicht schoon moet maken met mineraalwater en er 's nachts niks op moet doen. Overdag iets simpels van de apotheek, want al die dure crèmes uit luxe potjes zijn verlakkerij.'

'U hebt haar gekend?'

'Ja, heel goed, Greta Garbo ook. Ze was madrina bij mijn huwelijk. Ze zei: "Zeg maar padrino want ik heb weinig vrouwelijks."'

De film rolt voort. Ze zingt Franse chansons, Duitse liederen.

'En dit is speciaal voor u.' Ze knipoogt.

In het Russisch zingt ze: 'Wat ben ik dankbaar dat mijn geliefde mij zo doet lijden.'

'Daar heb ik geen zin meer in.'

'Gelijk heeft u,' zegt ze lachend. 'Dat klinkt gezond.'

Hij heeft echt het gevoel dat hij al minder somber is, maar misschien komt dat doordat hij weet dat hij haar over twee dagen ziet. Zou Flaminia dat zelf ook weten? Heeft Soffiato haar verteld dat Salvo een van de dragers is?

'Tja, zo'n punt bereik je,' zegt de prinses. 'Craquelé kan mooi zijn, kleine scheurtjes zelfs, die kunnen diepte geven, maar een barst betekent het einde. En dan nu iets heel anders,' vervolgt ze ernstig. 'Ook speciaal voor u. Doe intussen de wodka wat meer eer aan.'

Ze geeft hem een andere video en vraagt hem die in het apparaat te stoppen.

Haar vinger drukt op de doorspoelknop en een man zoeft voorbij met de versnelde gebaren van een personage uit een komische film. Af en toe laat ze de knop even los en dan hoort Salvo een flard Wagner, Puccini, zijn vertrouwde Bellini uit Catania.

Dan blijft de zanger staan, een knappe man in rok op een podium voor een orkest.

'*Do not go gentle into that good night.*'

'Dylan Thomas.'

Ze knikt.

Door Strawinsky op muziek gezet.

'Dat is mijn man.'

Hij herkent de zanger van de foto's. Of was Strawinsky eigenlijk haar man?

'*Rage, rage against the dying of the light.*'

Dylan Thomas schreef het bij de dood van zijn vader.

De muziek is rauw. De prinses doet stoer en luchtig over aftakeling en dood, maar dit is wat ze werkelijk voelt.

'Ik zou u die foto nog laten zien die mijn man laatst stuurde.'

Ze vraagt hem het looprek voor haar neer te zetten. Met veel moeite hijst ze zich overeind. Dan gaat ze hem schuifelend voor.

In de hal duwt ze met haar looprek tegen een deur. 'Links zit het lichtknopje.' Hij drukt erop en ze staan in een oosters heiligdom. Boven een eenpersoonsbed met een oranje sprei hangen prenten van Indiase goden en godinnen.

Op een tafel die tot een soort altaar is omgebouwd, staan foto's van de Dalai Lama, Gandhi en van mensen die hij niet kent.

De prinses noemt ingewikkelde namen.

'Dat is Dudjon Rinpoche, de overleden leidsman van Bernardo.'

Ze staat gebogen over haar looprek. Het kost haar zichtbaar moeite overeind te blijven.

'We waren in New York. Ik danste *De Vuurvogel* in het Metropolitan, Strawinsky dirigeerde. Bernardo wilde wandelen in Central Park. Ik hou niet van wandelen, maar ging toch mee. Toen we even op een bankje zaten, woei er een krant op zijn schoot, *The Village Voice*, en het eerste wat hij las was een uitnodiging voor een lezing van Dudjon Rinpoche. Daar gingen we die avond heen. We zaten op de eerste rij en door het zachte, eentonige gepraat viel ik in slaap. Ik was moe na al die voorstellingen. Bernardo werd intussen diep geraakt en maakte na afloop een privé-afspraak met die man.

Toen hij binnenkwam zei Dudjon: "Ik verwachtte u." Hij had ons zien zitten. "Er zijn mensen die luisteren, mensen die er niets van willen weten en onschuldige zieltjes die slapen." Dudjon heeft Bernardo verder begeleid op zijn geestelijke weg, hij heeft hem meegenomen naar India en hem uiteindelijk lama gemaakt.'

Eigenlijk heeft deze man haar dus haar echtgenoot ontstolen. Of was ze zo in de ban van Strawinsky dat haar echtgenoot voor dit andere leven koos?

'Dit is de kamer van mijn man. Ik ben geen boeddhiste. Kunt u de tweede la van de kast opendoen en daar een witte envelop uit pakken?'

Hij doet wat ze zegt.

'Maak maar open.'

Hij haalt er een grote kleurenfoto uit waar een man op staat in een lang wit gewaad en een witte tulband op het knappe hoofd. Achter hem staat een olifant, aan zijn voeten liggen leeuwen en tijgers.

Een filmbeeld.

'Dit heeft een leerling onlangs van hem gemaakt, een fotomontage.'

'Een filmacteur.' De tijd heeft hem niet zo te grazen genomen als zijn echtgenote.

'Ja, hij is heel mooi, maar hij geeft er niets om. Hij weet dat het daar niet om gaat. Hij is een heilige.'

Zou een heilige zich zo laten fotograferen? Zou hij werkelijk zo vergeestelijkt zijn? Of was die leerling zijn nieuwe vrouw? Of man?

'Elke nacht, voor het slapen gaan, dus om een uur of drie, breng ik hier even een bezoekje en groet de mensen op de foto's.'

Tussen de foto's op het altaar staan kleine schaaltjes, sommige met water, andere met bloembladen. Daar past het schaaltje uit Murano heel mooi tussen.

'Dat is Tara, de godin van de geneeskunst,' zegt ze als ze de kamer weer verlaten.

'Richt u ook wel eens een schietgebedje tot haar?'

Ze lacht. 'Tja, je weet maar nooit. Nee, dat mag Bernardo

doen. Dit is zijn manier om met het meest wezenlijke in aanraking te komen en zo vrede te vinden. Ik heb... Wacht, ik zal het u laten zien.'

Behoedzaam schuifelt ze verder door de schemerige gang. Hij kijkt naar de foto's, de affiches met haar beeltenis, een prachtig portret waar ze een maskertje draagt. 'Irina Wolkonskaja in de film *Carnevale.*'

Achter de volgende deur ligt weer een heiligdom: de grote kamer wordt verlicht door een ouderwetse lantaarn, die de iconen boven het bed net zo geheimzinnig laat glanzen als in de orthodoxe kerk hier in Venetië, waar Salvo meermalen binnen was gestapt.

Op het grote, door een koperkleurige sprei overdekte bed, liggen roodfluwelen kussens.

Ze doet nog een lampje aan en dan ziet hij dat de achtermuur volledig wordt bedekt door een enorme spiegelkast. Een spiegelwand van het ballet.

Daarin ziet ze zichzelf, in al haar aftakeling, zonder make-up, zonder pruik. Er staat ook een grote kaptafel vol snuisterijen.

'Wat een mooie iconen.'

Ze wijst. 'Die twee heeft mijn moeder uit Rusland meegenomen in haar koffer. Samen met het kamerscherm. Verder niets.' Ze slaat heel snel een paar kruisjes en kust haar hand, zoals hij dat de mensen ook zag doen in de orthodoxe kerk.

'Op de ene staan alle heiligen van februari en op de andere Methodius en Cyrillus, die dat vermaledijde cyrillische schrift hebben meegenomen uit Bulgarije. Hadden ze het maar daar gelaten.'

Die andere twee heeft ze gekocht, een madonna en een Laatste Avondmaal. 'Ze hingen in een etalage en bleken van een Russische vrouw die alleen aan Russen wilde verkopen.

Ze was blij toen ze hoorde dat de iconen naar een Kratkoroe-ki gingen. Ik vroeg of ik haar kon ontmoeten, maar niemand mocht haar meer zien. Ze was een heel mooie vrouw geweest en wilde zich niet tonen in haar vervallen staat.'

Hij kijkt naar het beschilderde kamerscherm en denkt aan de iconostase in die orthodoxe kerk, waarachter zo veel raadselachtigs gebeurde. Achter dat scherm stond ze in al haar metamorfosen. Het blijft het grootste mysterie, dat zo'n popje die goddelijke vrouw werd, die goddelijke vrouw deze ruïne en straks niks meer. Zou er een God achter zitten?

'Mijn man heeft zijn vormen en symbolen, ik deze, ook doordat hierin mijn wortels liggen. Hiermee ben ik opgegroeid, in Parijs namen mijn ouders me altijd mee naar de orthodoxe kerk. Maakt het veel uit? Mijn man vereert Christus ook, als een bodhisattva, een heilige, die de volmaakte wijsheid belichaamt en op aarde blijft om de mensheid te helpen. Laat de metropoliet van Moskou me maar niet horen.'

De lantaarn is een cadeautje van Visconti, een decorstuk uit *Dood in Venetië*. 'Ik zou de rol spelen van de moeder, een Poolse, maar er waren geldproblemen. Dino de Laurentiis sprong bij, op voorwaarde dat zijn vrouw die rol zou spelen.'

'Wat jammer.'

'Nee hoor. Silvana Mangano heeft het prachtig gedaan. En ik heb alles van het leven gehad. Maar kennelijk is het de bedoeling dat ik nog blijf. Het is gek. En uw vriend wordt in de kracht van zijn leven weggerukt.'

Op de tafel naast haar bed is een serie foto's uitgestald, in zilveren lijsten. Een portret van haar moeder, ook een koninklijke schoonheid.

'Is dat Principino?' vraagt hij, wijzend op een foto van

haarzelf met een hondje op de arm.

'Ja, wat een schatje hè?'

Er staat ook een foto van de prinses met aan haar ene arm Strawinsky, aan de andere haar echtgenoot.

Ach, wat doet het ertoe hoe het zat. Ze hebben van elkaar gehouden en mooie dingen met elkaar gemaakt. Elkaar hier en daar pijn gedaan misschien, maar de liefde gaat kennelijk niet zonder. Ze hebben het beste van zichzelf gegeven. Alledrie. Misschien zal de prinses het hem nog eens vertellen, misschien niet.

Bij het afscheid wenst ze hem sterkte en vraagt hem de groeten over te brengen aan meneer Soffiato.

Met een wonderlijke rust wandelt hij langs de gesloten deur van La Cantina, door de stegen vol gemaskerden en meisjes met flonkerwangen terug naar huis.

Vastenavond

Hij ziet niets.

Het gordijn is opengeschoven, maar er zijn geen lichtjes aan de overkant, geen toren, geen Casa degli spiriti. Er is helemaal geen overkant. Als hij zich voorover uit het raam buigt, ziet hij zelfs geen water onder zich.

Hij is ingepakt in mist.

Er klinkt gebrom van een boot, maar hij ziet hem niet, na een tijdje alleen wat vaag schijnsel van een lamp.

Ook als hij buiten is, is het zicht nauwelijks méér dan een paar meter, de grens tussen kade en lagune is weggevaagd. Hij moet zorgen dat hij niet te water raakt. Het naderen van een mens merkt hij aan doffe stappen en soms klinkt het geluid van een misthoorn.

De vaporetto wordt pas zichtbaar als die al vrijwel tegen de steiger bonkt.

Door een onzichtbare wereld glijden ze, als door wolken. Het is niet duidelijk of hij vaart of vliegt.

Het kerkhof lijkt ook opgelost, tot ze tegen de aanlegsteiger stoten.

In hun witte pakken lopen ze door de dichte mist. De zerken zijn weggestopt onder een donzen deken, en ook de mannen vóór hen zijn verdwenen. Alleen een stem klinkt af en toe.

Zorzi vraagt hem hoe het gaat. Hij heeft gezien dat zijn vriend Tom morgen begraven zal worden.

'Jij staat niet op de lijst.'

Salvo vertelt dat Soffiato hem gevraagd heeft om te dragen.

Zorzi zal Tom begraven, samen met Dino, Marco en Paolo.

Ze kunnen maar een paar meter voor hun voeten zien. Het grind knerpt, maar zelfs dat klinkt minder scherp.

Vandaag zijn er slechts twee ruimingen. Het gaat om een echtpaar. Man en vrouw zijn twintig jaar geleden op hoge leeftijd kort na elkaar gestorven.

Het is een hele oploop, meer dan tien mensen. De kinderen zijn nu allemaal bejaard, net als hun partners.

De lichamen zijn verteerd, er zijn alleen nog beenderen.

Twee mannen kijken in het graf, de zonen misschien. Na enige aarzeling besluit een van de vrouwen toch ook een blik te werpen, ondersteund door een man. Ze slaakt een kreet en begint te roepen dat het niet waar is.

Dan valt de vrouw uit tegen Geremia. Walgelijk! Dit zijn haar ouders niet. Even lijkt het of ze hem aan wil vliegen.

'Dit zijn alleen hun stoffelijke resten,' zegt Geremia kalm. 'Uw ouders zijn in de hemel.'

Rage, rage against the dying of the light. Het is ook idioot, denkt

Salvo, om er maar kalm bij te blijven staan.

Het lijkt of niet alleen de ouders, maar of ze allemáál in de hemel zijn. Sommige mensen gaan volledig schuil in de wolken, anderen zijn vaag zichtbaar. Salvo zou niet eens raar opkijken als de ouders aan kwamen zweven, zo onwerkelijk is alles.

'Ik ben meerdere malen bij een begrafenis in mijn gezicht gespuwd,' zegt Zorzi, als de familie weg is om de resten van hun ouders bij te zetten in een beendernis, en ze de leeggehaalde graven weer dichtgooien. 'De emoties lopen hoog op. Ze nemen het jou op dat moment kwalijk. De volgende dag bieden ze hun excuses aan.'

'Je moet niet te dichtbij komen,' zegt Marco, 'en mensen niet te veel aankijken, want dan reageren ze zich af op jou.'

'Ja, als ze denken aan het geld dat ze hier kwijtraken,' mompelt Geremia met een lachje.

'Geremia is een Napolitaan,' zegt Marco. 'Dat soort lacht altijd, zelfs als er een dode valt in het gezin. Dan hebben ze meer ruimte in huis.'

Als ze teruglopen om koffie te drinken, horen ze een stem, gepraat, soms even gejammer, dan is het weer stil.

'Dat is die vrouw met dat stoeltje,' zegt Zorzi die zich ondanks de mist precies weet te oriënteren, 'elke dag gaat ze naar het graf van haar man.'

Salvo had haar ook zien zitten, op een klapstoeltje bij de muur. Soms klopt ze tegen de marmeren plaat waar haar man een maand geleden achter verdwenen is.

Op de ochtend van de trouwerij van zijn dochter was hij overleden. Hij had in alle vroegte cadeautjes voor gasten, snoepjes van glas uit Murano, naar het hotel gebracht waar het feest zou worden gevierd. Op weg naar huis kreeg hij een hartaanval. De dochter is nog steeds niet getrouwd en misschien komt dat er ook niet meer van.

Ook de gelukkige relatie van Tom liep stuk na de dood van zijn zuster. 'De seks ging niet meer,' had hij gezegd. 'We waren te verdrietig.'

Morgen loopt hij hier met de kist van Tom. En morgen loopt Flaminia hier ook, met haar man waarschijnlijk. Het is goed dat Salvo zo'n duidelijke rol heeft en een kostuum dat hem helpt die te spelen. Straks gaat hij even naar de stomerij. Na de begrafenis is er een receptie in Florian, en dan wil hij haar overhemd dragen onder zijn zwarte pak.

Hij ziet meteen aan het gezicht van de oude baas dat de vlek er niet uit is. 'Mijn dochter heeft alles geprobeerd.'

Salvo kijkt teleurgesteld.

'Ik begrijp dat het vervelend is,' zegt de man vriendelijk. 'Maar u moet maar denken: alles is betrekkelijk. Doden hebben deze problemen niet.'

Proberen bij een andere stomerij heeft geen zin, zijn dochter had zelf al collega's gebeld.

'U kunt het laten verven.'

Dat is een idee. Zwart.

De man geeft hem het adres van de zaak waar dat kan, vlak bij de San Marco.

Ze wensen elkaar een mooie Vastenavond.

De mist is eindelijk opgetrokken en in de stegen zindert het van de voorbereidingen op het grote slotfeest. In winkels worden kostuums gepast. Drie Japanse meisjes doen koket in middeleeuwse jurken die hun helemaal niet staan en twee mannen lopen arm in arm te paraderen op gouden schoenen met hoge hakken en strikken.

Als Salvo de winkel uit komt waar zijn witte hemd een zwart bad zal krijgen, hoort hij getrommel. Hij gaat op het geluid af en belandt op een volgepakte Piazza.

Hij vraagt wat er gaande is.

Een voetbalwedstrijd.

Hoge hekken van gaas omringen het veld en voorkomen dat de bal door de ruit van Florian vliegt of een beeld van de San Marco knalt. Hij wringt zich door de menigte tot bij het hek. Zou het een ploeg van Soffiato zijn?

Nee, de spelers dragen geen hemden met reclame voor de begrafenisonderneming, maar zijn in historisch kostuum. De ene ploeg in het blauw, de andere in het rood. Pofbroeken tot de kuit, een jasje in dezelfde kleur en een baret.

Gondeliers tegen journalisten.

Er wordt op grote trommels geroffeld door meisjes in historisch mannenpak. Jongens blazen op trompetten met vlaggen eraan. Hoog boven de mensenmassa uit steken kleurige vaandels en de rood met gouden vlag van Venetië. De doge en zijn gemalin kijken toe vanuit de ereloge.

Het startschot weergalmt over de piazza en de partij begint, een mengvorm van voetbal en basketbal zoals dat in de zestiende eeuw hier op de Venetiaanse pleinen werd gespeeld.

Tussen de rode gondeliers en de blauwe journalisten rent de scheidsrechter in zwarte pofbroek, een zwarte baret op het hoofd. Ook hij heeft, net als de spelers, een grote witte kraag om zijn hals. Op de achtergrond, hoog op hun zuilen, staan de gevleugelde leeuw en Joris die de draak doodt. Daarachter ligt de grijsgekleurde lagune.

De menigte joelt.

Salvo is tot zijn verbazing ontroerd door dit spel, de kleuren, de geestdrift.

Hier danste hij met Tom.

De journalisten komen met één-nul voor. Mensen springen en klappen, duwen tegen hem aan.

Het is te vol, te druk.

Hij gaat weg, uitwaaien op het Lido. Even stilte, voordat hij zich vanavond in het feestgewoel van Soffiato's Vasten-avond stort. Even stilte voor morgen.

Bij de San Marco stapt hij op een boot. Er zijn weinig mensen aan boord want iedereen is in de stad op deze laatste feestdag.

De mist is opgestegen en hangt als een dik wolkendek hoog in de hemel, zodat je de zon slechts kunt vermoeden achter de van kleur veranderende vlek in de grijze lucht. Er waait een koude wind.

Aangenaam is deze ruimte om hem heen, het zachte brommen van de motor en het klotsen van de golven. Hij kijkt naar het spoor van schuim dat de boot achter zich trekt en naar de vertrouwde contouren van Dogenpaleis en Klok-kentoren op een steeds kleiner wordende aquarel.

Even afstand.

Het grote plein op het Lido, waar hij uitstapt, is leeg en grijs. Er hangt een heel andere sfeer dan in de zomer, als het hier krioelt van de blote bruine mensen die naar een van de simpele of luxe stranden gaan.

De fietsenverhuur is dicht, jammer. Hij had zin om het hele Lido over te fietsen, onder de hoge bomen, langs de zee en de verlaten stranden.

Dan maar lopen.

Salvo was gewend deze stille zee vol springende motorboten te zien.

Ook zelf was hij vaak over het water gestoven, vorige zomer, met Flaminia bloot op de voorplecht. Of met zijn vrienden, zo veel andere zomers, over de Siciliaanse zee, die de allermooiste is.

Ze hadden afgesproken dat hij haar rond zou voeren over zijn eiland. Toen hij er laatst was, keek hij voortdurend met haar ogen, en hij stelde zich voor hoe ze onder de indruk zou zijn, alleen al van de overtocht met de boot waar de naam Scylla op staat. En hoe ze daar die bergen tegemoet zou varen. Hoe hij met haar de eerste de beste bar binnen zou stappen, minder gestroomlijnd dan in Venetië maar met zo veel pittiger koffie, en hoe de mannen zwijgend maar met brandende blikken naar haar zouden kijken.

Hij stelde zich voor hoe ze voor het eerst de Etna zou zien, gigantisch tegen de blauwe lucht, de rookpluim kringelend uit de besneeuwde top. En hoe mooi ze de watervallen bougainville zou vinden en de bomen vol sinaasappels en citroenen. Hoe kruidig het eten, hoe warm de mensen en de zon.

Hij moet weer met zijn eigen ogen leren kijken. Hij moet weer van Sicilië en Venetië gaan houden zonder haar. Hij moet Alfio, zijn oude schoolvriend, weer eens zien. Prachtige tochten had hij met hem gemaakt op zijn jacht, langs de Cyclopenkust, naar Lipari en Lampedusa.

Alfio vond Venetië maar niks, met dat stinkende water, die gore vlekken op de huizen, geen auto's en dat stomme gedoe met die boten. Als Salvo in Sicilië eens wat steviger doorliep, kreeg hij steevast het commentaar: 'Rustig maar joh, je hoeft geen vaporetto te halen.'

Ze hadden elkaar wat uit het oog verloren omdat hij niet over Flaminia kon praten, want een affaire met zo'n getrouwd luxepopje vond hij verwerpelijk. Alfio walgde van de decadente moraal van het noorden, waar de liefde niets betekent. 'Deze is niet meer zo leuk, nou, dan nemen we de volgende.' Zelf was hij onafscheidelijk van zijn lieve Carmelina, die hij kende van de lagere school.

Bij een bushalte blijft Salvo staan om naar de vertrektijden te kijken. De bus naar Alberoni, het strand van de prinses, gaat bijna weg.

Punctueel als een vaporetto komt die even later aanrijden en hij stapt in.

Achter de ramen strekt het water zich uit. Op een enkele paal zit een roerloze vogel.

Voordat hij Flaminia ontmoette zat Salvo vaak in deze bus. Als het te warm was in de stad ging hij lezen aan het strand en dook af en toe de golven in. Ook als kind had hij hier gespeeld, maar hij had nooit een zandkasteel gebouwd, zoals zijn vriendjes, want dat was belachelijk voor iemand die in het Arsenaal woonde.

Ze rijden langs Des Bains en het Excelsiorhotel waar hij altijd kwam met haar. Misschien moet hij daar op de terugweg even gaan kijken.

Bij de laatste halte van het Lido, waar een boot vertrekt naar het volgende eiland, stapt hij uit.

Hij loopt over een stille weg, langs hoge bomen en een paar hotels die gesloten zijn, tot hij op een weids plein komt met een wit, rechthoekig gebouw. Boven een hek staat in grote letters ALBERONI.

Het hek is dicht, maar hij loopt om het gebouw heen en staat dan op een terras dat gedomineerd wordt door een boom met grillige takken, die in de zomer met hun bladertooi een mooie parasol vormen. Tegen de muur waar met een grote kwast RISTORANTE op geschilderd is, staan tafels en stoelen, ingepakt in plastic.

Daarachter strekt een eindeloos strand zich uit, veel breder dan alle andere hier op het Lido.

De gestreepte strandtenten die hij kent uit de film van Visconti, zijn uit elkaar gehaald en opgestapeld. Ze worden door een enorm duin beschermd tegen de zee. In de verte, aan het eind van een lange pier, houdt een vuurtoren de wacht.

Over een pad van houten planken loopt hij in de richting van het water.

'Buona sera!'

Hij draait zich om. Achter een open raam van het gebouw staat een jonge man.

'Mooi is het hier,' roept Salvo.

'Ik kom even naar beneden.'

Enkele ogenblikken later gaat de deur van het restaurant open en komt de jongen naar buiten. Hij is van zijn leeftijd.

Sinds een paar jaar beheert de jonge man dit strand en het restaurant, samen met een vriend.

'Woon je hier?'

'In de zomer wel, nu is het te verlaten. Ik kwam serviesgoed halen voor een feest.'

Salvo vertelt over de prinses, die hier vele zomers elke dag kwam zwemmen.

'Ik heb over haar gehoord, van de kokkin die hier al heel lang werkt. Die prinses kwam altijd alleen, zei ze. Er zijn trouwens veel mensen die hier alleen komen. Jong en oud.'

Aan het eind van het seizoen is een hele ploeg arbeiders een paar weken bezig om dat duin op te werpen, vertelt hij, en als het seizoen weer begint, heeft die ook weken nodig om het strand weer glad te strijken, want de herfst- en winterstormen maken er een woest gebied van. Bovendien komen uit het aangrenzende, beschermde natuurreservaat veel zeldzame planten overwaaien.

'Die zetten we in bakken op ons eigen terras. Toen ik deze plek zag, was ik verkocht. Ik had een baan in Mestre, die heb ik opgezegd en daar heb ik geen moment spijt van gehad. We waken over de sfeer. Er wordt geen muziek gedraaid, hier klinkt alleen het geluid van de zee.'

Samen luisteren ze naar het af- en aanrollen van de golven.

Je kunt aan de jonge eigenaar merken dat de plek hem goed doet. Hij is heel ontspannen.

'Ik loop er nog even heen,' zegt Salvo, wijzend op de vloedlijn.

'Kom eens terug in het voorjaar. We hebben hier een heel goede keuken, eenvoudig, maar altijd alles vers.'

Langzaam loopt hij verder over het planken pad dat door de immense zandvlakte is gelegd. Tom had wel eens voorgesteld naar Alberoni te gaan, hij wist altijd waar het gebeurde, waar het leefde. Venetië was niet dood, zei hij, maar je moest de weg weten. Anders verdwaalde je in beroemde hotels en restaurants die hun naam alleen gebruikten om naïeve buitenlanders van kapitalen te ontdoen.

Wat erg dat hij Tom niet meer kan vertellen van de prinses, dat ze die filmrol zou spelen en dat haar slaapkamer werd verlicht door een cadeautje van Visconti.

Hij stapt van het houten pad af om door het mulle zand voort te zwoegen. Hier sprong de prinses, stralend en vitaal, hier masseerden de zee en het warme zand haar voeten.

Even blijft hij staan bij de keurig opgestapelde cabines en stoelen. Hij legt zijn hand op het geverfde hout. Parasols zijn tegen elkaar gedrukt en ingepakt in plastic. Dan loopt hij verder naar de rand van de zee tot het water over zijn laarzen spoelt.

De Siciliaanse zee was mooier, blauwer, dieper. Hier moest je eindeloos lopen voordat je geen grond meer onder je voeten voelde, in Sicilië zwom je boven de ravijnen, tussen kleurige vissen. Hier stuitte je hoogstens op een kwal.

Maar de meisjes hadden aan deze kust, als echte sirenen, de leuke gewoonte om geen bovenstuk te dragen, op zijn eiland waren ze kinderachtig preuts.

Hij blijft lang staan kijken naar de wijde watervlakte en naar het af- en aanrollen van de golven die telkens met een klein randje schuim een ogenblik stilhouden bij zijn voeten. Iedereen moet voor zichzelf ontdekken op wat voor manier hij zijn innerlijke vrede vindt, zei de prinses. Voor de jonge eigenaar is het deze plek. Dat kan Salvo navoelen. Het oerritme van de zee had hem wel vaker teruggebracht bij het oerritme in hemzelf. Ook in de bibliotheek en in zijn eigen huis met zijn boeken en muziek was soms even alles goed geweest. En in haar armen.

Tom had dat misschien ervaren in de zijne. Heel even maar.

Aan de horizon vaart een oceaanstomer, wie weet op weg naar een ander werelddeel. Het geeft hem een gevoel van vrijheid. Ook hij kan weg.

De lucht heeft bijna dezelfde grijze kleur als het water en er staat een koude wind. Maar niet onaangenaam, het is of er ook eindelijk wat wind waait door zijn hoofd. En terwijl de windstoten door zijn haren jagen en trekken aan zijn regenjack, voelt hij hoe stevig zijn voeten in de branding staan.

Hij loopt een eind langs de rand van het water tot hij bij een paar metalen draden komt, waar het volgende verlaten strand begint. In de verte ziet hij een man dollen met een dikke witte hond die net een schaap lijkt, maar Salvo gaat terug.

Als hij zich weer in de richting van het paviljoen begeeft, waar de jongeman het hek open heeft gezet, besluit hij deze zomer hier eens terug te komen. Alleen, met vrienden uit Sicilië of met zijn zusje en haar kindertjes.

Hij wandelt onder de hoge bomen, over de lange strook land die Venetië beschermt tegen de zee, langs al die door afrasteringen van elkaar gescheiden stranden waarop de mensen zich in de zomer te roosteren leggen om van kleur te veranderen. Flaminia niet, die koesterde haar blanke huid. Als ze verstrengeld lagen, leken ze net dat paar op de Griekse vaas die in haar salon stond, zij wit, hij bruin.

Zeker een halfuur wandelt hij voort langs luxe villa's en tuinen, tot hij de oosterse torens ziet oprijzen van Excelsior.

Het is een van de vreemdste gebouwen van het Lido, sprookjesachtig, een kasteel uit *Duizend-en-één-nacht*. Nachten had hij hier niet doorgebracht, wel middagen, ook exotisch, warm en opwindend, in de privé-cabine van Flaminia, waar ze, na een duik in het water en een lunch op het terras, stiekem en stil met elkaar vrijden. Er is niemand op de boulevard, het hotel is gesloten.

Deze plek was elke september het kloppende hart van het filmfestival.

Salvo kwam hier vaak aan in de privé-haven, met de boot van Flaminia, of met een van de taxi's van Excelsior, die op en neer voeren tussen de stad en het hotel. Hij kijkt om zich heen. Alles is zo anders, in de winter was hij hier nooit geweest.

Hij loopt naar een muurtje tegenover het hotel, aan de andere kant van de weg, en daar, onder hem, ligt het haventje met de aanlegsteiger die hij al jaren kende van de televisie, waarop de sterren voet aan wal zetten onder een regen van flitslicht.

In de zomer is de haven omzoomd door bloemen. Nu zijn al die bakken leeg, en ook de lucht zorgt niet voor kleur.

Hier kwam hij binnen, soms met haar, vaak ook alleen, als hij zich na college bij haar voegde. Een paar decennia eerder

voer de prinses hier de haven in en werd Strawinsky toege-
juicht, terwijl camera's uit vele landen zoemden. Even
gloeide, glansde alles, het muziekstuk, het ballet, de hartstocht, de blik. Even zag je de glinstering van de pailletten,
het glas, het oog, de traan.

Glamour. Als één plek wist wat dat betekende, was het
deze.

Hij loopt verder langs winkels met zonnebrandmiddelen
en dure badmode, allemaal dicht, net als het casino, waar hij
Flaminia met een onbewogen gezicht kapitalen had zien
winnen en verliezen. Ze werd vaak gefotografeerd omdat ze
dachten dat ze een actrice was. Was ze ook.

De bar op de hoek is zowaar open. Het terras dat in september uitpuilt van de grote regisseurs, filmsterren en journalisten, is nu leeg.

'We hebben maar drie maanden per jaar wat te doen,' zegt
de barman terwijl hij een sprizz bereidt, 'voor de rest is het
een dooie boel.' Hij komt hier om de planten te verzorgen
en gaat dan weer terug naar de stad.

Salvo drinkt van het roze drankje, terwijl hij uitkijkt over
de grauwe, verlaten boulevard met daarachter de grijze zee
en de grijze lucht.

De schilderijententoonstelling.

Wie kan dat zijn? Hij pakt de telefoon uit zijn borstzak.

'Pronto.'

'Salvo, met Nicoletta. Wat een drama.'

'Van wie weet je het?'

'Gianni, die kwam Soffiato tegen. En ik dacht nog wel dat
je...'

'Beethad, ja.'

'Ik heb geen moment vermoed...'

'Ik ook niet.'

'En Flaminia?'

'Niks van gehoord. We zullen elkaar morgen wel zien op de begrafenis.'

'Kom je naar het vastenavondfeest?'

'Ik loop even binnen, moet toch naar Soffiato.'

'Dan zien we elkaar straks. Veel sterkte.'

Salvo had al afgerekend en is intussen doorgelopen over de brede boulevard, die net een startbaan voor vliegtuigen lijkt, tot hij voor Hotel Des Bains staat.

Daar zaten ze, op de statige veranda in de grote rieten stoelen en dronken een Bellini. Hij had zich een hoofdrolspeler in een film gevoeld. Hier hadden ze feestgevierd tijdens het festival. Ze hadden gedanst op de glanzende parketvloer in de grote zaal, en op het terras met uitzicht op het zwembad en de tuin, waar de prinses haar liefdesscène speelde in die lange zwarte jurk.

Hij ziet zichzelf staan, een eenzame figuur voor een gesloten hotel bij het vallen van de avond.

De eenzame figuur loopt verder. Rustig zet hij zijn rubberlaarzen op het asfalt.

De eerste boot die terugvaart naar de stad is de grote, hoge dubbeldekker, zijn favoriet.

Hij gaat de trap op naar het bovenste dek. De lichten branden al.

Er vliegt een zwerm meeuwen mee, vlak bij de boot, zenuwachtig klapperend met de vleugels, de pootjes naar beneden. Soms duiken ze omlaag, dan schiet er een omhoog. Een vreemd modern ballet. Na een tijdje ziet Salvo dat ze worden gevoerd, door een vader en zijn dochtertje. Ze gooien zoutjes over de reling, die door de vogels als volleerde acrobaten uit de lucht worden gehaald. Zonder uitzondering vangen ze elke kruimel met hun grote snavel.

Langzaam komt de stad weer dichterbij, glinsterend tussen de zwarte watervlakte en de even zwarte lucht. De boot deint flink, het lijkt wel of er storm op komst is.

Hij moet meteen door naar Soffiato om zijn dragerspak te passen en dan naar het feest, waar zijn hoofd niet naar staat.

De stad is elektrisch geladen voor de grote finale.

Salvo loopt door de stegen, die net zo deinen als de boot. Overal worden voorbereidingen getroffen voor feesten en partijen. Er klinkt muziek uit luidsprekers. Verklede kindjes rennen over straat. Een lange man in een rood-wit gestreepte badjas stapt voorbij.

'*Scusi signore.*' Salvo moet opzij voor een mortadella van honderd kilo. De worst wordt door twee gespierde kerels vastgehouden.

Een oude heer in groene rococreatie, witte krullen om een geschminkt gezicht, wentelt zich behaagziek in het licht van camera's.

Drie vrouwen in fijnzinnige toiletten staan tegen een muur geleund met elkaar te praten. Hun gezichten zijn niet opgemaakt, ziet Salvo als hij dichterbij komt, en er zit een kous op hun hoofd om het haar bijeen te houden. In hun hand dragen ze een betoverend masker dat ze even hebben afgezet om een sigaret te roken. Ze praten plat Venetiaans.

Hij raakt bijna klem tussen twee dames in bontjas, die hem in een smalle steeg aan weerskanten passeren. Ook Flaminia hulde zich graag in bont. Hij denkt aan Maria met haar rode wollen jasje. Hoe zou het met haar zijn? Ze was zo tevreden over die reclamespot waarin prachtige mannequins, zwierend met hun bontmantels, over de catwalk lopen terwijl bij elke wiegende beweging plassen bloed uit de jassen gutsen.

Een franciscaner monnik loopt hem tegemoet, die hij straks misschien weer in het klooster tegenkomt. Bij nadere beschouwing blijkt het een vermomming, want er zit schmink op zijn gezicht.

Soffiato zit in zijn dependance, tussen de glazen foto's en beeldjes.

Hij geeft hem het dragerskostuum. De maat zal wel goed zijn, denkt Soffiato, maar voor de zekerheid kan hij even passen in de toonzaal.

In de stille ruimte trekt Salvo de blauwe broek aan, het blauwe overhemd en de korte blauwe jas. Het past. Hij vouwt de kleren op en stopt ze weer in de plastic zak. Zou Flaminia hier een kist hebben uitgezocht voor Tom? Soffiato zal zijn catalogus wel hebben meegenomen.

Dan loopt hij samen met Soffiato naar het klooster van San Francesco della Vigna.

Ze wandelen door feestelijk verlichte stegen, langs stille grachten. Tegen de hemel ziet Salvo de kantelen van de burcht waarin hij is geboren. Hier en daar wordt via een smal doorkijkje een blik gegund op de slapende lagune.

'Mooi is het hier.'

'Ja,' zegt Soffiato. 'Venetië is als een vrouw. Wisselend, onvoorspelbaar, betoverend, ze geeft je nieuwe energie, kracht om het gewone leven weer even aan te kunnen. Maar ze ontglipt je telkens.'

Flaminia had volgens Soffiato vriendelijk gereageerd op Salvo's kaartje en toen hij haar vertelde dat Salvo een van de dragers zou zijn, had ze even verrast gekeken, maar niets gezegd.

'Na de begrafenis kom je natuurlijk naar de receptie in Florian. Daarvóór kun je je even snel verkleden. Ze pakken het stijlvol aan.'

Soffiato groet een oude monnik.

'Hij is bijna negentig, hij haalt oud brood op voor de armen.'

Via de kerkdeur, die nog openstaat, omdat er net een mis geweest is, gaan ze naar binnen. De grote kerk, waarin Salvo als klein jongetje regelmatig zat, is schemerig verlicht en op de banken liggen de witte liturgieën voor morgen al klaar.

Soffiato kent de weg in het labyrint van middeleeuwse kloostergangen. 'Ik loop hier vaak even binnen, maak een praatje, drink koffie. De broeders zijn allemaal vrienden.'

'Hier schijnt een mooie bibliotheek te zijn.'

'Ja. Waarschijnlijk is die nu op slot.'

Ze maken een omweg om dat te controleren, en inderdaad is de grote oude deur gesloten.

'Padre Angelo vroeg me of ik misschien de bibliotheek van het klooster van San Michele in de computer zou kunnen zetten.'

'Dat lijkt me een mooi baantje voor je. Er zal wel geld voor los te krijgen zijn, want het is een van de schatten van de stad. Je moet met padre Roberto praten. Hij kent alle geheimen van de bibliotheek van dit klooster, maar hij is ook een man die in de wereld staat. Laatst is hij meegeweest naar een voetbalwedstrijd. Hij had een nieuwe taal geleerd, zei hij. En hij gaat vaak hardlopen op het Lido, met zijn Siberische hond.'

Ze lopen verder door de smalle gangen, langs deuren van kloostercellen die hier voor een groot deel wél worden bewoond, door een paar oude monniken en veel jonge studenten.

In de verte klinkt muziek.

Ze komen in een grote zaal, die louter is verlicht door kaarsen in hoge kandelaars die schaduwen werpen op de middeleeuwse muren. Er zijn veel mensen, ze hebben allemaal de blik gericht op het podium waar Arlecchino en Colombina een teder liedje zingen.

Als kind had hij hier ook wel feesten meegemaakt. Toen vond hij de ramen zo hoog, maar het valt eigenlijk wel mee.

Vooraan op de grond zitten verklede kindjes. Een tijgertje, Zorro, Batman, een stel elfjes.

Soffiato, vriendelijk en ontspannen als altijd, wordt door iedereen begroet, ze zwaaien vanuit het publiek, en mensen die in de buurt staan drukken hem de hand of omhelzen hem.

Hij wijst op twee lege stoelen en stelt voor om even te gaan zitten, naast een non met een feestmuts op.

De mensen klappen terwijl een stoet vrouwen en mannen in lange, glanzend blauwe mantels het podium op stapt voor een volgend nummer.

'Dat is het kerkkoor,' zegt Soffiato.

Ze zingen een stuk uit de *Vespro della Beata Vergine* van Monteverdi. Ietsje vals, maar met overgave. Tussen de zangers ontdekt hij mevrouw Soffiato. Zij ziet hem ook en zwaait.

Achter de verklede kindertjes op de grond zijn de eerste rijen stoelen gereserveerd voor oude mensen. Een paar hebben hun eigen rolstoel. Enkelen van hen dragen een gek petje op het hoofd. Er zitten nonnen tussen, waarschijnlijk echte.

Sommige mensen in de zaal zijn verkleed, Salvo ziet een serie clowns, wat commedia dell'arte-figuren, niemand in rococo. Het is een vreemde, onwerkelijke film waar hij niet in meespeelt, maar van verre afstand verbaasd naar kijkt.

Lang zal hij het hier niet volhouden, hij heeft genoeg gezien en gehoord de laatste tijd. Maar hij wil Soffiato niet voor het hoofd stoten en hij hoopt padre Roberto te ontmoeten, dus hij blijft nog even.

Als het kerkkoor is uitgezongen, wordt er weer daverend geklapt.

Een oude vrouw komt de begrafenisondernemer bevend een kusje geven. 'Ze woont in het bejaardentehuis Santi Giovanni e Paolo,' vertelt Soffiato. 'Die hele groep. De broeders van dit klooster komen daar veel, en ik ook, zul je begrijpen.'

De kindertjes blazen op toeters en gooien confetti in de lucht.

'Ze hebben zo mooi gezongen,' zegt de non naast hem.

Dan klinkt tromgeroffel, en onder gejoel komt een horde meiden het podium op gehold. Onder hun dansende wijde rokken steken onmiskenbaar mannenbenen uit en de beha's in hun bloesjes danken hun rondingen aan sinaasappels. Ze hebben pruiken op met vlechten en grote rode strikken. De mensen lachen, sommigen fluiten en stampen op de grond.

'Broek uit!'

Soffiato lacht. 'Dat zijn mijn voetbalclubs.'

De voetballers zingen een liedje over liefde, waarbij ze allemaal tegelijk hun linker- of rechterbeen de lucht in gooien. Hun voeten steken in rode hooggehakte schoenen.

'Een van hen draagt morgen ook,' zegt Soffiato ernstig. 'Ik stel je straks wel even voor.'

Daarna zingt nog een oude gondelier het beroemde Il vecchio gondoliere en vervolgens een tweestemmig lied samen met de voorzitter van de roeivereniging van San Francesco.

Intussen worden de gezichtjes van Zorro, de elfjes, Batman, een roofridder verlicht door sterretjes koud vuur, die zijn aangestoken door de nonnen.

De mensen klappen, de show is ten einde en in een andere hoek van de zaal barst swingende muziek los. Nu kan hij wel bijna weg.

Mensen die dat kunnen, staan op en sommigen beginnen te dansen. De vrouwen van het kerkkoor gaan rond met lekkernijen. Mevrouw Soffiato houdt hem een schaal voor, vol Venetiaans gebak. 'Wat leuk dat u er bent,' zegt ze.

Soffiato wordt door allerlei mensen aangeklampt.

'Hé Salvo!'

Een lange man met een aardige, open blik. Halverwege de dertig. Wie is dat in vredesnaam? Ook de blonde vrouw aan zijn zij die hem hartelijk toelacht, kent hij niet. Allebei dragen ze een spijkerbroek.

'Je was wat halsoverkop weg.'

'Wanneer?'

'We waren niet boos hoor,' zegt de vrouw. 'We begrepen het wel.'

'...'

'In Florian.'

Ineens weet hij het, door het accent. De Nederlanders.

'O scusa, de kleren, sorry.'

Hij vertelt wat er is gebeurd. Ze zijn geschokt.

'Wat vreselijk voor je,' zegt de vrouw beduusd en ze kijkt hem heel lief en bezorgd aan.

'Morgen is de begrafenis.'

Hij moet luid praten vanwege de muziek.

'Het leek zo'n schitterende vrouw,' zegt de man.

'Jullie zagen er zo mooi uit samen.'

'Maar de hele manier van doen, ik had geen moment...'

'Hij was vroeger filmacteur.'

Ze zijn werkelijk begaan, stellen veel vragen.

De vrouw vertelt dat er net een 'hartstilstandgen' ontdekt is. Dat had ze gelezen in een Nederlandse krant. Door die ontdekking hopen ze in de toekomst dit soort plotselinge dood te kunnen voorkomen.

'Maar wat brengt jullie hier?' vraagt Salvo.

'We logeren in het klooster. We kennen de broeders en Soffiato.'

Ze hebben het afsluitende galabal, *Il Ballo Tiepolo*, versmaad om dit buurtfeest mee te maken.

Salvo voelt een hand op zijn schouder. Hij draait zich om.

Nicoletta, weer prachtig aangekleed, als piratenvrouw. Op de hielen gezeten door een echte zeekapitein. Afro.

Nicoletta omhelst Salvo. Afro drukt hem de hand.

'Gecondoleerd,' zegt hij met een somber gezicht.

Ook de Nederlanders worden begroet.

'Ik had geen flauwe notie,' zegt Nicoletta. 'Er komen veel van die jongens kostuums bij me kopen of onderdelen van kostuums die ze gebruiken voor hun eigen creaties. Ze zien er dan uit als de geraffineerdste vrouwen, maar toch kijk ik er meestal wel doorheen.'

'De rouwdienst is in onze kerk, hoorde ik.' Afro komt ook.

Nicoletta en Afro zien er zo mooi uit omdat ze Baron van Munchhausen moesten ontvangen die vanmiddag met zijn luchtballon landde op de Piazza San Marco.

'Het ging bijna mis door de windstoten.'

'Salvo, mag ik je even voorstellen.' Het is Soffiato, met een als boerenmeid verklede man.

'Dit is Leo, hij draagt morgen ook.'

Ze drukken elkaar de hand. Leo kijkt ernstig tussen zijn twee vlechten.

Leo doet dit werk al jaren. Ze zijn morgen met hun vieren

en ze komen hem wel even bij zijn huis ophalen met de boot, de blauwe dodenboot. De pompbediende voor zijn deur zal raar opkijken.

Iedereen moet steeds harder schreeuwen om zich verstaanbaar te maken.

'O, daar is padre Roberto.' Soffiato trekt de man aan zijn mouw en stelt hem aan Salvo voor. Een slanke vijftiger met verfijnde trekken. Hij draagt gewoon een broek en een trui.

Soffiato roept iets in het oor van de franciscaan. Die knikt verrast, vriendelijk. Wat een kabaal.

'Dat zou heel mooi zijn,' zegt hij, 'die bibliotheek toegankelijk maken. Anders gaat alles te gronde. Onze studenten hier vragen er soms naar. Die kunnen daar dan ook naartoe.'

Padre Roberto wordt opgeëist door een oud vrouwtje. 'Kom langs,' roept hij tegen Salvo. 'Dan laat ik je alles zien!'

De muziek is oorverdovend. Oude hits, Engelse en Italiaanse, doen de kloostermuren trillen. Iedereen danst met iedereen. Schalen snoep blijven langsgaan en bladen met bekers wijn. Maar hij wil weg. Het duizelt hem. Hij heeft geen zin om te dansen, het enige wat overblijft, want praten kan niet meer. Stilte wil hij. Rust. Salvo knijpt ertussenuit. Morgen ziet hij ze allemaal weer en hij moet zorgen dat hij dan een beetje in conditie is.

Hij doolt door de gangen, moet af en toe een stukje teruglopen, maar uiteindelijk vindt hij een deur naar buiten.

Naar een van de binnenhoven.

Het is doodstil.

In het midden van de door een zuilengalerij omringde tuin staat een groot beeld van Franciscus, onder een hemel zonder sterren. Misschien regent het morgen wel. Het is donker, alleen achter twee ramen op de eerste verdieping schijnt een beetje licht.

Geritsel. Hij ziet iets wits bewegen in de tuin. Het is de hond van padre Roberto, uit Siberië. Salvo fluit zachtjes. De hond komt naar hem toe. Hij aait hem over zijn dikke vacht. De hond gaat bij hem liggen, de kop op zijn knie.

Zo zitten ze tegen elkaar aan op de oude stenen van de galerij, terwijl alleen de tevreden ademhaling van de hond te horen is en Franciscus steeds duidelijker uit het donker te voorschijn komt.

Na een tijdje staat Salvo op, aait zijn makker over de kop en wenst hem een goede nacht.

Voor hij het klooster verlaat, loopt hij nog even binnen in de Capella Bellini om naar het schilderij te kijken. Het is er donker, maar hij weet het knopje te vinden waardoor die lieflijke madonna ineens verschijnt en geruststellend naar hem glimlacht.

Dan gaat hij de straat op.

Het water staat heel hoog.

Twee steltlopers verdwijnen om de hoek van een duistere steeg. Een heer in een goudbrokaten pak veegt confetti en vuilnis bij elkaar en wijst aan toeristen de weg in het Frans. Dan zet hij een schot voor de deur om te voorkomen dat zijn huis blank komt te staan.

Klokken beginnen te beieren, het water is woest. Grachten lopen over, de kade verdwijnt, overal treedt het water buiten de oevers. Als emoties die niet in toom zijn te houden.

Wat een tranen zijn in deze stad gevloeid, van verdriet, van ontroering, van vreugde. Calles en grachten vol tranen.

'Venetië gaat niet kapot,' zei Flaminia eens. 'Het water is haar kracht. Alles kun je kapotmaken, steen, glas, mensen, maar water niet.'

Het lampje van zijn antwoordapparaat flikkert.

Hij drukt op de knop.

'Ciao Salvo, bedankt voor je kaartje. We zien elkaar morgen.'

Hij duwt het raam open en kijkt naar het donkere water en hij luistert naar het eeuwige klotsen in de sterrenloze nacht.

Aswoensdag

Daar is de plek waar hij haar voor het eerst zag. Die poort kwam ze uit, in het hemelsblauw.

Nu is die dicht, maar de waterpoort is open.

Toen was de lucht blauw als haar kleding. Nu donkergrijs.

Ze varen naar binnen, over een klein kanaaltje dat dwars door de tuin loopt, langs het prieel waar Tom eens midden in de nacht een souper voor hen had opgediend.

Twee Filippijnse meisjes, oude bekenden die dat niet laten merken, wachten hen op bij de aanlegplek onder het palazzo.

Ze stappen uit en volgen de meisjes de trap op, de grote hal door met de zuilen, de oude spiegels, en de met bloemen beschilderde rococomeubels, en nog een trap op, een vorstelijke, met gebeeldhouwde leuningen. Langs hun slaapkamer. Waar is ze? Ze zal toch niet zijn gevlucht? Over zachte tapijten, langs portretten van familieleden en schilderijen van de stad door de eeuwen heen.

De meisjes blijven staan bij een deur die Salvo nog nooit open heeft gedaan.

Het appartement van Tom.

Ze komen in een sfeervolle kamer met twee grote leren fauteuils voor een schouw. Eén wand bestaat volledig uit boeken.

Een van de meisjes opent nog een deur, en daar, op een groot bed, staat de witte kist. Eromheen zijn boeketten neergezet van witte en rozerode bloemen.

Salvo voelt zijn hart bonzen als hij dichterbij komt.

Daar ligt Tom, in zijn witte pak waarin hij een dandy was. Zijn gezicht is ietsje opgemaakt.

Voor eeuwig onbereikbaar.

De voering van de kist is blauw. Aan de muur hangt zijn roze jurk naast een lange zwarte cape, met witte larva.

Op het nachtkastje liggen boeken. Salvo leest de titels. Brieven van Byron. Poesjkin, Jevgeni Onegin, de uitgave die hij aan Flaminia gegeven had.

Geklik van hakjes.

Hij doet zijn best om zo kalm mogelijk te blijven.

Ook Soffiato kijkt naar de deuropening.

Daar staat ze.

Haar gezicht wit en madonna-achtig in het gouden aureool van haren. Ze draagt een zwartfluwelen mantelpakje. Zwarte hoge hakken.

Een klein zenuwtrillinkje schiet over haar gezicht. Even is dat het enige wat aan haar beweegt. Dan groet ze met zachte stem en komt naar hen toe.

O, hij zou haar willen omhelzen.

Ze drukt Soffiato de hand, de dragers.

Hem.

Op die manier hadden ze elkaar nog nooit een hand gegeven. Zelfs niet de eerste keer, want toen had hij er een kus op gedrukt. Dat zou nu vreemd zijn.

Hij heeft het gevoel dat ze even in zijn hand knijpt terwijl ze hem kort in de ogen kijkt.

Ze praat op gedempte toon met Soffiato. Dan loopt ze naar de kist en kijkt een poosje bewegingloos naar Tom. Ze drukt een kus op haar vingers, die ze vervolgens even op zijn voorhoofd legt. Zo bleek heeft hij haar nog nooit gezien. Ze loopt terug naar Soffiato. Die knikt naar Alvise, de oudste van de dragers.

Alvise loopt naar het deksel van de kist, dat tegen de muur staat, pakt het samen met Leo en dekt Tom behoedzaam toe.

Dan haalt hij gouden schroeven uit zijn jaszak, als kleine juweeltjes en schroeft het deksel vast.

Ze tillen de kist op hun schouders. Salvo let goed op hoe de anderen zich bewegen. In de boot hadden ze hem gezegd dat alles vanzelf zou gaan. Toch is de kist zwaarder dan hij dacht.

Flaminia wacht bij de deur en gaat hen voor.

Het dragen verloopt soepel, ook de trap af. De mannen zijn bedreven.

De deur van de slaapkamer staat op een kier. Even verderop in de gang ziet Salvo een man met een zwarte bontjas over de arm, roerloos, een ernstige uitdrukking op zijn gezicht. Zo oud is hij niet. Opvallend mager. Salvo kan hem niet eens groeten. Wie had ooit kunnen denken dat hij haar man zou ontmoeten terwijl hij een dode draagt.

De man helpt Flaminia in haar jas en geeft haar muts aan, ook van zwart bont.

Over de laatste trap, naar de aanlegplek onder het palazzo, moet de kist bijna rechtop worden gehouden.

Dan tillen ze hem op de verhoging midden op het dek en lopen nog even terug voor het kruis van bloemen dat zorgvuldig op de kist wordt gelegd. Roze en wit.

Ook Flaminia en haar man gaan met deze boot mee.

Leo reikt haar de hand.

Dan haar man. Hij bedankt vriendelijk. Eigenlijk heeft hij wel een aardig gezicht.

Flaminia en haar man nemen plaats in de kajuit met ramen waarvoor witte gordijnen hangen. Wij hoorden bij elkaar, denkt Salvo, maar zij ook. Hij ziet het, hij voelt het en tot zijn verwondering wordt hij er rustig van.

Ze wachten nog op iemand. Even later verschijnt een grote blonde man die met een Amerikaans accent 'buongiorno' zegt. Dat zal die museumdirecteur wel zijn. Even blijft hij staan en streelt de bloemen. Ook hij neemt plaats in de kajuit.

Dan varen ze heel langzaam terug naar de gracht.

In gedachten ziet hij hoe zij hier samen voeren in haar eigen boot.

Er liggen een paar taxi's op hen te wachten.

Hij herkent de schilders uit La Cantina, en de boot van la Cicogna, die indrukwekkende dame uit een dogenfamilie, op wie Tom zo dol was en voor wie hij zo vaak feestmalen had aangericht.

Een van de dragers zit achter het stuur. Hij manoeuvreert behendig, draait de achtersteven naar de Giudecca, waar de prinses nog ligt te slapen achter haar gesloten luiken. Geen dodenboten ziet ze meer en geen plezierjachten.

Langzaam varen ze door de gracht, gevolgd door de andere boten.

Langs La Cantina, waar de eigenaar en zijn vrouw voor de deur staan en een kruisje slaan.

Ook toevallige voorbijgangers blijven staan, slaan een kruisje of nemen hun hoed af. Het water en de lucht zijn grijs en op de kades zijn de kleurige carnavalskostuums verdwenen.

Daar is de bar waar hij voor het eerst met Tom praatte.

Zou haar man iets weten van hem? Waarschijnlijk niet. Dat die ene drager de minnaar was van zijn vrouw en de beminde van de dode? Alles is een droom. Was het eigenlijk wel zo geweest? Hij ziet geen enkel spoor.

Hij is alleen, zoals Tom alleen was.

Soffiato staat kalm en waardig naast de kist, in een zwarte jas, een zwarte hoed op het hoofd.

Ze varen een stuk over het Canal Grande. Toeristen op een vaporetto kijken naar hun blauwe boot, wijzen en maken foto's.

Ook Salvo was erg onder de indruk geweest toen hij voor het eerst een dodenboot voorbij zag varen, langzaam, met die door bloemen overdekte baar.

Dan gaan ze weer een smaller grachtje in.

Hier dreven Flaminia en hij ooit met hun gondel in de nacht. In dit hoekje hadden ze de fles ontkurkt, toen die man die nu naast haar zit ver weg was. Ooit was dat werkelijkheid geweest. Water is de tijd, schreef Brodsky. Het is voorbijgestroomd, in wilde, bruisende golven die nu weer stil geworden zijn.

Van alle kanten klinkt klokgebeier. Speciaal voor hen, lijkt het. Heel de stad lijkt er te zijn voor hen, voor Tom. De stad waar hij zo van hield, maar waar hij niet echt gelukkig was geweest.

Het is Aswoensdag.

Leo biedt hem een sigaret aan. Waarom niet? Even ziet Salvo hem weer met die gekke vlechten.

Ze varen het Kanaal van de Bedelaars in, langs de grote kerk Santi Giovanni e Paolo, langs Bar Cavallo. Hier voer de dodengondel van Strawinsky. Toen puilde het plein uit. Nu lopen er alleen twee oude mensen, misschien wonen ze in het bejaardentehuis en praten ze na over het feest van gisteravond in San Francesco.

Langs het ziekenhuis waar de ziekenboten dobberen en een eendenfamilie. Langs de belendende kerk, van de heilige Lazarus, waar zo veel doden worden opgehaald.

In de verte komt San Michele in zicht.

Heel langzaam naderen ze de watervlakte.

Ze glijden onder de brug door, de immense grijze ruimte in van hemel en lagune. Aan de ene kant ziet hij zijn huis, aan de andere San Michele en Murano.

Wat zou er door haar heen gaan? Zou ze denken aan zijn huis, zijn bed dat ze samen hadden ingewijd? De avonden dat ze daar voor de deur op de kade zaten en de lucht van kleur zagen veranderen?

Het is koud.

Ze varen vlak langs San Michele, waar zijn collega's aan het werk zijn. Hij kijkt naar de houten aanlegsteiger, speciaal voor de doden. Daar is hij nog nooit aan land gegaan.

Traag varen ze in de richting van Murano.

Hij knippert met zijn ogen.

Het is net of er as uit de hemel dwarrelt.

Sneeuw.

Alvise vertelt dat het hier eens helemaal bevroren was en dat ze de kist over het ijs naar San Michele moesten dragen.

Het ijs leek glas en over dat glas kon je naar Murano. Salvo ziet voor zich hoe er weer barsten kwamen in dat ijs, hoe het brak en smolt en hoe die stukken land die even met elkaar verbonden waren geweest, weer eilanden werden.

Net als zij.

Ze varen het kanaal van de glasblazers in, langs het atelier van Afro. Maar die zal al wel bij de kerk zijn.

De werkplaatsen glijden voorbij. Als je goed luistert kun je het zachte gerommel van de ovens horen. Uit de schoorstenen stijgen de dampen op van het gesmolten glas.

Heel kleine sneeuwvlokjes leggen zich op de bloemen, wit als Toms witte pak. En op de zwarte jas en hoed van Soffiato.

Ook hier blijven de mensen op de kade stilstaan en slaan een kruisje.

En daar rijst de San Donato op, met zijn mooiste kant naar het water. Daarnaast is de bar waar hij een paar dagen geleden nog prosecco dronk met Afro en zijn medewerkers en waar hij voor het eerst geweest was met Flaminia en Tom.

Er staat een flinke groep mensen op het grote plein voor de kerk.

De boot legt aan. Soffiato stapt als eerste aan wal. Salvo kijkt door de open deur van de kajuit. Hij ziet het zwarte bont van haar jas, haar zwarte schoenen, daarnaast de voeten van haar man. Ze staan op, ook de museumdirecteur, en klimmen de boot uit, geholpen door Leo en Soffiato. Salvo kijkt haar niet aan, hij let op wat er nu van hem wordt verwacht. Alvise gebaart dat hij ook aan wal kan stappen.

Een van de mannen pakt het voeteneinde van de kist. Een ander bukt zich en laat de kist op zijn rug steunen. Leo en Salvo pakken het hoofdeinde. Dan, in één beweging, tillen ze Tom op de schouders.

Ze staan roerloos te wachten tot de mensen uit de andere

boten zijn geklommen. Daar zijn de kunstschilders. Daar is *la dogaressa* Cicogna, in een lange paarse mantel, een paarse hoed op het hoofd. De Franse hertog, Eduardo, de muziekpedagoog in wiens huis ze grote operazangers hadden horen zingen. Dat aardige jonge echtpaar van het restaurant op de Zattere waar Tom hem mee naartoe genomen had. Flaminia en haar man begroeten hun kennissen en vrienden.

Afro is er, Nicoletta. Ach, wat aardig. Die zijn er niet voor Flaminia, maar voor hem. Gianni is er zelfs.

Er zijn loopplanken neergezet, maar die hoeven ze niet te gebruiken, ze kunnen gewoon over het plein.

Soffiato gaat voorop met Flaminia en haar echtgenoot. Dan volgen zij met de kist en dan de anderen.

Bij de ingang van de kerk wacht de in paars en wit gehulde priester hen op. Orgelmuziek ruist als ze statig de kerk in schrijden en de aanwezigen eerbiedig oprijzen. Licht dat naar binnen valt door gekleurd glas, wordt weerkaatst door het alomtegenwoordige goud, lampen boven het altaar zetten de rode bloemen in vuur en vlam. Salvo kijkt hoe Flaminia, die voor hem loopt, haar lieve voetjes op de mozaïekvloer zet, die eruitziet als een oosters tapijt. Tom had hun laten zien hoe daar met fijne stukjes marmer twee pauwen in zijn geweven die drinken uit de levensbron.

IJl gezang klinkt uit de monden van kleine jongetjes, wierookdampen stijgen op naar de houten zoldering en maken de kerk mistig als de ateliers van de glasblazers en als zijn hoofd.

Salvo's hart bonst in zijn borst, hij moet zijn emoties beheersen en kijkt omhoog. Daar, boven hen, in de absis, troont allesoverheersend de moeder Gods, hemelsblauw tegen een gouden achtergrond.

Vlak voor het altaar laten ze de kist langzaam zakken tot hij op de marmeren vloer staat.

Het is niet vol, maar er zijn meer mensen dan hij had verwacht. De hele kennissenkring van Flaminia. Mensen die hij ontmoet heeft op haar feestjes, die allemaal hadden mogen genieten van Toms kookkunst en van zijn charme.

De laatste klanken van het orgel verstommen.

Flaminia en haar man gaan naast Soffiato op de eerste rij zitten, Salvo met de andere dragers wat terzijde, op een plek vanwaar hij Flaminia kan zien.

Eindelijk is hij weer vlak bij haar, maar tegelijkertijd zo ver weg. Ongelooflijk dat hij die mooie, stijlvolle vrouw, zo bleek en blond in het zwart, hartstochtelijk in zijn armen heeft gehouden, wild gekust, en nog gekker is het dat hij woest met haar heeft gevochten.

Ze kijkt niet één keer zijn kant op, maar ze luistert aandachtig naar de priester.

'Want duizend jaren zijn in Uw ogen als de dag van gisteren. Gij spoelt ze weg.'

Even worden de woorden van de psalmist in Salvo's hoofd overstemd door die van Brodsky. 'Tijd lijkt nog het meest op water.' God was de tijd voor hem, of liever, de geest van God, die boven de wateren zweefde en daardoor weerspiegeld werd.

Salvo kijkt naar de doopvont van blauwe en groene stukjes glas en een enkele rode. Ze hadden er met hun drieën bij gestaan. Het leek of er een grote glanzende parel in lag waarin de lampen, die door dezelfde kunstenaar waren gemaakt, zich spiegelden. Maar nu weet hij dat die parel water is, want ze had die glanzende edelsteen willen aanraken en haar hand was nat geworden.

'Tom was een vreemdeling in deze stad,' zegt de priester, 'maar hij had veel vrienden.'

Het steekt door Salvo heen. Hij hoort Tom weer zeggen: 'Echte vrienden heb ik hier niet. Veel lieve kennissen.' Ook met Flaminia sprak Tom niet over zijn diepste roerselen.

'Ik mis het bed,' had hij gezegd. 'Niet alleen de seks, maar in iemands armen slapen, praten in de nacht.'

Daar zit ze, naast de man in wiens armen ze tegenwoordig wel weer zal liggen.

Ze pakt een zakdoek, veegt haar tranen af.

Haar man legt zijn hand op de hare. Dat tere handje dat hij ook zo vaak had gestreeld en dat hem overal had aangeraakt.

Waarom zei ze dat ze niets meer had met die man? Dat is flauwekul. Hij voelt zich verraden. Maar hij is kalmer dan hij was omdat het nu duidelijk wordt. Toch blijft het gek dat ze het hem niet heeft uitgelegd. Misschien was er een verkoeling tussen haar en haar man geweest en is het nu weer goed.

Tom had ook gezegd dat hij dát het ergste vond, dat zijn geliefde, die Italiaanse psychiater, hem niet in vertrouwen had genomen.

Straks zal hij haar zien bij Florian. Hoe moet hij zich gedragen? Kalm natuurlijk, maar misschien moet hij toch iets zeggen, voor ze weer verdwijnt.

De priester heeft het over Toms zorgzaamheid en zegt dat we allemaal zorgzaam moeten zijn voor elkaar.

Weer legt de man even zijn hand op die van Flaminia.

Er wordt gebeden. Woorden als 'broosheid' klinken, en 'levensadem'. Hij is de priester van de glasblazers.

De eucharistie wordt gevierd. Iedereen die daaraan meedoet krijgt een kruisje op het voorhoofd getekend met as, die de priester met de binnenkant van zijn duim uit een gouden schaal haalt, onder het uitspreken van de woorden: *'Stof zijt gij en tot stof zult gij wederkeren.'*

De priester zwaait met het wierookvat over de kist, zo overdadig dat Flaminia even achter de nevelen verdwijnt. Daarna besprenkelt hij hem met wijwater.

Krachtig zet het orgel in. Gabrieli. Het ontroert hem. De muziek die hij aan Flaminia had gegeven. Heeft ze dit uitgekozen om hem of gewoon omdat het zo mooi is, omdat het even een kijkje in de hemel lijkt te geven? Hij wil geen tranen in zijn ogen krijgen en concentreert zich op de mozaïekvloer. Dan kijkt hij naar haar. Zij ook even naar hem. Heel even.

Terwijl het 'In paradisum' wordt gezongen, verstild Gregoriaans, tillen ze de kist weer op en verlaat Tom boven hun schoorvoetende stappen zijn lievelingskerk.

In wapperende pij staat padre Angelo te wachten op de houten steiger. Achter hem leunt Zorzi tegen de poort. De klok luidt. Nog steeds valt sneeuw uit de hemel, in iets grotere vlokken.

Soffiato stapt als eerste uit en helpt Flaminia, haar man en de museumdirecteur, die begroet worden door padre Angelo. Dan volgt Salvo, die wordt toegeknikt door de pater.

Gevieren tillen ze de kist uit de boot, dragen hem over de smalle steiger de poort door en plaatsen hem op het rijdende onderstel dat Zorzi heeft klaargezet.

Padre Angelo gaat voorop in zijn bruine pij, die soms even door de sneeuw sleept.

Salvo en de andere dragers duwen, twee aan elke kant. Zorzi blijft in de buurt voor het geval er problemen zijn. Salvo voelt zich gesteund door zijn aanwezigheid.

Flaminia en haar man lopen met Soffiato vlak achter hen en dan volgen de vrienden en bekenden.

Geruisloos trekt de stoet voort over het dunne, witte tapijt. Salvo denkt aan de loper van bloemen die hier voor Strawinsky was uitgelegd, maar dit is nog indrukwekkender, en niet door mensenhand gedaan.

Wat zullen haar voeten koud zijn. Hij had ze zo vaak warm gewreven. Zou ze weten wat er is gebeurd met Tom en hem?

Ze komen langs het Campo Evangelico en het Campo Ortodosso. Voor het eerst zijn ze samen op deze plek. Hij zou haar de graven van Brodksy en Strawinsky willen laten zien en het plekje dat is gereserveerd voor de prinses. Hij zou haar willen zeggen dat hij haar in zijn gedachten hier altijd mee naartoe genomen heeft.

Ze gaan een ommuurde hof binnen. Aan het eind daarvan, onder een witte boom, staan Dino, Paolo en Marco, op enige afstand van het gedolven graf. Het zal zwaar werk geweest zijn in deze koude grond.

Padre Angelo wacht tot iedereen een plek gevonden heeft rond de kuil. Flaminia met haar man vooraan. Witte sneeuwvlokken liggen op haar zwarte muts. Weer ziet hij dat trillinkje op haar gezicht.

De vier doodgravers trekken touwen onder de kist door, tillen hem van het onderstel en zetten hem op de grond. Wit op wit.

Stil en gestaag valt de sneeuw op de hoofden, op de bloemen en in de kuil.

Dan neemt padre Angelo het woord en zegt met warme, krachtige stem dat nu het moeilijkste moment is aangebroken, dat van het echte afscheid. 'Maar,' zegt hij, 'we zullen hem allemaal meedragen in ons hart, dankbaar voor wat hij ons gaf.'

Daar staat ze terwijl de witte vlokken neervallen op haar zwarte jas en Salvo ziet weer hoe ze die nacht op de boot stond, in het wit, onder een regen van veelkleurig vuur.

Tom zorgzaam op de achtergrond.

Ter afsluiting spreekt padre Angelo een gebed uit van Franciscus. Hij heeft zijn handen gevouwen. Flaminia ook, ingepakt in zwartfluweel.

'O Heer, laat mij niet verlangen getroost te worden, maar zelf te troosten, niet om gehoord te worden maar om te luisteren, niet om bemind te worden, maar om lief te hebben. Want wie zichzelf geeft, wordt rijk, wie zichzelf verliest, vindt vrede, wie vergeeft, ontvangt vergiffenis, wie sterft, wordt wedergeboren in het eeuwige leven.'

Gezamenlijk bidden ze het Onze Vader.

Dan maakt padre Angelo een kruisteken boven de kist. Zorzi, Dino, Paolo en Marco komen naar voren. Ze halen de bloemen van het deksel, pakken de touwen en laten de kist langzaam afdalen.

Dat hij deze man een paar dagen geleden nog kuste. De beelden van die avond flitsen weer voorbij.

Padre Angelo krijgt een klein schepje aangereikt door Zorzi, en kijkt vragend of iemand als eerste wat aarde op de kist wil gooien.

Flaminia bukt zich, pakt met haar blote hand wat sneeuw van de grond en strooit dat in de kuil.

De grote blonde man, die huilt, neemt het schepje van de oude monnik aan, schept wat aarde van de berg en gooit dat op de kist.

'Aarde tot aarde, stof tot stof, as tot as,' zegt padre Angelo plechtig. 'Maar mogen de engelen u begeleiden naar het Paradijs.'

Ze pakt een wit zakdoekje om haar tranen af te vegen en hij ziet dat haar hand een beetje trilt. Het ontroert hem.

Hij zal proberen even met haar te praten straks of heel rustig te zeggen dat ze elkaar binnenkort moeten zien. Dan zal hij haar loslaten.

De mensen verspreiden zich, hun voetstappen blijven achter bij het graf. Salvo kijkt om naar de mannen, die nog even wachten met het dichtgooien van de kuil. Ze groeten elkaar. Zorzi wenst hem sterkte. 'Tot morgen.'

Soffiato zegt dat ze hem wel even thuis afzetten met de dodenboot zodat hij zich kan verkleden. Flaminia, haar man en hun Amerikaanse gast gaan met de boot van la Cicogna, de dogendochter, regelrecht naar Florian.

Alleen Soffiato en de dragers lopen naar de steiger die gereserveerd is voor de doden. De anderen schepen zich in bij de plek voor de levenden.

Als haar man even met Soffiato praat, kijkt Flaminia Salvo vragend aan. Kleine sneeuwvlokjes in haar wenkbrauwen en wimpers glinsteren als edelsteentjes.

'Kom je ook naar Florian?'

In volle vaart racen ze met de blauwe boot over het water, door de sneeuw, regelrecht naar Salvo's huis.

De dragers en Soffiato drukken hem de hand.

Hij haast zich, zet muziek op, drinkt een glas wijn, haalt zijn zwarte pak uit de kast. Vanochtend vroeg had hij het overhemd opgehaald, dat nu zwart is, maar hij besluit het toch niet aan te trekken. Schoenen kunnen niet, zijn beste laarzen dan maar. Het carnavalskostuum hangt nog steeds over de stoel. Dan gaat hij de kade weer op waar hij met zijn laarzen diep wegzakt in de sneeuw. Ze zal het niet gemakkelijk hebben in haar elegante schoenen.

Hij heeft een afspraak met haar bij Florian, een van hun favoriete plekjes. Wat onwerkelijk. Tom zei: 'Ik zal het wel regelen, jullie ontmoeting.'

Het Dodeneiland is bijna verdwenen achter de neervallende vlokken.

Hij loopt door calles, langs kanalen. Bij de aanlegplek zijn de zwarte gondels wit geworden en hier en daar liggen dunne vlekken ijs op het water. Mensen glijden uit. Sommigen houden zich krampachtig vast aan leuningen van bruggen terwijl ze behoedzaam, stap voor stap, naar beneden of naar boven klimmen.

Heel de Piazza San Marco is wit, en ook de gouden koepels van de kerk.

Uit berghokken onder de zuilengalerij worden loopplanken naar buiten gesleept. Er is hoog water op komst. De enkeling die zich buiten waagt, loopt voorovergebogen, de capuchon op het hoofd, of beschermt zich met een paraplu.

Salvo steekt de witte vlakte over naar Florian.

Een ober neemt zijn jas aan. 'U komt voor de receptie?' zegt hij als hij Salvo's zwarte pak ziet.

Het is in de achterste twee ruimtes, waar Salvo die fatale avond ook gezeten had met zijn gekostumeerde vrienden.

Iemand houdt hem een blad met drankjes voor. Salvo drinkt spumante.

Snel neemt hij een ferme slok en loopt dan met het glas in zijn hand door de eerste zaaltjes met de gewone bezoekers, Venetianen en toeristen, naar het achterste gedeelte. Het is er heel druk, sommige mensen zitten aan de tafeltjes, de meesten staan.

De in het paars gehulde dogaressa praat met de Franse hertog, die zijn dogenmantel verruild heeft voor een zwart pak met paars overhemd en zwarte strik. Afro en Nicoletta zitten bij hen, aan hetzelfde tafeltje waar ze toen zaten. Daarnaast staat het Nederlandse koppel te praten met de twee architecten uit New York. Salvo herkent de man aan zijn forse postuur en korte ringbaard.

Waar is ze? Hij zoekt haar via de spiegels, die verweerd zijn, moe geworden van alles wat ze terug hebben moeten kaatsen. Er zitten doffe vlekken op, zoals de vlekken van dun ijs die hij net zag op het water.

Ja, hij ziet haar, ze praat met de museumdirecteur. Zij heeft Salvo nog niet opgemerkt. Hij moet straks in elk geval even met haar praten, ze heeft tenslotte zelf gevraagd of hij hiernaartoe kwam. Haar echtgenoot zit aan het tafeltje waar Tom toen zat en praat met Luisa, een antiquaire, vriendin van Flaminia en Tom.

'Salvo, jij ook gecondoleerd.' Het is Eduardo, de muziek-pedagoog, in wiens palazzo Tom, Flaminia en hij ooit naar een concert hadden geluisterd.

'Ik was erbij, een paar dagen geleden.'

Waarbij?

'In kardinaalskostuum.' Salvo is even verbouwereerd.

'Ik begrijp hoe geschokt je bent door alles,' zegt hij ernstig en een beetje bezorgd.

Eduardo draait zich om naar Luisa. Als die Salvo ziet, excuseert ze zich bij de man van Flaminia en komt naar hen toe.

Ze omhelst Salvo innig, terwijl ze elkaar nauwelijks kennen. Tranen in haar ogen. 'Ach jongen, wat erg.'

Zij was de vrouw in het groen aan de andere kant van de kardinaal. Net zat ze op dezelfde plek als die avond.

'Ik ben mee geweest met Tom om de jurk uit te zoeken. Hij hield heel veel van je.'

'Hij heeft je dagen gevolgd,' zegt Eduardo.

'Wat?' Salvo pakt een vol glas van het blad dat de ober hem voorhoudt.

'Hij heeft speciaal een bauta en een larva gekocht en een zwarte cape.'

Salvo zegt niets. Hij ziet al die beelden voorbijschieten.

De bauta bij de maskertent, die naar hem leek te kijken toen hij wat dronk op het terras. De bauta op de Giudecca 's avonds na zijn bezoek aan de prinses. Dat witte masker in de gondel op het Canal Grande. Zou dat telkens Tom zijn geweest?

'Hij wilde zo graag weer een liefde,' zegt Luisa.

'Maar hij wist toch dat ik niet op mannen val?'

'Dat heb ik hem ook gezegd. Maar hij wilde per se naar Florian die avond, omdat hij had gehoord dat jij er zou zijn. Ach, we zagen het ook een beetje als een grap.'

'Die arme Steve is verpletterd,' zegt Eduardo, terwijl hij even omkijkt naar de grote blonde man. 'Hij was speciaal naar Venetië gekomen om Tom.'

'We hebben hem maar niet gezegd wat er is gebeurd,' zegt Luisa. 'Ook niet aan Flaminia's man trouwens.'

Daar zijn Olaf en Jerry. Salvo stelt de 'grote kunstschilders' voor. 'Stamgasten uit La Cantina waar Tom vaak kwam.'

Ze hebben Tom daar nog een enkele keer gezien, vertellen ze, maar altijd heel kort.

Salvo vertelt over de bauta. Inderdaad was er een paar keer een bauta binnengestapt die zwijgend een glas had gedronken.

Flaminia kijkt naar hem, via de spiegel. Ze glimlacht vaag. Ze is in gesprek. Erbij gaan staan is een beetje onhandig. Aan de andere kant is haar man nu op veilige afstand.

Gianni drukt hem de hand, condoleert hem en stelt Salvo voor aan Steve. Die ziet er aangeslagen uit. Hij kende Tom al lang, vertelt hij, had ook zijn zusje gekend. Ook zo'n schat.

'Hij was zo verfijnd, zo bescheiden, en altijd de mooiste verhalen. Twee dagen voor zijn dood waren we hier.' Hij hapert even, probeert zijn emoties te onderdrukken. 'Tom vertelde over alle kunstenaars die dit café ooit frequenteerden. Hij citeerde Oscar Wilde, die een tocht in een gondel gemaakt had: "Ik ben door een riool gevaren aan boord van een doodskist." We lachten erom.'

De man van Flaminia begroet Eduardo, die hem voorstelt aan Salvo.

De man kijkt hem onderzoekend aan. 'Ik ken u, geloof ik?'

Salvo weet zeker dat ze elkaar vóór vandaag nooit hebben ontmoet. Misschien heeft hij een foto gezien die door Flaminia niet goed was verstopt.

'Ik heb vanochtend gedragen. Tom was een vriend.'

'Ach ja, nu zie ik het. Mijn condoleances ook voor u.'

'Dat is niet zijn beroep hoor, dragen,' zegt Eduardo. 'Hij studeert Russisch.'

'Wat interessant. Ik heb zelf wel gehandeld met Russen. Altijd heel sympathiek, maar er kwam veel wodka aan te pas.' Hij vraagt wat Salvo bewogen heeft Russisch te gaan studeren en wat hij er voor plannen mee heeft. Het emotioneert Salvo met deze man te praten onder het oog van Flaminia, maar hij merkt dat hij er ook rustig van wordt.

Hij heeft echt een aardig gezicht, nieuwsgierige, intelligente ogen. Hij straalt iets kwetsbaars uit. Zijn hele gestalte maakt een broze indruk. Heel anders dan de blakende zakenman die hij zich had voorgesteld. Hij handelde in stoffen, verfijnde materialen als zijde en fluweel, en ook de keuze van Flaminia als echtgenote getuigde van smaak.

De schilderijententoonstelling.

'Mijn excuses,' zegt hij, terwijl hij zijn telefoon pakt. 'Ik was vergeten hem uit te zetten.'

'Maakt u zich geen zorgen,' zegt de man met een geruststellend handgebaar. 'Mooi muziekje.'

La principessa.

'Ik wilde even meeleven,' zegt ze met haar heldere stem. 'Vandaag is een moeilijke dag voor u. Als u een dezer dagen zin heeft in een wodkaatje, bent u van harte welkom.'

Ze spreken af voor de volgende dag.

Flaminia kijkt naar hem als hij zijn telefoon weer wegstopt.

Nu kan hij naar haar toe. Hij moet het niet langer uitstellen, want anders is iedereen weg. De museumdirecteur is ook al aan het afscheid nemen. Hij hoort hem iets zeggen over een lunch in Gritti. Haar man is intussen in gesprek geraakt met de Franse hertog.

Ja, nu, nu is ze even alleen.

Salvo stapt op haar af, kust haar hand. Dan kijkt hij haar aan.

'Wat erg voor je,' zegt hij.

'En voor jou.' Lichte verwarring in haar ogen. 'Eduardo en Luisa hebben me alles verteld.'

'Jij hebt hem gevonden, hoorde ik.'

'Een van de meisjes waarschuwde me. Ik schrok zo vreselijk. Zoals hij daar lag, in zijn roze jurk op het rode tapijt.' Haar ogen glanzen. Ze vecht tegen haar tranen. 'Ik wist niet dat hij die gevoelens voor je had.'

'Ik ook niet.' En dan, voor hemzelf onverwacht: 'Ik heb je gemist.'

'Ik jou ook,' zegt ze een beetje weemoedig. 'Het was zo druk, zo veel gasten. Mijn man is thuis, door zijn zwakke gezondheid.'

'Ach...'

'En die Russische van je?'

'Wat bedoel je?'

'Tom zei...'

'Wat zei Tom?'

'Dat jullie iets bijzonders hebben.'

'Een heel bijzondere vriendschap, ja. Ze is een oude dame. Lang geleden was ze een grote ballerina.'

De kunstschilders, die net weg waren gegaan, lopen weer binnen, helemaal besneeuwd.

'Een noodtoestand. Er staat een laag water onder de sneeuw. Die wordt alleen maar hoger.'

Flaminia's man komt hun kant op.

'Liefje,' zegt hij, 'we moeten inderdaad maar gaan, denk ik.'

Ze lopen naar de jassen.

'Salvo studeert Russisch,' zegt hij. 'Daar moet hij eens over komen vertellen.'

Dus Tom had een dubieuze rol gespeeld. Vreemd om boos te worden op iemand die je net begraven hebt.

Eduardo en Luisa moeten het plein over. Flaminia en haar man gaan de andere kant op, naar de taxihalte bij de kade.

Salvo loopt een eindje mee.

Alles is wit.

Ze lopen een stuk door de overdekte galerij en stappen dan op de loopplanken. Achter elkaar. Salvo voorop, dan Flaminia en dan haar man.

'Het lijkt het Kremlin wel,' roept de echtgenoot, terwijl hij naar de besneeuwde koepels van de San Marco wijst.

De loopplanken gaan niet tot de taxihalte.

Wat nu?

Salvo stapt van de loopplank af en zakt met zijn laarzen diep weg in de sneeuw en de laag water die eronder is gekropen.

'Ik leen wel even laarzen daar in de bar.'

Flaminia en haar man kijken verbaasd, maar er zit niets anders op.

Salvo haast zich naar de bar en komt snel weer terug met één paar. Flaminia en Salvo ondersteunen haar man terwijl hij van schoeisel wisselt.

Dan tilt Salvo Flaminia van de loopplank en draagt haar, terwijl haar man met zijn schoenen in zijn hand naast hen loopt.

Hij heeft haar in zijn armen, eindelijk weer, en voor het laatst.

'Heel veel dank,' zegt haar man als Salvo Flaminia in de boot heeft getild.

Salvo drukt de hand van de man, maakt een buiging voor Flaminia en drukt een kus op haar gehandschoende hand.

Dan kijkt hij hoe de boot zich losmaakt van de kade en wegvaart door de onvermoeibaar neervallende sneeuw.

Eén keer draait ze zich om, witte vlekken op haar zwarte jas, en muts. Ze zwaait.

Hij zwaait ook. Dan loopt hij weg door de diepe sneeuw.

Inhoud